U0495720

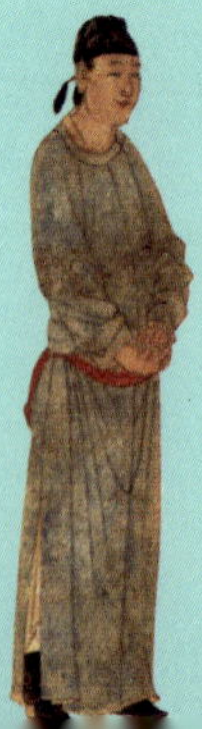

唐诗趣谈

王士祥 著

中原出版传媒集团
中原传媒股份公司

大象出版社
·郑州·

图书在版编目(CIP)数据

唐诗趣谈/王士祥著.— 郑州：大象出版社，
2016.11（2019.10重印）
 ISBN 978-7-5347-9057-7

Ⅰ.①唐… Ⅱ.①王… Ⅲ.①唐诗—诗歌研究
Ⅳ.①I207.22

中国版本图书馆 CIP 数据核字(2016)第 243853 号

唐诗趣谈
Tangshi Qutan

王士祥　著

出 版 人	王刘纯
责任编辑	管　昕
责任校对	张迎娟　安德华
封面设计	王莉娟

出版发行	大象出版社（郑州市郑东新区祥盛街27号　邮政编码450016）
	发行科　0371-63863551　总编室　0371-65597936
网　　址	www.daxiang.cn
印　　刷	新乡市龙泉印务有限公司
经　　销	各地新华书店经销
开　　本	720 mm×1020 mm　1/16
印　　张	16.75
字　　数	208千字
版　　次	2016年11月第1版　2019年10月第10次印刷
定　　价	32.00元

若发现印、装质量问题，影响阅读，请与承印厂联系调换。
印厂地址　河南省新乡经济开发区中央大道中段
邮政编码　453731　　　电话　0373-5590988

前言

    中国是一个诗的国度，人们不仅用诗歌抒情言志，描述自己的日常生活和所见所闻，而且在国际交往活动中，还能将诗歌作为外交手段，这主要表现在先秦时期外交中对《诗经》的引用上。古代还有采诗以观民风的说法，这个时候的诗歌是上层了解下层的途径。可以说，古人的喜怒哀乐、吃喝拉撒睡我们都可以从诗歌中找到记录。

    说到诗歌，我们自然忘不了唐代。王国维先生曾经说过，"一代有一代之文学"，当说到唐代的时候则说"唐之诗"。也就是说，在王国维先生看来，诗歌应该是唐朝最具有代表性且成就最大的文学样式。静安先生这话说得一点没错，从《诗经》开始一直到唐诗，诗歌经历了漫长的发展过程，无论是内容还是本身的形式体制及写作技巧，唐诗都已经相当成熟了。加上唐朝初期上官仪、宋之问等人的努力和科举考试的助力，唐朝诗歌已经成了不可替代的文学样式。宋朝严羽在他的《沧浪诗话》中曾经这样说：

"唐诗何以胜我朝？唐以诗取士，故多专门之学，我朝之诗所以不及也。"严羽认为，科举促进了唐诗的繁荣，唐诗的成就胜过宋诗这是一个不争的事实。

一说到诗歌我们就能想到"诗言志"，想到"兴观群怨"这些严肃的命题，其实诗歌并非只是严肃的，有时也会让我们因为其中的妙趣而会心一笑。这种妙趣有时是因为作者在诗中所用的典故，有时是因为我们在阅读和理解时所秉持的心态。那些在诗歌创作之前早已存在的典故，本身便具有趣味性和历史厚重感，一个小小的典故能为诗歌带来更深的内涵和更多的信息。阅读诗歌是今天的我们和遥远的历史人物之间的对话，是心与心的交流。当我们的心与作者的心暗合时，不禁会产生一种"于我心有戚戚焉"的审美感受；当我们的理解与作者并不相侔时，那是诗歌更大的魅力，我们从中找到了更多的理解意向，这便是人们常说的"一千个人眼里有一千个哈姆雷特"，我们丰富了对诗歌的理解。须知，不同的人看同一个事物会有不同的感受，同一个人在不同的时间看同一个事物也未必会有同样的感受，这便是接受美学的理论。

《唐诗趣谈》是我在教学和电视节目制作中的一些理解，为了传播效果，并没有采取严肃的方式讲授，受众在轻松愉快的氛围中对唐诗产生了兴趣。书中所选的诗人和诗作都是人们耳熟能详的，不仅有帝王将相，而且有李、杜、白等名家。我在解读作品的时候，虽然强调趣味性，但并没有忽视学术性。杜甫部分的《幸福最是草堂客》《万方同感圣人心》表现最为明显，关于这两部分我写过专门的学术文章，其中《万方同感圣人心》本就是我发表在《河南师范大学学报》上的论文。此外，关于刘长卿的《五言长城咏龙门》我也发表过学术文章，题为《刘长卿的龙门诗旅》，发表在《文艺争鸣》上。本书的基调是"趣谈"，自然要突出一个"趣"字。对每一首诗的解释尽可能用轻松的语言，这在书中是不难发现的。

对一些诗歌的理解，我并没有囿于常态，而是谈了自己的一些意见。人们一般认为孟郊的《游子吟》表达的是亲情和孝道，我在这里结合孟郊的科举历程和科举心态，对这首诗产生的文化背景进行了剖析，最后得出结论：这首诗从深层内涵上来说揭示了以孟郊为代表的当时的读书人命运的悲哀。再比如，关于对杨贵妃与"安史之乱"关系的评价，多数人持批判或同情的态度，要么认为红颜祸水导致"安史之乱"，要么认为这是男权话语背景下女性地位的悲哀。可是在唐诗中，也有借杨玉环批判晚唐政治的，甚至徐寅在其《马嵬》诗中通过对比突出了杨玉环的伟大："张均兄弟皆何在，却是杨妃死报君。"这种理解，打破了历史成见，不仅丰富了创作者对历史问题的新思考，也为我们今天的阅读带来了开放精神。

我在对所选诗作和诗人进行解读时，并没有完全停留在诗歌本身上，而是自然而然地从中发掘一些对我们今天生活有意义的启示，以期实现古为今用。在写到孟浩然时，自然避不开他参加进士科考试失利后巧遇唐玄宗的故事。这应该说是孟浩然成功的契机，毕竟从他的《长安早春》诗句"鸿渐看无数，莺歌听欲频。何当桂枝擢，归及柳条新"不难得知，他是有入仕愿望的。但事实上，他因为一句"不才明主弃，多病故人疏"惹怒了玄宗，与这次难得的机会失之交臂。孟浩然那两句话来自他落第后写的《岁暮归南山》诗，就是一句牢骚，以常理度之，这是能够理解的。但他念给玄宗听就是"在不合适的时间，面对不合适的人，说了不合适的话"，所以我借用了恩师曾经对我说的一句话："有发牢骚那点空，不如干点正事。"孟郊又何尝不是如此呢？他科举失败之后，不是说"因兹挂帆去，遂作归山吟"，就是抱怨"雕鹗失势病，鹪鹩假翼翔"，这并不能解决问题。所以我在这里写道："孟郊的失败应该说是有社会原因的，但我们不能学他动不动就发牢骚，应该找找自身的原因，更好地充实自己、完善自己，以利再战。"我想借相关诗歌传递一些正能量。

我在授课的时候发现，学生们常常为一首诗纠结，不能进行由此及彼的串联对比，自然也就很难体会到诗歌的意境。我在书中尽可能照顾到这个问题，对一首诗的解读尽量做到同类对比。比如开篇《雄主偏作女儿态》中对于李世民《咏烛》诗的解读，我用到了褚亮的《咏花烛》、罗邺的《蜡烛》、郑谷的《蜡烛》及杜牧的《赠别》等诗，通过对比突出了李世民笔下那支蜡烛的特点。这其实是想通过诗歌解读教给学生们学习的方法。

  书中虽然涉及诗歌近千首，但依旧有很多遗漏，此外李白和杜甫的诗所占篇幅明显偏重，因为这毕竟不是一本严肃的学术著作。由于本书涉及资料较多，错讹之处在所难免，敬请读者朋友不吝赐教。

王士祥
2016年6月

目录

001　雄主偏作女儿态
006　高才无奈命途艰
015　女皇也是女诗人
020　汉江边上尤情怯
025　马嵬不是无情地
030　牢骚一句老田园
036　诗家夫子王昌龄
042　可爱徐妃半面妆
047　诗佛前身是画师
056　莫漫白首为儒生
061　世人见我恒殊调
066　拔剑四顾心茫然
071　我辈岂是蓬蒿人
076　安能折腰事权贵
081　自称臣是酒中仙
086　黄鹤楼头曾敛手

091	当年裘马颇清狂
096	大笔如椽写残唐
102	幸福最是草堂客
107	万方同感圣人心
112	五言长城咏龙门
117	一曲暖歌无限泪
122	语不惊人死不休
127	夕贬潮州路八千
132	人生莫作妇人身
137	慎勿将身轻许人
142	一篇长恨有风情
147	获罪竟因咏桃诗
152	我是千年一钓翁
157	悼亡情切《遣悲怀》
162	人面桃花相映红
167	儿女情长杜牧之

172	归作霓裳羽衣曲
178	寒食过后是清明
185	万古传闻为屈原
190	坐看牵牛织女星
196	谁人得似牧童心
202	珍惜今日少年时
207	秋卷装成寄予谁
212	从得高科名转盛
217	项王不觉英雄挫
222	庙算张良独有余
227	长空鸟尽将军死
233	周瑜于此破曹公
238	出师未捷身先死
244	天开函谷壮关中
249	桃李香消金谷在
255	后记

雄主偏作女儿态

李世民是唐朝著名的第二代君主太宗皇帝，不到18岁就领兵打仗，不到30岁就当上了皇帝，是他开创了"贞观之治"，成为后世子孙的典范。李世民不仅在打仗和当皇帝治理国家上有一套，没事还喜欢舞文弄墨写点诗歌，也算是贞观时期的文坛领袖了。中华书局出版的《全唐诗》中收录有他的诗歌近百首，因此说李世民是一个文武全才的皇帝一点也不为过。

先来看看他的《咏烛》这首诗：

焰听风来动，花开不待春。

镇下千行泪，非是为思人。[①]

这是一首描写蜡烛的诗歌，是一首咏物诗，很写实。李世民以《咏烛》为题的诗歌共有两首，这是第一首。第一句是说烛焰被风一吹来回摇摆。我们很多人都点过蜡烛，蜡烛烧到一定程度的时候会爆出烛花，只有把烛花剪掉才会更亮。第二句里"花开不待春"的"花"就指烛花，烛花是因为蜡烛燃烧才出现的，与春天到不到来无关。褚亮也曾经在自己的《咏花烛》中写"莫言春稍晚，自有镇开花"[②]，和太宗皇帝表达的是一个意思。蜡烛在燃烧的过程中，烛焰烧到了周围的蜡肉，再被风一吹，一些地方会因为受热不均匀而不规则地化掉，于是蜡体上和蜡的底部就会慢慢挂满、堆积凝固的蜡泪。第三句的"镇"是经常、常常的意思，只要点蜡烛就会有蜡泪,当时又没有今天电灯一类的照明工具,所以在宫廷里蜡烛是最常见的。

　　有前三句作铺垫,到了第四句应该出现高潮了吧?这也是我们常见四句诗歌的一般规律。结果真没想到,李世民来了一句"非是为思人",翻译成白话就是,蜡烛根本就不是因为思念哪个人流下眼泪。这话写得太真实了,蜡烛无心,就是个日常照明工具,哪里会思念人呢?李世民说了句大实话。但是,人们看到蜡烛的时候总会想到拟人方法,总会赋予蜡烛人情味,比如罗邺的《蜡烛》:

　　　　暖香红焰一时燃,缇幕初垂月落天。
　　　　堪恨兰堂别离夜,如珠似泪滴樽前。③

红烛静静地燃烧着,见证着一对有情人难舍难分的情景,这屋里的一切在烛光的映照下多了几分离情别绪。二人之所以秉烛夜话直到"月落天",也正在于彼此难舍难分,这才是"流泪眼看流泪眼,断肠人对断肠人"。蜡烛好像明白两个人的心意,于是"如珠似泪滴樽前"。这里的蜡泪是充满感情的,是为两个有情人流下的。甚至可以这样说,罗邺笔下的蜡泪已经和离人的眼泪融为了一体。再比如郑谷的《蜡烛》后四句:

　　　　泪滴杯盘何所恨,烬飘兰麝暗和香。
　　　　多情更有分明处,照得歌尘下燕梁。④

这也是让蜡烛充满了人的感情。其实在这方面描写最突出的算是杜牧了,他在《赠别》一诗中说:"蜡烛有心还惜别,替人垂泪到天明。"⑤在作者看来,蜡烛是充满人情味的,是懂得人类感情的,是见不得人间生离死别的。

　　可是李世民倒好,一句"非是为思人"把本来很高大上的期待拉得再没有这么接地气了。我们只能说,有才就是任性。不过我们不得不说,李世民笔下的蜡烛本身就很任性。从哪里看出来的?两个词,第一个词

"听",这个"听"不是"听见"的意思,而是"任凭""随便""听之任之"的意思;第二个词"非",顾名思义就是"不是"的意思。这两个词构成了一个很任性的结构,翻译过来就是"任凭……就不"。什么意思?随便,爱咋咋的。

一般人看到这首诗都会感到诧异,这是李世民写的?别开玩笑了,那么具有宏图远志的唐太宗李世民会写出这么女人味的东西?我第一次读到这首诗的时候就是这种感觉,具有雄才大略的唐太宗怎么写出只有宫廷酸诗人才会喜欢的东西呢?那个自视文、武、怀远都比古人还要牛的太宗皇帝哪里去了?看看《全唐文纪事》中怎么评价的:"唐太宗功业雄卓,然所为文章纤靡浮艳,嫣然妇女小儿嬉笑之声,不与其功业称。"看来感到意外的还不止一个人呢!难道李世民当时就没有想到这一点?还是认为,我是皇帝,爱咋咋的,我就这么任性了?

其实李世民写这样的诗歌并不多,早年写的诗也是很高大上的。比如《经破薛举战地》这首,李世民上来就说:

> 昔年怀壮气,提戈初仗节。
> 心随朗日高,志与秋霜洁。
> 移锋惊电起,转战长河决。⑥

薛举是隋末地方割据者,大业十三年也就是617年起兵反隋,自称"西秦霸王",手下拥兵十多万,在地方割据势力中算是比较强的。义宁元年(617)十二月,薛举自称天子,率兵攻打扶风。扶风就在当时京城长安附近,所以我们可以猜到,薛举攻打扶风的目的是为了攻打长安争夺天下。而此时李渊已经控制了京城的大局,立小娃娃杨侑为帝,这就是恭帝。实际上明眼人都明白,大权都在李渊手里,杨侑就是个摆设。换句话说,天下马上就是老李家的了,你薛举这么搅和李渊是很不高兴的,于是派秦王李世民迎击。

当年的李世民才 18 岁，搁现在也就是高中刚毕业，李渊却把这个决定自己家族和天下命运的重任交给了他，这担子可不轻，败了就全完了。好在李世民运筹帷幄，最终取得胜利。现在故地重游，怎么能不感慨万千？当年如火如荼的战场生活就像发生在昨天一样，再次一幕幕地浮现在眼前。当年的自己是初生的牛犊、振翅的大鹏，高远的志向让诗句洋溢着豪气与自信。特别是"移锋惊电起，转战长河决"两句，虽然只有寥寥十字，却气势恢宏，把自己用兵如神写得淋漓尽致。刚健质朴的风格让功业雄卓的英主形象顿时立在了我们的眼前，大家觉得，这才应该是李世民。

话说回来，任何一个人都处在变化之中。立国之初，局势不是太安定，有些地方还动不动出现战争，因此李世民必须表现得爷们儿点儿，要不收拾不住。加上诗歌就是对生活的表现，整天过着戎马生活，也写不出来软绵绵的东西。后来国家安定了，宫廷的安逸生活慢慢取代了马背上的生活，所以创作的题材也随之发生了变化，这是文学发展的自然过程。这说明李世民的创作经历了由质朴向浮艳的演变，甚至可以说，李世民骨子里对浮艳诗风是不讨厌的。

李世民喜欢浮艳文风还有一个故事。贞观二十年（646），冀州张昌龄、王公瑾文章写得很华丽，《封氏闻见记》中说"并文词俊楚，声振京邑"，两个人的名气很大，以至于京城的人都知道。既然如此，两个人就受到了太宗李世民的关注。可是让李世民没想到的是，两个人参加贞观二十年的进士科考试，结果全挂了。李世民觉得不应该啊，于是亲自向主考官询问原因，可见李世民是很喜欢二人文风的。当年的主考官是王师旦，王师旦解释说："此辈诚有词华，然其体轻薄，文章浮艳，必不成令器。臣擢之，恐后生仿效，有变陛下风俗。"[⑦]什么意思呢？"这俩人的确很有才华，但是从其轻薄浮艳的文风上来看，这俩人将来难成大器。再者来说，我要录取了，大家都觉得皇帝您就喜欢这样的文风，天下的读书人都这样写，那可就坏了。"王师旦这话说得很耐人寻味，不过有一层意思他没有捅破，"上有所好，下必甚焉"，您是皇上，您的个人喜好会成为文坛风气的。

不管怎么说，李世民作为一个专职皇帝，能够写几笔已经不错了，他不是专门从事创作的文学家，所以我们不能单纯用文学家的标准来要求他，就像我们不能因为虚竹是少林派出身就不允许他练逍遥派的武功一样。一个武林高手，既会大力金刚掌又会化骨绵掌，也是极好的。

注 释

① 〔清〕彭定求等：《全唐诗》，中华书局1960年4月版，第18页。
② 〔清〕彭定求等：《全唐诗》，中华书局1960年4月版，第447页。按：题一作《烛花》。
③ 〔清〕彭定求等：《全唐诗》，中华书局1960年4月版，第7524页。
④ 〔清〕彭定求等：《全唐诗》，中华书局1960年4月版，第7738页。
⑤ 吴在庆：《杜牧集系年校注》，中华书局2008年10月版，第619页。
⑥ 〔清〕彭定求等：《全唐诗》，中华书局1960年4月版，第4页。
⑦ 赵贞信：《封氏闻见记校注》，中华书局2005年11月版，第15页。

高才无奈命途艰

唐朝初期，曾经出现四位了不起的诗人，人称王杨卢骆，又叫"初唐四杰"。说起来这四个人，大凡有所了解的人都免不了要唏嘘一番，"才高命舛，位小名大，行为相当浪漫，遭遇何其悲惨"。这四个人都很传奇，每个人都有不少故事，我们不一一去讲，就说一下骆宾王。一提骆宾王，我们马上就能想到那首脍炙人口的《咏鹅》：

鹅，鹅，鹅，曲项向天歌。

白毛浮绿水，红掌拨清波。①

据说，这首诗写于骆宾王7岁的时候。一个7岁的孩子能够写出这样传诵千古的名作，放在今天简直是令人难以想象的，难怪人家骆宾王被称为"神童"。虽然这首诗没有什么深刻内涵，但从一个孩子眼中把鹅的特征很真切传神地描写了出来。看看这位神童笔下的鹅是什么样子："曲项""白毛""红掌"，用素描的笔法把一个鹅的外形勾勒了出来；"向天歌""浮绿水""拨清波"则把鹅的神态给描写了出来，尤其是一"浮"一"拨"，大白鹅显得悠游自在；鹅毛的"白"、鹅掌的"红"与水波的清澈相互映衬，一幅画很自然地呈现在了读者的面前。毕竟骆宾王当年才是个7岁的孩子，所以这首诗没有任何高妙的艺术笔法。比如第一句连着三个"鹅"字，很直白，通过象声词模仿鹅的叫声，鹅的叫声引起了孩子的注意，这才发现水面上的鹅从远处慢慢游过来。又像一个孩子在表现自己看到鹅的惊奇,还像一个孩子站在水边在数水中鹅的数量。俗话说万事开头难,写诗也一样,第一句精彩的不多,但骆宾王这一句却很真实地把一个孩子的神情给表现出来了。

有人说,咏物诗不能单看诗的表面,作者常借所咏之物以寓性情,就是说很多情况下是作者通过所描写的对象来表现自己。也有人把这种情况和诗谶联系了起来。什么是诗谶呢?就是所写的诗无意中预示了将来要发生的事。那么骆宾王和诗谶有关系吗?有人就说了,骆宾王这一辈子为什么不顺?其实这首诗就有预示了,你写个什么不好,偏偏写个鹅。你看人家杜甫,也是7岁写诗,"七龄思即壮,开口咏凤凰"(《壮游》)[2]。人家写的是神鸟,古代称四瑞之一,你写的是什么?家禽,凡鸟,一个在天上,一个在地上,这差距也太大了!你就是写鹅也行,咱能不能把那脖子伸直了再叫,你弯曲着脖子向天歌,那气儿能顺吗?看看这一辈子的志向一直就没有得到伸展吧?这有点牵强附会了!

骆宾王除《咏鹅》外,还写过"蝉",题目是《在狱咏蝉》。一看这题目就知道,也不怎么高大上,而且可以看出来骆宾王遇到坎儿了,在监狱里写的,没事谁喜欢待在监狱里写诗啊。我们先来看看这首诗吧:

　　西陆蝉声唱,南冠客思侵。

　　那堪玄鬓影,来对白头吟。

　　露重飞难进,风多响易沉。

　　无人信高洁,谁为表予心。[3]

骆宾王这个人很耿直,闻一多先生说他"天生一副侠骨,专喜欢管闲事,打抱不平"。这首诗一说作于唐高宗仪凤三年也就是678年,也有的说写于高宗调露二年也就是680年,后一种说法应该更靠谱。当时骆宾王刚被提拔为侍御史,原来沉沦下僚一直得不到提升,结果刚往上动了动又出事了。骆宾王因为向领导打报告议论事情，把武则天给得罪了。据文献记载，骆宾王是"数上疏言事"（《唐才子传》）④，看来还不止一次，这就把武则天给惹火了。有人趁机"上眼药"落井下石，诬陷骆宾王当年任长安主簿时有贪赃行为，于是武则天将骆宾王治罪。这就是骆宾王自己在《畴昔篇》中说的"适离京兆谤，还从御史弹"⑤。

骆宾王心里相当不是滋味，他感到了世态的炎凉："我为了什么啊？上疏言事这是我侍御史的职责，是我的分内之事，有则改之无则加勉，我说出来目的不是为了朝廷好吗？你们倒好，秃子还怕人家议论，不说鼓励提倡虚心接受，反而打击报复，由你们这一帮人治理国家，简直是国家的灾难！"骆宾王就把自己所有的委屈、悲愤通过这首诗表达了出来。

因为写这首诗的时候是秋天，所以骆宾王上来就说"西陆蝉声唱"，"西陆"就是秋天的意思。《隋书·天文志》中说："日循黄道东行，一日一夜行一度，三百六十五日有奇而周天。行东陆谓之春，行南陆谓之夏，行西陆谓之秋，行北陆谓之冬。"⑥我们都知道蝉主要生活在夏季，天越热叫得越欢，秋天的知了面临着生命终结，哪里还会有高昂的情绪啊？所以柳永在《雨霖铃》中说"寒蝉凄切"，叫声是凄切的。这越发增加了作者内心的悲凉。再想想自己的身份，囚徒一个，心里更纠结，于是一句"南冠客思侵"出来了。"南冠"就是囚徒的意思，出自《左传·成公九年》，晋侯到军府视察工作，看到了楚国的钟仪，戴着南冠（就是楚国的帽子），被捆在那里，于是就问：这人是谁啊？军府负责这件事的人回答说：郑人所献的楚国囚犯。从那以后，人们就把"南冠"和囚犯画起等号来了。

囚徒的生活肯定没有当官的时候滋润自在，在监狱里忍受着心灵和肉体双重的折磨，因此人衰老得很快。这就是迟志强唱的"愁啊愁，愁就白了头"。"那堪玄鬓影,来对白头吟","玄鬓""白头"形成强烈的对照。崔豹《古今注》中说,魏文帝曹丕时有个叫莫琼树的宫女,把鬓发梳得薄如蝉翼,因此人们称为"蝉鬓",因为蝉是黑色的,所以又叫"玄鬓",在这里比喻人盛年的时候;"白头"自然指老人。这两句有两种说法:一是为了朝廷的事,自己耗尽了大好年华,只剩下满头的白发;二是正值盛年,却蹲了监狱,在这里满腹委屈吟诵着哀怨的《白头吟》。其实还应该有第三种说法:蝉的叫声那么悲苦,就好像在同情自己被人诬陷的处境一样。《白头吟》是一首诗,据说是司马相如的老婆卓文君写的。虽然卓文君当年夜奔相如成就了一段爱情佳话,但司马相如当官后对爱情不专一,又有了新欢,卓文君很伤感,就写了这样一首诗,这里选取其中四句:

凄凄复凄凄,嫁娶不须啼。
愿得一心人,白头不相离。⑦

古代借男女爱情表达对皇帝忠心是常有的事,这是从屈原开始的。所以,我们也可以这样认为,"愿得一心人,白头不相离"就是希望自己能够得到明主的重视,也好尽忠效节,施展平生的抱负。这两句话让人感觉到骆宾王强烈的责任感,他对这个国家爱得很深沉。

"露重飞难进,风多响易沉",这两句话写出了政治环境。"露重""风多"明写秋天的天气特征,暗喻政治环境险恶;"飞难进"明写蝉飞不动,暗喻自己仕途上不得意,光一个小小的长安主簿就干了好多年;"响易沉"比喻言论上受压制,甚至因为这个都蹲监狱了。这么看来,骆宾王笔下的蝉被人格化了,他就是借蝉在写自己,这在艺术上叫作"寄托遥深"。最后作者高呼"无人信高洁,谁为表予心",本义是说,蝉趴在树上风餐露宿的,但又有谁相信它品性高洁呢?言外之意是,"没有人相信我的高洁品质,反而还诬陷我,这么不被世人所理解,我找谁说理去啊！"骆宾王和蝉已经打成一片了，融为一体了，这里的蝉就是作者的化身。

单读这首诗，骆宾王笔下的蝉已经够让人同情了，如果再和其他写蝉的诗对比一下你会发现，骆宾王活得真是够心神疲惫的。我们拿虞世南的《蝉》来对比一下。虞世南的诗是这样写的：

　　垂绥饮清露，流响出疏桐。
　　居高声自远，非是藉秋风。⑧

虞世南的老师是著名学者顾野王。有一回师生二人闲聊，屋外的蝉吱吱地叫个不停。顾野王就问虞世南，你能不能根据这个知了赋诗一首？虞世南略加思索就吟出了这首诗。顾野王听了频频点头称赞，说就凭这首诗来看，你将来前途不可限量。

顾野王为什么对虞世南会有如此高的评价呢？全在诗歌所表现的境界和气度上。第一句里的"绥"是古代官人系在下巴下面帽带下垂的部分，蝉的头上不是有两根触须吗？这里是把蝉的触须比成了下垂的帽带。古人认为蝉生性高洁，生活在高高的枝头，靠清露生活，因此说"饮清露"。第二句写蝉的叫声悦耳动听，因为是在高高的桐树上，所以声音传得很远，这是交代原因。到了后两句该点睛了，一般人认为蝉声之所以传得远是因为秋风，可是虞世南却说不是，完全是因为居高所致，并没有凭借外力。这两句话让我们看到了虞世南的自信和雍容不迫的风度气韵。后来，虞世南果然像老师说的那样，在仕途上顺风顺水，官终弘文馆秘书监，被封永兴县公，成为李世民最喜欢的文士之一，多次受到李世民的称赞。有这种气度风韵的还有一位诗人，也写过蝉，他叫李百药，他的《咏蝉》诗说："清心自饮露，哀响乍吟风。未上华冠侧，先惊翳叶中。"⑨这首诗高贵典雅，反映了作者冰清玉洁的品质。

你看，都是写蝉，虞世南显得雍容不迫，李百药显得高贵典雅，骆

-010-

宾王则是充满苦难。这人和人的差距咋就那么大呢！不过，骆宾王也不用太难过，还有人和他差不多，也通过写蝉来表现自己人生的不如意。谁呢？晚唐的李商隐。李商隐也是一辈子活得很纠结，所以崔珏在《哭李商隐》诗中说："虚负凌云万丈才，一生襟袍未曾开。"⑩他的命运和骆宾王差不多。李商隐的《蝉》被选进了《唐诗三百首》。他在诗中说：

　　本以高难饱，徒劳恨费声。

　　五更疏欲断，一树碧无情。

　　薄宦梗犹泛，故园芜已平。

　　烦君最相警，我亦举家清。⑪

诗人以蝉自比，结果只落得生活困顿，只留下了自许清高。纵然自己像蝉那样彻夜悲鸣叫到五更，又有谁会动情呢？这点挺像他在《流莺》诗中说的那样"巧啭岂能无本意，良辰未必有佳期。风朝露夜阴晴里，万户千门开闭时"⑫。好悲凉啊，好无助啊！如果说前四句还是写蝉的话，那么接下来两句就真的写自己了。官职低微，整天过着漂泊的生活，家园已经荒芜不堪了。这两句透露出诗人的失意与苍凉，前途黯淡，几无立锥之地。这最后两句诗人干脆和蝉聊起来了，"谢谢你对我的警醒，我和你一样清寒"。李商隐是借蝉在发牢骚。所以说，李商隐和骆宾王差不多。

　　骆宾王在这件事之后被贬为临海县丞，当时这个消息从洛阳传到长安的时候，据说还晚了个把月，也就是说骆宾王在监狱里多待了个把月。骆宾王越想越憋屈，越想越觉得不得志，后来干脆弃官而去。随着历史的发展，武则天权力越来越大，把高宗皇帝给架空了，成了李唐王朝实际的当家人。这是有违传统的，这叫牝鸡司晨，弄得很多效忠李唐王朝的大臣很不满意，这不徐敬业就起兵造反了，要求武则天还政李唐。我们前面说过，骆宾王本来就慷慨激昂喜欢打抱不平，于是他就参加了徐敬业的造反队伍，《新唐书·骆宾王传》中记载说："徐敬业乱，署宾王为府属。"[13]《旧唐书·骆宾王传》中甚至这样说："敬业军中书檄，皆宾王之词也。"[14]徐敬业军中的文书都是骆宾王写的，看来骆宾王能力很强。我们都知道，最著名的那篇当属《为徐敬业讨武曌檄》。骆宾王的性格其实在《于易水送人》中就有所表现：

　　此地别燕丹，壮士发冲冠。
　　昔时人已没，今日水犹寒。[15]

这是一首送别诗，从内容来看，骆宾王写这首诗的时候似乎已经身在军营了。这首诗不像一般的送别诗那样写得扭扭捏捏，什么"无为在歧路，儿女共沾巾"之类的。就题目中的"易水"已经足以让人品味半天了，在易水边送人，让我们马上想到了荆轲刺秦王。所以作者第一句话就把我们带进了历史时空之中，他没有写眼前自己送别朋友，而是说当年荆轲就是在这里向燕太子丹辞别的。了解这段历史的人都知道，荆轲临走的时候，大家过来送行，穿着送葬的衣服，因为大家知道荆轲此行不管成败，肯定是回不来了。当时高渐离击筑，荆轲慷慨悲歌："风萧萧兮易水寒，壮士一去兮不复还。"在场的人"士皆瞋目，发尽上指冠"，大家眼睛瞪得溜圆，头发都竖起来了，所以骆宾王第二句就是对这个场面的描写。

　　毕竟是自己送人，不能老在遥远的历史中转悠，于是作者带着我们又回到了现实。历史已经发展到了今天，虽然荆轲不在了，燕太子丹不在了，但是易水依旧像当年那样激荡、寒冷。这首诗写得荡气回肠，让我们感觉到了骆宾王志向难申、怀才不遇的悲愤，同时也能让我们想见朋友之间肝胆相照的情谊。能写出这种诗歌的人，肯定是有性格有血性的。这就能理解骆宾王支持徐敬业反对武则天这件事了，这不是脑子一热一时的冲动。

我们前面说到了骆宾王写的那篇《为徐敬业讨武曌檄》，这篇文章把武则天推到了被告席上，一件一件把罪状罗列出来。武则天刚读到这篇文章的时候还没怎么当回事，《新唐书·骆宾王传》中说："后读，但嘻笑。"但是读着读着就不笑了，当读到"一抔之土未干，六尺之孤安在"时，武则天脸色就变了，就问这是谁写的，有人说骆宾王写的。武则天什么反应？《酉阳杂俎》中说，武则天"不悦曰：'宰相何得失如此人！'"这么好的人才怎么能到对方阵营去呢？武则天真是贵人多忘事，她忘了骆宾王是因为得罪她被收拾的！后来，徐敬业兵败，骆宾王的行踪成了谜，有的说兵败被杀，有的说兵败自杀，有的说在灵隐寺出家了，总之聚讼纷纭。据孟棨《本事诗》中说，宋之问在灵隐寺吟诗的时候卡壳了，一个老和尚帮了他的忙，这个老和尚就是骆宾王。

不管怎么说，骆宾王这一辈子活得挺不顺，就像他笔下的鹅，虽然"向天歌"但脖子没伸直；就像他诗中的蝉，没人能够理解；就像他在易水边的遐想，虽然让人热血沸腾，却是一个失败的英雄。这让我想起来赵传的那首歌《我是一只小小鸟》，"想要飞，却怎么也飞不高"，这就是理想与现实的矛盾。

注　释

① 〔清〕彭定求等：《全唐诗》，中华书局1960年4月版，第864页。
② 〔清〕仇兆鳌：《杜诗详注》，中华书局1979年10月版，第1438页。按："皇"是"凰"的本字。
③ 〔清〕彭定求等：《全唐诗》，中华书局1960年4月版，第848页。
④ 傅璇琮：《唐才子传校笺》第一册，中华书局1987年5月版，第56页。
⑤ 〔清〕彭定求等：《全唐诗》，中华书局1960年4月版，第837页。
⑥ 〔唐〕魏徵等：《隋书》，中华书局1973年8月版，第554页。
⑦ 〔清〕吴兆宜：《玉台新咏笺注》，中华书局1985年6月版，第15页。

⑧ 〔清〕彭定求等:《全唐诗》,中华书局 1960 年 4 月版,第 475 页。
⑨ 〔清〕彭定求等:《全唐诗》,中华书局 1960 年 4 月版,第 538 页。
⑩ 〔清〕彭定求等:《全唐诗》,中华书局 1960 年 4 月版,第 6858 页。
⑪ 刘学锴等:《李商隐诗歌集解》,中华书局 1988 年 12 月版,第 1135 页。
⑫ 刘学锴等:《李商隐诗歌集解》,中华书局 1988 年 12 月版,第 979 页。
⑬ 〔宋〕欧阳修、宋祁等:《新唐书》,中华书局 1975 年 2 月版,第 5742 页。
⑭ 〔后晋〕刘昫等:《旧唐书》,中华书局 1975 年 5 月版,第 5007 页。
⑮ 〔清〕彭定求等:《全唐诗》,中华书局 1960 年 4 月版,第 863 页。

女皇也是女诗人

武则天是中国历史上唯一的女皇帝,自然是很霸气的,而且"点击率"很高。在中国历史上,比较霸气的女性不是太多,汉高祖刘邦的皇后吕雉算一个,她的名字很有生命力,雉是野鸡的意思,即便如此,她也没有改了老刘家的国号;清朝的孝庄也算一个,她对稳定前期的政局起到了关键的作用,她更是在极力维护儿孙们的皇权,自己倒是没有想过当几天皇帝这事。唯独这个武则天,生生地把李唐的国号给改了,干脆自己当起了皇帝。不过,人家武则天这辈子就是为皇帝生的,伺候过两代皇帝老公,生了两个皇帝儿子,自己还过了一把皇帝瘾。

你可别因为这个就认为武则天只是政坛上的一把好手,一个女政客,她还是个文学爱好者,诗歌写得也相当不赖。我说武则天是文学爱好者并非拍她的马屁,而是有根据的。著名史学家杜佑曾经在《通典》卷十五中指出:"太后颇涉文史,好雕虫之艺。"[1]什么是"雕虫之艺"?就是指写作诗歌文赋。查看《全唐诗》可以发现,武则天创作的诗歌还真不少,我统计了一下有47篇,在唐代的后妃堆儿里绝对是第一。既然如此,我们今天就来讲两首武则天创作的诗歌,第一首《如意娘》,第二首《腊日宣诏幸上苑》。

先看第一首,诗是这样的:

看朱成碧思纷纷,憔悴支离为忆君。

不信比来长下泪，开箱验取石榴裙。②

这是一首七言绝句，讲了自己对高宗皇帝的思念。这里面有一段不太好评价的爱情故事。

这是怎么回事呢？武则天本叫武媚娘，是武士彟的女儿。据《太平广记》里说，还在武媚娘是个小婴儿的时候，袁天罡曾经为她相过面。袁天罡告诉武媚娘的父母，"龙睛凤颈，贵之极也，若是女，当为天下主"③。这个孩子如果是个女孩子，将来必是掌管天下的女皇。其实人家袁天罡看出来是个女孩了，只是看透不说透罢了。当爹娘的一听，自己的女儿将来能成为女皇，自然高兴得不得了，把所有的教育资源向她一个人倾斜，要把女儿按照将来成为女皇的标准培养。就在武媚娘14岁的时候，她被选为唐太宗李世民的才人，那一年是贞观十一年（637）。不进宫永远也实现不了当女皇的理想，武则天迈出了成为女皇的第一步。皇帝身边那么多女性，谁不想上位啊？我们看范冰冰主演的《武媚娘传奇》里，后宫斗争是很惨烈的。

武媚娘在宫里的日子开始并不好过，低眉敛眼的，一点儿也没有后来的霸气。不过她的心思很缜密，知道该说的说不该说的不说，甚至该说的也要瞅准时机再说，一定要做到说一句顶一句甚至顶十句。特别是狮子骢事件，让李世民发现了武媚娘不同于旁人的魅力。就这样，两个人越走越近，武媚娘就成了李世民身边的红人，而且李世民还给武媚娘赐名武如意，这个情节在电视剧里是有的。李世民晚年卧病在床，主要是武媚娘在床边伺候。当时新改立的太子李治时不时到宫里请安，这样和武媚娘总能见面，两个人本来年龄就差不了多少，加上武媚娘在李世民身边历练多年，特有的气质深深地吸引了李治，于是两个人情愫暗生。

李世民去世之后，按照当时的制度，武媚娘或者选择陪葬，或者选择出家。如果陪葬的话，想成为女皇的愿望就彻底没戏了，武媚娘要把命运掌握在自己的手中，于是她选择了出家感业寺。李世民贞观二十三年（649）驾崩，当时武媚娘25岁。李治登基当了皇帝，这就是历史上的唐高宗。为先皇李世民守孝三年结束之后，李治到感业寺上香，约会武媚娘。武媚娘知道自己的机会来了，她要来一次才艺展示，她撕下僧衣的一角，咬破手指写了一首诗，就是那首《如意娘》。

这首诗什么意思呢？第一句"看朱成碧思纷纷"，"我看红色老当成绿色，之所以会这样是因为想你的缘故"。第二句"憔悴支离为忆君"，"你看我形容憔悴瘦成啥样了"，为什么呢？她不说寺庙禁荤腥不让吃肉，却说"为忆君"，还是"因为想你，为你消得人憔悴"。第三句"不信比来长下泪"，三年为比，指的是守孝这三年，"你要不相信我这三年因为思念你经常流泪的话"。这就引出第四句"开箱验取石榴裙"，"你可以打开我那箱子看看，我的石榴裙上还有因为思念你留下的泪痕"。这句话很给力，那意思是说我在宫中的时候就已经对你有意思了，因为守孝期间是不能穿鲜艳的服装的，所以这里的石榴裙只能是在宫中时穿的。这首诗把高宗皇帝彻底给征服了。

高宗皇帝顶着重重阻力把武媚娘接进了宫中，后来又废了王皇后，立武媚娘为皇后，号称则天皇后。当皇后没多长时间，武则天就垂帘听政成了李唐王朝真正的当家人，唐高宗反而成了二号领导了。为了维护李唐正统，上官仪建议高宗皇帝废黜武则天，结果付出了生命的代价。再到后来，武则天取代儿子当了女皇，那是天授元年（690）九月九日的事情。她的这一决定让天下人很惊诧，就这样骆宾王跟着徐敬业造反了。当皇帝的感觉就是不一样，可以名正言顺地发号施令了，而且自己的命令可以美其名曰"圣旨"。

武则天很有革新精神，不仅表现在女性当国打破传统上，而且表现在圣旨的形式上。天授二年（691）的冬天，武则天高兴，喝了点酒，忽然心血来潮，借着酒劲说："明天早上我要去花园看看。"大家一听全蒙了，你就是皇帝也不能这么任性吧？冬天花园里除了有蜡梅恐怕就是雪花了，我们就是人工给你造假花也来不及啊。武则天真够任性的，不管不顾就开始下圣旨了，这就是我们要讲的《腊日宣诏幸上苑》诗：

　　明朝游上苑，火急报春知。

　　花须连夜发，莫待晓风吹。④

虽然信口念来，但足见王者的霸气。这首诗简洁易懂，"我明天早上要到御花园游玩，赶紧把这消息传达给相关神仙知道，让百花连夜开放，如果等到明天早上我看的时候还是干枝，可以肯定的是，我会让你后悔的"。武则天还想用驯服狮子骢的那套霹雳手段，这就是"顺我者昌，逆我者亡"。

　　大家虽然都知道武则天这是酒话，但她是皇帝，咱还得当真。于是有人就把这个圣旨写好，来到御花园对着满园的枝杈宣布一遍，这就算通知下去了。各位花仙子接到命令也很诧异，还能不能愉快地玩耍了？干吗呢？哪有大冬天让百花开放的。有心不开吧，又怕被武则天连根刨掉，那是断子绝孙的事情，谁让人家是女皇呢，咱也得罪不起啊！就这样，百花也不冬眠休养生息了，连夜憋出了满园春光。可是牡丹仙子不买武则天的账，"没有这么玩的，爱咋的咋的，我就不开，看你把我怎么样"。

　　第二天早上，武则天酒醒了，但昨天那事她可没有忘记，她真的率领群臣来到了御花园。大家一路上忐忑不安，结果到御花园一看，大家欢呼雀跃，百花真的迎风招展，就像向女皇打招呼一样。武则天很得意，在大家的簇拥下徜徉在百花丛中，在严寒的冬季享受着春天的浪漫。可是，她忽然发现，牡丹怎么还是干巴枝呢？女皇为之震怒，命人把牡丹连根刨起，又放在火上烧了烧，然后贬到洛阳。结果，牡丹到了洛阳之后大放异彩，成了洛阳的文化名片，据说还出现了焦枝牡丹。难怪欧阳

-018-

修在《洛阳牡丹图》中盛赞"洛阳地脉花最宜，牡丹尤为天下奇"[5]

注　释

[1] 〔唐〕杜佑：《通典》，中华书局1988年12月版，第357页。
[2] 〔清〕彭定求等：《全唐诗》，中华书局1960年4月版，第58页。
[3] 〔宋〕李昉等：《太平广记》，中华书局1961年9月版，第480页。
[4] 〔清〕彭定求等：《全唐诗》，中华书局1960年4月版，第58页。
[5] 〔宋〕欧阳修：《欧阳修全集》，中华书局2001年3月版，第34页。

汉江边上尤情怯

武则天为了巩固自己的统治，非常注重进士科出身的官员，宋之问和杜审言都曾经得到武则天的重用。比如宋之问曾被武则天任命为宫中习艺馆学士，相当于皇家女子大学教师，当时的宋之问才30多岁。能得到武则天的青睐，看来是很有才的。我们今天就说说宋之问和他的诗歌。宋之问是山西汾阳人，也有人说他是河南灵宝人。傅璇琮先生指出，之所以会出现两种不同说法，大概是因为一个是郡望，一个是实际出生地。宋之问与河南安阳的沈佺期并称"沈宋"，在近体诗发展方面做出了突出的贡献，文献中说两个人"回忌声病，约句准篇，如锦绣成文，学者宗之"[1]，看来他们写诗是非常注重形式美的。

武则天喜欢宋之问也主要是因为他的诗歌才能，《唐诗纪事》中记载了一个"香山赋诗夺锦袍"的故事。一次，武则天带领群臣到洛阳龙门游玩，龙门的景色是很漂亮的，用白居易的话说就是"洛都四郊，山水之胜，龙门首焉"。诗歌就是对所见所闻的记录，武则天看到眼前优美的景色，就让大家写诗纪念。为了激发大家的创作热情和娱乐气氛，武则天宣布，谁先写好就赐给谁一领锦袍，这就等于有奖品了。不说这个锦袍值多少钱，关键是如果能得到，既是对自己诗歌写作能力的肯定，又是一种荣耀，毕竟是女皇奖励的。于是大家一个个摩拳擦掌开动脑筋，想在皇帝面前露一手。

这次比赛东方虬先写好了，于是武则天就按照约定把锦袍奖励给了他。东方虬很得意，披上锦袍回到了自己的座位上。东方虬还没有坐稳当呢，宋之问也写好了。武则天一看宋之问的诗，文理俱美，形式和内容达到了完美的统一。大家都觉得宋之问的诗歌比东方虬的更高一筹，于是武则天又把锦袍从东方虬手中要过来送给了宋之问。从这个故事可以看出来，武则天很欣赏宋之问的诗歌才能。那么为什么说武则天喜欢宋之问主要是因为他的诗歌才能呢？有一回宋之问向武则天请求想做北门学士，武则天没有答应，原因是宋之问有齿疾。什么是齿疾呢？就是口臭。我还真不知道口臭和能不能做北门学士有什么必然的联系。这么一比，就基本可以明白了，宋之问主要是因为文才受到了武则天的重视。

宋之问有一首人们耳熟能详的诗歌，就是《渡汉江》：

岭外音书断，经冬复历春。

近乡情更怯，不敢问来人。②

这首诗如果不考虑它的创作背景的话，很能让读者产生共鸣，但我们还必须交代一下它的创作背景。宋之问曾经一心一意媚附武则天的男宠张易之，不仅仅自己写的诗歌文章署名张易之，甚至"为易之奉溺器"，就是为张易之提夜壶。后来到了神龙元年（705）正月，武则天病得很厉害，正月二十日，张柬之等人就率领羽林军迎太子李显至玄武门，斩关而入，在迎仙院宰了张易之、张昌宗，然后把脑袋挂在了天津桥南。这其实是向武则天示威呢，武则天当时就在上阳宫，而天津桥就是通往上阳宫的要道。在这种情况下，武则天只好退位，庐陵王李显这才即位当了皇帝。

俗话说"树倒猢狲散"，张易之的靠山是武则天，武则天退位了，张易之被杀了，那些曾经和张易之眉来眼去的人，比如宋之问、沈佺期、杜审言等人，全倒了霉，被远贬他乡。宋之问被贬到了泷州，就是现在的广东省罗定市，真够远的。现在那里经济发达，都想"孔雀东南飞"。

-021-

可是宋之问被贬那个时候可不是这样，你想，被贬的地方能好到哪里？一来路远，二来肯定环境很恶劣，几乎是文化最不发达的地方，跟京城的灯红酒绿相比简直是两个世界。那是对一个人的惩罚，不是让他享福去的。要么见不着人，要么见个人也是披头散发腰里围着草帘子那种，不打招呼还好，一打招呼都是一个音节，跟野人没什么两样，挺吓人的。虽然还有相对的行动自由，但毕竟是戴罪之身，手里捧着窝窝头，菜里没有一滴油。那地方根本不适宜曾经在京城生活过的人生存。

更关键的是什么呢？当时的广东不像今天交通条件和通信条件那么发达，所以宋之问需要忍受"音书断"的折磨。肉体的折磨已经让人濒临崩溃的边缘了，如今又近乎与世隔绝，遭受着精神的煎熬。家人会不会因为自己获罪而受到牵连呢？朋友们的近况又如何呢？我们可以想象一下，在这个离不开手机和微信的时代，当我们丢失了所有朋友的一切联系方式时，心里会是什么样子？与这种情况相比，宋之问的心情只会有过之而无不及。

在这种自然环境恶劣、心理情绪糟糕的境遇中，宋之问简直是度秒如年，因此他说"经冬复历春"，岁月漫漫，让人感觉他在贬地待了很久很久。尤其是一个"复"字，不仅反映了作者贬居岭外的漫长时间，而且揭示了作者孤独、苦闷、思念亲人的感情和难以忍受的精神痛苦。其实宋之问在贬地没待多久，他是在神龙元年张易之被杀后被贬的，当时没有高铁、飞机一类的交通工具，从洛阳到罗定市需要几个月，神龙二年（706）他就逃回来了，两头都算上也就是两年时间，所以他这个"经冬复历春"实际上只有一年。为什么还会给人感觉那么长呢？这是一个实际时间和心理时间的差别问题。就像薛道衡出使陈国，过春节没有回到老家，他就写诗说"入春才七日，离家已二年"（《人日思归》）[3]，"七日"和"二年"形成了强烈的对照，一说短，一言长，再被"已"一烘托，越发显得时间漫长了。宋之问被贬的时候就不愿意离开京城，他在《度大庾岭》中说"度岭方辞国，停轺一望家"④，几乎是一步三回头，而且"魂随南翥鸟，泪尽北枝花"，真是"黯然销魂者，唯别而已矣"。

最终因为忍受不住肉体折磨和内心煎熬的双重痛苦，宋之问决定逃归。当他历经千辛万苦到达汉水边上时，距离家乡洛阳已经越来越近了。根据我们的生活经验，离家乡越近越感到亲切。但是宋之问却一反常情，"近乡情更怯"，离家乡越近越害怕。为什么会如此呢？因为作者这么长时间贬居岭外，与家人、朋友没有任何联系，他们现在是什么情况，自己一点儿也不知道。自己之所以逃归，这是一个很重要的原因，因此这是诗人急于知道的事情。但他又怕知道。为什么会如此矛盾呢？他担心结果不是自己想听到的。

这样一来，所有的纠结都落在了最后一句上，"不敢问来人"。想知道家里的情况就打听一下呗，不敢。之所以不敢，原因有两个：一是他害怕从来人的口中证实自己的担心，就像打一辈子仗的老兵回到家一样，邻居"遥看是君家，松柏冢累累"⑤，那就坏了。那样自己渴望与家人团聚的愿望将会被这无情的现实击得粉碎。不问，毕竟还为自己留下了一丝希望和幻想，使自己的心灵暂时不受到无情的打击。可是诗人是在压抑着怎样的痛苦啊！他不是不想问，他太想问了，可是他多么不希望自己遭遇《十五从军征》中主人公的悲哀呀。二是他的身份是罪人，是被贬谪之人，一问如果被发现是从贬地逃回来的宋之问，那将会被加重处罚的，甚至可能有生命危险，所以"不敢问"。透过"情更怯"和"不敢问"，我们不难深切地感受到诗人强压的急切愿望和由此而造成的精神痛苦。

宋之问逃到洛阳之后，藏在张仲之的家中，张仲之对朋友很够义气。但是张仲之和宋之问的关系就像农夫与蛇一样，宋之问没有知恩图报，反而给张仲之带来了灭门之祸。当时武三思骄横用事，虐害忠良，张仲之与驸马都尉王同皎等人商量谋杀武三思以安王室，结果被知情的宋之问告了密。还没等张仲之等人动手呢，武三思来了个先下手为强。后来因为告密有功，宋之问被提拔为鸿胪主簿，但也是因为这件事，"天下丑其行"，宋之问被钉在了耻辱柱上。看来，宋之问的人品和文品是不能画等号的。

注　释

① 〔宋〕欧阳修、宋祁等：《新唐书》，中华书局1975年2月版，第5751页。
② 陶敏等：《沈佺期宋之问集校注》，中华书局2001年11月版，第440页。
③ 袁行霈：《中国文学作品选注》第二卷，中华书局2007年6月版，第203页。
④ 陶敏等：《沈佺期宋之问集校注》，中华书局2001年11月版，第428页。
⑤ 〔宋〕郭茂倩：《乐府诗集》，中华书局1979年11月版，第365页。

马嵬不是无情地

只要对唐朝历史有一点了解，一说到马嵬坡肯定马上就能想到那是贵妃杨玉环丧命的地方。《全唐诗》中，单以"马嵬"二字为题的诗歌就有近 30 首，而且这些诗歌几乎无一例外写到了杨玉环。既然如此，我们就简单了解一下杨玉环和马嵬坡的故事。

杨玉环本是寿王妃，寿王是玄宗皇帝的第十八个儿子，生母是武惠妃。武惠妃是谁呢？她是武则天的侄孙女。因为杨玉环长得像武惠妃，在武惠妃死后被玄宗纳为妃子。我们不去管他们是不是乱伦，那已经是个历史问题了。反正玄宗皇帝得到杨玉环之后，对她宠爱有加，白居易在《长恨歌》中是这么说的："后宫佳丽三千人，三千宠爱在一身。"[①]这话说得不过分，此前玄宗曾深爱着梅妃江采萍，杨玉环插一杠子没梅妃啥事了。不仅如此，还一人得道鸡犬升天，"姊妹弟兄皆列土，可怜光彩生门户"。

但是，就在玄宗和杨贵妃享受爱情甜蜜的同时，安禄山却在酝酿着惊天的阴谋，终于在天宝末年发动了"安史之乱"，这就是白居易《长恨歌》中所说的"渔阳鼙鼓动地来，惊破霓裳羽衣曲"。玄宗皇帝匆忙到成都避难，说得好听点是避贼锋芒，其实就是逃跑了，当然他没有舍下须臾不可分离的爱妃杨玉环。但他哪里知道，他的隆恩却带给了杨玉环不能承受的生命之痛，让这个花枝招展的名列四大美女之位的杨玉环竟然在逃难的途中香消玉殒。当逃难的队伍来到马嵬坡时，愤怒的士兵杀死了宰相杨国忠，并逼着玄宗皇帝赐死杨贵妃。为此，原本默默无闻的马嵬走进了诗人的视野，比如李商隐《马嵬二首》（其一）：

　　海外徒闻更九州，他生未卜此生休。
　　空闻虎旅传宵柝，无复鸡人报晓筹。
　　此日六军同驻马，当时七夕笑牵牛。
　　如何四纪为天子，不及卢家有莫愁。②

历史记载，"安史之乱"平定后，玄宗派方士上天入地寻找杨玉环，白居易在《长恨歌》中是这样说的："排空驭气奔如电，升天入地求之遍。"结果还真在海外仙山找到了，而且杨玉环还记得当年七夕与玄宗在长生殿说的"愿世世为夫妇"的誓言。但是，李商隐一点儿面子也不给，一个"徒闻"就把这个事变成了虚妄。为什么呢？"他生未卜此生休"，这辈子都已经这么悲催地结束了，还谈什么下辈子啊！接下来四句是倒叙的手法，又用宫中享乐生活和逃难马嵬坡形成鲜明的对比，"虎旅传宵柝"与"鸡人报晓筹"相对，"六军同驻马"与"七夕笑牵牛"相对，突出了今非昔比，而且暗示以往的享乐生活一去不复返了。尤其是第三联让人泪崩，曾经那么恩爱的一对，甚至还讥笑过一年见一回的牛郎织女远不如自己整日厮守那么柔情蜜意，可是转眼之间却在马嵬坡阴阳相隔。

　　有人说，赐死杨贵妃表现了唐玄宗虚伪自私的一面，咱就别往玄宗的伤口上撒盐了。从一个常人的角度考虑，两个人生活那么久肯定是有感情的，好多诗歌中都写两个人爱得很深，赐死肯定心里很难过。当皇帝也有当皇帝的难处，要不李商隐怎么会用"如何四纪为天子，不及卢家有莫愁"结尾呢？一纪是十二年，玄宗在位四十多年，因此说四纪，这是一个约数。当这么久皇帝首先说明了其本身的能力，可是他照样不如平常百姓卢家能保住自己的妻子莫愁。类似的说法于濆也说过，他在《马嵬驿》中说"当时嫁匹夫，不妨得头白"③，只不过他是站在杨玉环的立场上说的。

刘禹锡在他的《马嵬行》中写到了杨玉环被赐死的悲戚场面，"群吏伏门屏，贵人牵帝衣。低回转美目，风日为无晖"④，杨玉环也不想死，每个人的生命都是一次性消费，死了啥都没了。"牵帝衣"非常富有画面感，那种对生命留恋的悲切样子如在眼前，再加上后两句一衬托，风云为之变色，真是感天动地啊。关于杨贵妃是怎么死的，历史上一直存在争论，有被勒死的、悬梁自尽的、马踏死的等种种说法。不过人家刘禹锡在这里却说"贵人饮金屑，倏忽舜英暮"，是"饮金屑"死的。金屑指金屑酒，一种毒酒。杨贵妃喜欢吃新鲜荔枝，所以每天都有专人快马运送。晚唐诗人杜牧《华清宫绝句》中"一骑红尘妃子笑，无人知是荔枝来"⑤说的就是这件事。张祜在他的《马嵬坡》中也写到了杨贵妃和荔枝，不过是悲剧性的"尘土已残香粉艳，荔枝犹到马嵬坡"⑥，杨玉环已经没有这个口福了。

杨玉环一向被视为"安史之乱"的祸根，就是因为她，当年英明神武的玄宗皇帝整天沉浸在安乐窝中，以至于"春宵苦短日高起，从此君王不早朝"（白居易《长恨歌》），这才导致了"安史之乱"的爆发。但也有人为这个弱女子打抱不平：为什么把这么沉重的历史罪责强加到一个纤弱的女子身上呢？黄滔看不过去了，他站出来写了一首七言绝句，取名为《马嵬》：

　　锦江晴碧剑锋奇，合有千年降圣时。
　　天意从来知幸蜀，不关胎祸自蛾眉。⑦

这首诗明显是在替杨贵妃开脱。四川山清水秀，一直被帝王青睐，所以到四川避难就是天意，关人家杨玉环什么事？持这种态度的人还真不少，看来公道自在人心。狄归昌写过一首《题马嵬驿》，这首诗也有人说是罗隐写的，先不去追究作者究竟是谁，看诗里是如何说的吧：

　　马嵬烟柳正依依，重见銮舆幸蜀归。

　　泉下阿蛮应有语，这回休更怨杨妃。⑧

这也是一首绝句。第二句"重见銮舆幸蜀归"是怎么回事呢？这件事写的是唐僖宗，为了躲避黄巢起义，也像当年的玄宗皇帝一样，躲到四川去了。唐僖宗可没有像自己的那位玄宗老祖那样宠爱哪位美女吧？但他同样跑到了四川。作者就这件事替唐玄宗设想，阿蛮是唐玄宗的小名，这回你们可不能埋怨杨贵妃了吧？其实，拿唐僖宗为杨玉环鸣不平的人还有韦庄，他在《立春日作》中说："九重天子去蒙尘，御柳无情依旧春。今日不关妃妾事，始知辜负马嵬人。"⑨"今日不关妃妾事"说得多么明白啊，唐僖宗逃难不关妃妾事，当年唐玄宗逃难就和杨玉环有关系吗？她就是个替罪羊。

　　这么看来，关于杨玉环死在马嵬坡的意义，就需要重新认识了。徐寅憋不住了，愤然写了一首《马嵬》诗，通过对比突出了杨玉环的伟大：

　　二百年来事远闻，从龙谁解尽如云。

　　张均兄弟皆何在，却是杨妃死报君。⑩

想当年跟着玄宗逃难的大臣那么多，谁帮这个落难的皇帝解决问题了？就拿玄宗的宠臣张说那两个宝贝儿子来说吧，一个叫张均，一个叫张垍，而且张垍还是玄宗的驸马，你说玄宗对你们老张家多好啊。可是结果怎么样呢？安禄山占领长安之后，这两株墙头草马上就接受了安禄山安排的官职，这人品、气节，和杨贵妃没法比，"却是杨妃死报君"，在这场战乱中，只有杨贵妃用死来报答了君主对她的宠爱。这简直是在指着那些达官贵人的鼻子骂，过瘾！

　　对于杨玉环死在马嵬坡这件事，还有更加奇葩的认识，那就是署名蜀宫群仙的《太真》诗：

  春梦悠扬生下界，一堪成笑一堪悲。

  马嵬不是无情地，自迈蓬莱睡觉时。[11]

你本是上界的太真仙子，为什么非要到人间走一遭呢？不过，既是相爱，就不要怨恨马嵬坡是无情之地，你和玄宗皇帝早晚会在蓬莱仙境中再次相遇的。好洒脱的观点啊。不过，从这一首诗里不难让我们感受到，人生就是一出悲喜剧，有悲就有喜，有喜当然也会有悲。

  不管如何，杨玉环死在了马嵬坡，让名不见经传的马嵬坡成了亮点，为诗人带来了创作的题材和对历史的思考。还有一个有趣的现象，当年杨玉环受宠，"遂令天下父母心，不重生男重生女"（白居易《长恨歌》），可是看到"路边杨贵人，坟高三四尺"（刘禹锡《马嵬行》）时，人们也"生女愁倾国"（于濆《马嵬驿》）了。人生无常，变化多端，从一个杨贵妃身上看得真真的。

注　释

① 谢思炜：《白居易诗集校注》，中华书局 2006 年 7 月版，第 943 页。
② 刘学锴等：《李商隐诗歌集解》，中华书局 1988 年 12 月版，第 336 页。
③ 〔清〕彭定求等：《全唐诗》，中华书局 1960 年 4 月版，第 6925 页。
④ 〔唐〕刘禹锡：《刘禹锡集》，中华书局 1990 年 3 月版，第 338 页。
⑤ 吴在庆：《杜牧集系年校注》，中华书局 2008 年 10 月版，第 221 页。
⑥ 〔清〕彭定求等：《全唐诗》，中华书局 1960 年 4 月版，第 5843 页。
⑦ 〔清〕彭定求等：《全唐诗》，中华书局 1960 年 4 月版，第 8131 页。
⑧ 〔清〕彭定求等：《全唐诗》，中华书局 1960 年 4 月版，第 7907 页。
⑨ 〔清〕彭定求等：《全唐诗》，中华书局 1960 年 4 月版，第 8005 页。
⑩ 〔清〕彭定求等：《全唐诗》，中华书局 1960 年 4 月版，第 8188 页。
⑪ 〔清〕彭定求等：《全唐诗》，中华书局 1960 年 4 月版，第 9761 页。

牢骚一句老田园

我的恩师陈飞先生曾经对我说过这样一句话："有发牢骚那点空，不如干点正事。"实践是检验真理的唯一标准，这么多年来，我也越发觉得，牢骚无益，所以慢慢地把恩师的告诫当成了工作和生活中的"易筋经"。在唐朝历史上，有一个诗人因为发牢骚耽误事儿了。这个人是谁呢？他为什么发牢骚呢？他又是怎么发的牢骚呢？他是如何因为发牢骚耽误事儿的呢？下面我们来一探究竟。

这位主人公是盛唐时期山水田园诗人的代表人物之一孟浩然，和王维并称"王孟"。因为二人在山水田园主题方面的诗歌成就都很高，文学史家又把盛唐山水田园诗派称为"王孟诗派"，还有人认为孟浩然的诗歌水平应该在王维之上。孟浩然是湖北襄樊（今湖北襄阳）人，当时属襄阳，因此人们又称他"孟襄阳"。孟浩然的知名度很高，幼儿园的小朋友都会背诵他那首《春晓》。李白很牛吧，"数十年为客，未尝一日低颜色"，终其一生很少佩服过谁，但这位孟浩然竟然是他的偶像。李白曾经在《赠孟浩然》诗中毫无掩饰地"表白"说："吾爱孟夫子，风流天下闻。"[①]李白对孟浩然的潇洒风度爱慕有加；又在《黄鹤楼送孟浩然之广陵》诗中说"孤帆远影碧空尽，唯见长江天际流"[②]，孟浩然的船早就从视野中消失了，他还站在那里依依不舍翘首远望，由此足见这位"飞扬跋扈为谁雄"的李白是孟浩然的铁杆粉丝。

书归正传，孟浩然为什么发牢骚呢？因为科举考试失败。当年已经39岁的孟浩然来到京城长安参加了开元十六年（728）的进士科考试。他对自己的能力很自信，因为就在考试之前，他办了一件让很多人不得不竖大拇指的事情。他在秘书省参加一群文人的联句活动，就是大家一递一联同写一首诗，这是当时很常见的一种文人雅事。当轮到孟浩然时，他写了两句"微云淡河汉，疏雨滴梧桐"，结果别人全把笔撂下了。为什么？接不下去，根本就不是一个重量级的，纵然勉强写了也是狗尾续貂。可是，这么牛的孟浩然竟然在进士科考场上栽了，《旧唐书·孟浩然传》中说得很明白"应进士不第"[3]，"不第"就是没考上的意思。既然来参加考试，孟浩然就是渴望成功的，要不他也不会在《长安早春》诗中说"鸿渐看无数，莺歌听欲频。何当桂枝擢，归及柳条新"[4]，从诗中的措辞"鸿渐""桂枝擢"等不难感觉到他渴望成功的心情。但现实很残酷，他没有考中。

失败的心情是很糟糕的，他把这种糟糕的心情写成了一首诗，题目叫《岁暮归南山》，又叫《归故园作》。诗是这样的：

北阙休上书，南山归敝庐。

不才明主弃，多病故人疏。

白发催年老，青阳逼岁除。

永怀愁不寐，松月夜窗虚。[5]

全诗就是在发牢骚，"我没有考上，不是我没有才，是皇帝不要我"，"弃"不就是抛弃不要的意思吗？算了，以后也别想着什么家国大事了，还是到终南山归隐去，好好当自己的平头老百姓吧。这首诗写好之后，他就真的打算返回老家了。这天他去向王维辞行，偏巧王维这天要值班，就把孟浩然带进了值班地点。结果更巧的事情发生了，玄宗皇帝也来找王维闲聊，孟浩然一着急就钻到床底下躲了起来。王维害怕孟浩然在下面时间长憋不住弄出点啥动静再惊了驾，那罪过就更大了，于是就实话实说："不好意思，陛下，我把孟浩然带进来了。"玄宗皇帝不仅没有责怪王维，反而很高兴，他读过孟浩然的诗歌，对孟浩然的才华很欣赏。玄宗想：我有那么可怕吗？怎么还让孟浩然钻到床底下躲着我？

玄宗把孟浩然从床底下请出来，问他带没带作品。孟浩然说："没带。"孟浩然也没有想到会这么巧碰见皇帝，他要知道能碰上肯定就带着了。玄宗皇帝就说"可吟近作"，既然没带，你就背诵一首你最近写的诗歌吧。这个可以，孟浩然也没想那么多，近作嘛，他就开始背那首发牢骚的《岁暮归南山》了。孟浩然刚背到"不才明主弃，多病故人疏"这两句，玄宗皇帝就把脸沉下来了："别往下背了，哪里是我不要你啊？"《新唐书·孟浩然传》中是这样说的："卿不求仕，而朕未尝弃卿，奈何诬我？"⑥是你自己考不上，怎么能把这么大的屎盆子扣到我头上呢？孟浩然太没眼色了，在不合适的时间，面对不合适的人，说了不合适的话，就这样把玄宗皇帝给得罪了。那你想，他得罪了玄宗还能在京城待下去吗？

因为发牢骚得罪皇帝，这事儿可不是闹着玩的。后来，虽然采访使韩朝宗有意举荐他，但又机缘不成熟，被孟浩然给错过了。这就是李白在《赠孟浩然》诗中所说的"红颜弃轩冕"。既然无缘官场了，那咱就"白首卧松云"，高卧云林寄情山水吧。从此以后，孟浩然就成了一个在路上的人。为什么这么说呢？看孟浩然的诗集，你会发现题目要么是从哪里到哪里，要么是在哪里或经过哪里，如《早发渔浦潭》《经七里滩》《南阳北阻雪》《晚泊浔阳望香炉峰》《行至汉川作》《自洛至越》等，总之他在家里待的时间不是太多。比如我们都非常熟悉的那首《宿建德江》，一看题目就知道，孟浩然在路上：

移舟泊烟渚，日暮客愁新。

> 野旷天低树，江清月近人。⑦

从诗中的"烟渚""客愁""野旷""江清"等词来看，孟浩然应该是处在前不着村后不着店的地方，又在船上挨了一夜。特别是第二句"日暮客愁新"的"新"字，说明孟浩然遇到这种情况恐怕不止一次了。好在作者没有呼天抢地地抱怨，而是静下来欣赏江中夜泊的美景。

除到全国各地转转，欣赏一下美好的自然风光外，孟浩然还经常应邀到朋友家里去坐坐，去体验一下生活的幸福。在这样的作品中，那首《过故人庄》最为突出，这是一首标准的田园诗歌：

> 故人具鸡黍，邀我至田家。
> 绿树村边合，青山郭外斜。
> 开轩面场圃，把酒话桑麻。
> 待到重阳日，还来就菊花。⑧

这首诗歌用平淡的语言描述了农村淳朴的风情，形式挺像我们今天的记叙文，在风格上可以追逼那位东晋的"五柳先生"陶渊明了。第一联就像作者写的日记一样，非常平淡地向人们叙述着一件事情：一位农民朋友邀请自己到家中做客。一个"具"字，一个"邀"字，用语非常"随便"，但在这种随便的背后反映的却是毫无俗套的至交情谊，这样一来，就从含义上紧扣住了"故人"。不像我们今天请客要提前几天准备，在很多人看来，三天为请，两天为叫，当天请客叫提溜，请得越急对人越不尊重。如果这样来看的话，孟浩然是被提溜过去的，但这也正说明了主客之间关系不错。主人准备的饭菜是什么呢？"鸡黍"，杀了只鸡，蒸的米饭，而不是杯盘罗列，珍馐万钱。这样不仅使人觉得一股特有的田家气息扑面而来，而且再一次用简单的饭菜来表现了主客之间的深厚友谊。这两句开头使整首诗歌充满了和谐友好的气氛。

接到朋友的邀请，作者马上欣然前往，"至田家"，这就照应了题目中的"过"字,"过"是拜访的意思。那么,接下来的第二联便是作者赴宴途中所看到的景色:近处是葱茏的绿树环抱着村庄,远处是青翠的山峰斜枕着郊野,环境本身充满了诗意。原来,这位朋友生活在一个幽静而秀美的地方。在诗人的笔下,他眼中的景物似乎具有了生命,仿佛感受到了诗人愉悦的心情,所以一刹那都变得灵动秀美起来了。当然,我们也可以这样去理解,当诗人看到秀美的景色,他的心情变得轻松了。第三联写主客在酒席间的情景。由于作者不是什么贵人,主人也仅是村野农夫,所以彼此之间不需要社会上那种客套寒暄。既在田家做客,自然离不开谈论农事的话题,二人酒酣耳热之际,站起身来走到窗前,推开窗户,场圃上的所有情景都映入眼帘,心旷神怡。此情此景,主客之间必然如陶渊明《归园田居》(其二)中所说的那样"相见无杂言,但道桑麻长"⑨。

　　读到这个地方,我们已经充分领略到了强烈的田园风味和劳动气息,而这样的感受正是诗人仕途无望后对田园生活向往的反映。这个地方给我们一种生活启示,与人交谈要注意倾听和角色转换,不能你见多识广就从心理上占有优势,老拣别人不知道的事情说,那是嘚瑟,那是在拒人于千里之外。老百姓很少知道种地之外的事情,所以他们说的多是东家长西家短。你说的他们能接上话,他们就愿意和你聊,否则,人家会很讨厌你的。酒足饭饱,知心的话也说了不少,但是作者仍然意犹未尽,于是告诉主人说:"等到重阳节那天,我再来和你一同饮酒赏菊。"这首诗歌语言没有一点讲究,就是大白话,但主人的热情和客人的愉快,全跃然纸上。

　　全诗按时间顺次安排赴宴的经过,没有华丽的辞藻和抽象的雕饰,作者用质朴的语言生动地表现了农家生活的和谐以及自己对田园生活的向往,色调明快,感情纯真,富有诗情画意。不过,这也表现了孟浩然生活内容的局限，限制了他诗歌内容的丰富和艺术成就的进一步提高。

注　释

① 〔唐〕李白：《李太白全集》，中华书局1977年9月版，第461页。
② 〔唐〕李白：《李太白全集》，中华书局1977年9月版，第734页。
③ 〔后晋〕刘昫等：《旧唐书》，中华书局1975年5月版，第5050页。
④ 〔清〕彭定求等：《全唐诗》，中华书局1960年4月版，第1658页。按：一作张子容诗。
⑤ 〔清〕彭定求等：《全唐诗》，中华书局1960年4月版，第1652页。按：一题作《归故园作》，又作《归终南山》。
⑥ 〔宋〕欧阳修、宋祁等：《新唐书》，中华书局1975年2月版，第5779页。
⑦ 〔清〕彭定求等：《全唐诗》，中华书局1960年4月版，第1668页。
⑧ 〔清〕彭定求等：《全唐诗》，中华书局1960年4月版，第1651页。
⑨ 袁行霈：《陶渊明集笺注》，中华书局2003年4月版，第83页。

诗家夫子王昌龄

说起盛唐时期的边塞诗，我们脑海里马上会浮现出高适、岑参的名字。这两个人物在当时确实是写边塞诗的高手，后来的文学史家还干脆把盛唐边塞诗派称为"高岑诗派"。但是我们不能只知高、岑二人，不知其他，因为在边塞诗歌创作中还有一位"大佬"级人物，也是唐代诗人中一颗璀璨的明星，他就是王昌龄。

王昌龄在当时是属于学习好的"学生"，因为他不仅考上了开元十五年（727）进士科，而且还考上了开元二十二年（734）的博学宏词科，相当于"双学位"。要知道进士科并不好考，考中博学宏词科的更是凤毛麟角。王昌龄的诗歌在当时绝对数得着，要不也不会被圈内称为"诗家夫子王江宁"。辛文房在《唐才子传》中说"昌龄工诗，缜密而思清"[①]，凭这句话就能想象王昌龄的诗歌成就了。唐朝有个殷璠，编了一本《河岳英灵集》，王昌龄的诗他选了16首，数量上排第一位，这也说明了王昌龄的诗歌成就。与高适和岑参擅长古体诗不一样，王昌龄主要擅长绝句，所以他又被称为"七绝圣手"。

既然是"七绝圣手"，咱们就来看一首他的七言绝句吧。《出塞二首》（其一）被人誉为"唐人七言绝句的压卷之作"，也就是七言绝句中最好的作品。这首诗大家都很熟悉：

秦时明月汉时关，万里长征人未还。

  但使龙城飞将在，不教胡马度阴山。②

  这是一首超越时代的控诉战争、呼唤和平的具有人文关怀的诗歌。第一句话从修辞方法上叫互文见义，秦汉时的明月秦汉时的关山，不仅勾画出一幅边关冷月的景象，而且告诉人们战争一直都没有消停过。明月高挂夜空，在见证着人类历史上的战争灾难，不禁让人想到那首民谣："月儿弯弯照九州，几家欢乐几家愁。几家夫妇同罗帐，几家飘零在外头……"人民流离失所，这便是战乱带给人们的灾难。

  为了不使"几家飘零在外头"的悲剧重演，当时那些"最可爱的人"一批批一代代毅然走向了战场，用他们的生命在为家人争取着和平。他们虽然战斗在那"遥望玉门关"的孤城，忍受着"大漠风尘"的域外荒寒，经受着"黄沙百战穿金甲"的艰难困苦，但依旧发出"不破楼兰终不还"[《从军行七首》（其四）]③的豪言壮语。在那个冷兵器时代，战士走向战场也就等于走向了死地，就像高适在《燕歌行》中说的那样，"战士军前半死生"④。像古乐府诗中所说的"十五从军征，八十始得归"⑤的幸运者是极少的，所以王翰在《凉州词二首》（其一）中才说"古来征战几人回"⑥，王昌龄所发出的"万里长征人未还"的慨叹也就是这个意思。

  在抗敌御侮任用将领方面，这位"七绝圣手"王昌龄有话要说，他觉得所用边将不得其人，所以才会出现外敌入侵的现象，也就是说本来该很牛的大将结果是"菜鸟"。假如让当年的"飞将军"李广来镇守边关，可以肯定的是敌人连侵犯的想法都不敢有。为什么这么说呢？李广是汉代的大将，威震匈奴，简直是匈奴的克星。阴山就在今天内蒙古的中部，汉朝时的匈奴要想侵犯中原必须越过这座阴山。如果李广将军在，敌人连阴山都不敢越过，那就意味着不敢有侵犯的想法，没有战争了。不仅王昌龄这么说，高适也是这么认为的，他在《燕歌行》结尾中说："君不见沙场征战苦，至今犹忆李将军。"清人沈德潜在《说诗晬语》中说："'秦时明月'一章，前人推奖之而未言其妙。盖言师劳力竭，而功不成，由将非其人之故。得飞将军备边，边烽自熄，即高常侍《燕歌行》归重'至今人说李将军'也。"⑦但是，从王昌龄"但使"这个词语所表现出来的语气上我们能够感受出来，这只能是一种浪漫的假想。既然李广不再，也就意味着"万里长征人未还"的人间悲剧还要继续上演。所以我说这首诗是小文体表现的大问题，超越了一时一事一地的局限，具有跨时代的人文关怀，表现出了历代人们对和平共同的心声。

"更吹羌笛关山月，无那金闺万里愁"[《从军行七首》（其一）]⑧，既然有战争，就会有走向战场的战士，也必然会因此出现独守空闺的思妇。王昌龄在女性心理表达方面也是一把好手，人们把这种诗歌叫作"代言体"。比如他写的一组《长信秋词》，就非常细腻地刻画了被皇帝疏远的班婕妤内心的苦闷，而且怨而不怒，分寸拿捏得很好。在这类诗中，那首《闺怨》写得让人感慨万千：

闺中少妇不曾愁，春日凝妆上翠楼。
忽见陌头杨柳色，悔教夫婿觅封侯。⑨

这里的女主人公开始心里挺没数的，一点也不知道发愁，在春光大好的日子，她浓妆艳抹登上高楼。她要干吗呢？欣赏外面的大好春色。和《诗经》里那位"自伯之东，首如飞蓬。岂无膏沐？谁适为容"的女子比比，这里的"女一号"确实有些不着调。女为悦己者容，欣赏她的人不在眼前，还把自己打扮得跟那花大姐似的，真是够自恋的。不过，纠结马上来了。当她看到外面花红柳绿，游人往来如织的时候，特别是看到那些在夫君的陪伴下出来游春的女子时，她感到了孤独寂寞，于是才有了"悔教夫婿觅封侯"的反思和感叹。

作者没有告诉我们这位女主人公的夫君去干什么了，但既然是"觅封侯",应该不是读书人的常规路径,因为李贺在《南园》中说"若个书生万户侯",怎么样才能封侯呢?李贺的答案是"男儿何不带吴钩,收取关山五十州"⑩,看来应该像岑参说的那样,"功名只向马上取"了。万一再遇到一位"不破楼兰终不还"的夫君,"少妇城南欲断肠"还不知道何时结束;即便是夫君归心似箭,一旦遇到"力尽关山未解围"的情形,恐怕也只能是"征人蓟北空回首"了。

  王昌龄有才,诗歌写得好我们不能否认,因为诗歌写得好,所以他认识的人也都是当时诗坛上的大腕,比如王之涣、孟浩然、李白,哪一个都是响当当的人物。特别是孟浩然,就是拿生命与这位"七绝圣手"交往的。这又是怎么回事呢?开元二十八年(740),王昌龄被贬官,路上经过襄阳,他就顺道去拜访了圈内的好朋友孟浩然。有朋自远方来,孟浩然自然很高兴,陪着王昌龄连吃带喝。可是他光顾着心里高兴嘴上痛快了,忘了自己不能这样。原因是他患有疽病,背上长了个疮,这种病不能吃发物,不能生气。其实,孟浩然的病马上就要痊愈了,结果王昌龄这一来,孟浩然不管三七二十一陪着他胡吃海喝,吃了很多海鲜,结果疽病复发,一命呜呼。从这件事我们也可以感觉到孟浩然多么看重王昌龄,从这件事我们又可以感觉到王昌龄不注意细节,他对孟浩然的病难道就一点也不知道?

  正史记载,王昌龄确实不注意细节,比如《旧唐书·王昌龄传》中说他"不护细行,屡见贬斥"⑪,不注意细节也就算了,还不长记性,不知道吸取教训,所以多次被贬。有一回被贬为龙标尉,李白听说后还给他写了一首诗寄了过去,就是那首《闻王昌龄左迁龙标,遥有此寄》:

  杨花落尽子规啼,闻道龙标过五溪。
  我寄愁心与明月,随风直到夜郎西。⑫
自己的好朋友被贬到遥远的地方,李白写下这首诗寄过去表达自己对朋友的关切之情。杜鹃鸟的叫声已经很悲切了，正好衬托出自己听说朋友被贬时的压抑悲愤之情，再加上如烟似雾飘飞的柳絮，更让人心生悲凉。

好像悲凉一直在伴随着王昌龄，这个小小的龙标尉王昌龄也没有干多长时间，离任之后迂回到了亳州，结果就死在了刺史闾丘晓的手中。《唐才子传》中是这样记载的：王昌龄"以刀火之际归乡里，为刺史闾丘晓所忌而杀"[13]。"刀火之际"就是战乱时期，也就是"安史之乱"期间。究竟是什么原因让闾丘晓动了刀子，辛文房没有讲，不过一个"忌"字却让人浮想联翩。后来，代理宰相张镐按察河南，替王昌龄报了仇。当时正值"安史之乱"，张巡在商丘被安史叛军大将尹子奇围困，张镐命令闾丘晓发兵救援。因为闾丘晓平时对部下很苛刻，因此大家都很讨厌他，就压着公文没有及时上报给闾丘晓看。这就是故意整他呢，不过这样可坑了当时商丘的老百姓和张巡了，结果商丘被攻陷，张巡也死了。这下闾丘晓就摊上大事了，因为没有及时救援犯了军法。

张镐对闾丘晓恨得牙根痒痒，就把闾丘晓判了个死刑。开刀问斩之前，闾丘晓说家里有80岁的老母需要奉养，希望张镐能够饶自己一命。张镐一听更是气不打一处来，说："王昌龄之亲，欲与谁养乎？"[14]那意思是说："你杀王昌龄的时候想没想过王昌龄的母亲由谁来奉养啊？告诉你，我杀你是二罪归一，一是触犯军法延误军机导致商丘失陷，二是你嫉贤妒能杀害王昌龄。"虽然张镐有点借自己之公报王昌龄私仇的味道，但毕竟王昌龄可以瞑目九泉了。我们从这件事可以说，这位"诗家夫子王昌龄"通过诗歌树立了特有的人格魅力。

注　释

① 傅璇琮：《唐才子传校笺》第一册，中华书局1987年5月版，第258页。

② 〔清〕彭定求等：《全唐诗》，中华书局1960年4月版，第1444页。
③ 〔清〕彭定求等：《全唐诗》，中华书局1960年4月版，第1444页。
④ 刘开扬：《高适诗集编年笺注》，中华书局1981年12月版，第97页。
⑤ 〔宋〕郭茂倩：《乐府诗集》，中华书局1979年11月版，第365页。
⑥ 〔清〕彭定求等：《全唐诗》，中华书局1960年4月版，第1605页。
⑦ 袁行霈：《中国文学作品选注》第二卷，中华书局2007年6月版，第274页。
⑧ 〔清〕彭定求等：《全唐诗》，中华书局1960年4月版，第1444页。
⑨ 〔清〕彭定求等：《全唐诗》，中华书局1960年4月版，第1446页。
⑩ 〔清〕彭定求等：《全唐诗》，中华书局1960年4月版，第4401页。
⑪ 〔后晋〕刘昫等：《旧唐书》，中华书局1975年5月版，第5050页。
⑫ 〔唐〕李白：《李太白全集》，中华书局1977年9月版，第661页。
⑬ 傅璇琮：《唐才子传校笺》第一册，中华书局1987年5月版，第257页。
⑭ 傅璇琮：《唐才子传校笺》第一册，中华书局1987年5月版，第257页。

可爱徐妃半面妆

你听说过"徐妃半妆"的故事吗？故事说梁元帝有个妃子叫徐昭佩，长得很漂亮，梁元帝很喜欢她。但是徐昭佩不喜欢梁元帝，原因是这个梁元帝"眇其一目"，就是瞎了一只眼。每次梁元帝来徐昭佩这里过夜的时候，徐昭佩都是只在半张脸上化妆，另外半张脸就不管它了，这就是"徐妃半妆"。

在唐代的诗歌创作中也存在过像徐妃半面妆这样的"半拉子工程"，就是诗歌没有按规矩完成，说得再明白一点就是没有写够规定的字数。不过，虽然没有完成却依旧很成功，得到了重要读者的高度赞赏，因此从这个角度来说则是"可爱徐妃半面妆"。这个主人公叫祖咏，自称洛阳人。为什么强调"自称"洛阳人呢？因为今天平顶山市人民政府网站上说祖咏是平顶山人。其实这两种说法并不矛盾，祖咏的诗歌《酬汴州李别驾赠》中说："自洛非才子，游梁得主人。"[①]他说自己是洛阳人，只是洛阳自古多才子，自己还算不上什么才子罢了。后来因为仕途失意，祖咏就"移家归汝坟间别业，以渔樵自终"[②]。为此他还写过几首诗歌，比如《汝坟别业》中有"失路农为业，移家到汝坟"[③]，汝坟就在今天平顶山附近。

祖咏的这个"徐妃半妆"或者说"半拉子工程"是哪首诗歌呢？就是他那首名震江湖的《终南山望余雪》，诗是这样写的：

终南阴岭秀，积雪浮云端。

林表明霁色，城中增暮寒。④

　　五言四句的唐诗很常见，比如前面讲到的李世民的《咏烛》、骆宾王的《于易水送人》等，怎么偏说祖咏的这首诗是"徐妃半妆"呢？这牵涉到一个诗歌的功能和形式规范问题。李世民和骆宾王的诗歌都是自由创作，究竟写几句由作者说了算。可是祖咏就不一样了，祖咏是在特定场合和严格规定下进行创作的。

　　这个"特定场合"和"严格规定"是怎么回事呢？特定场合是科举考场。这是祖咏在开元十三年（725）参加科举考试时的"命题作文"。这就涉及了严格规定，考场上需要在统一的规定下进行创作，这样才好按照统一的标准评判。根据我对唐代考场上应试诗歌的研究发现，这种诗歌基本要求五言十二句，就是六十个字。据《南部新书》卷乙的记载，这个题目原本也是"限六十字"的。既然是基本要求，那是需要大家共同遵守的。可是我们再看看祖咏的这个《终南山望余雪》，只有四句二十个字，按照比例只完成了三分之一，其实连个"半拉子工程"都算不上。

　　按说没有按照要求进行创作，主考官是要问问究竟的，为什么还要收他的卷子并录取他呢？据《唐诗纪事》中说，祖咏当时交卷子的时候，还真有人问他为什么只写了四句，他的回答干脆更简洁，就俩字"意尽"⑤，就是我要表达的意思都说清楚了。要求十二句就写四句，如此大规模地偷工减料，还能"意尽"？有才，任性，我们已经从李世民那里领教过了。祖咏可是自己说不是才子的，他怎么也这么任性呢？祖咏是不是有点夸张，故弄玄虚说大话呢？其实也不是，这首诗写得真的恰到好处。题目规定考生写一首远远看到的终南山的雪景。我们看看祖咏做到了没有。

先看第一句"终南阴岭秀","终南"就是"终南山",扣住题目中的终南山了吧？"阴岭"就是山岭的背面。山南山北由于光照不同的原因，往往是两重天，山南已经是草木逢春了，可是山北由于温度低，阳光照不到，所以还积雪皑皑。终南山不仅面积大——"连山到海隅"，而且山势高——"太乙近天都"，所以有陈年老雪不化就很正常了。这就引出了第二句"积雪浮云端"，过渡非常自然，题目中的"雪"字出来了，而这一句又是对上一句"秀"字的具体解释。而且这句还写出了一个常识，山势越高温度越低。有山、有雪，你让我写的全部给你写上了。怎么能看出来是"余雪"呢？答案就在第三句中，"林表明霁色"，一个"霁"字告诉我们，雪停了，天晴了，所以是余雪。因为天晴，阳光能照射的地方积雪开始融化，只有山阴阳光照不到才积雪未化。祖咏不仅写了遥望到的终南山雪景，还写出了城中人的感受，"城中增暮寒"，"城中"二字告诉我们作者遥望的站立点是在长安城内，"寒"字又非常真实地写出了雪化的感受，我们都知道"下雪不冷化雪冷"，更何况还是在傍晚时分呢？

这首诗没有一句话是多余的，你再随便写进去一句话它就是多余的，就像宋玉笔下那位美丽的邻居，增一分则太长，减一分则太短。因此，祖咏说"意尽"。没按要求写够十二句，主考官照样录取，这说明主考官看重的是实际水平，虽然没有按照要求写作，也可以根据具体情况法外开恩。其实诗文写作就应该这样，不能有事没事努力凑字，要像郑板桥说的那样，"删繁就简三秋树，领异标新二月花"，篇幅长没有内容绝对算不得好文章。

虽然这样的事情不多，但在唐代祖咏还不是唯一的，也就是说祖咏空前而不绝后。大历九年也就是774年，阎济美也来了一个"徐妃半妆"。这个阎济美也是不走运，科举考试先后考了三次，"徐妃半妆"是第三次考试中出现的事情。当时考试在洛阳进行,其中有一场考的是帖经,相当于我们今天的填空题,也是客观题,对就是对,错就是错。可是这个环节竟然是阎济美的弱项,他就把自己的担心对主考官张谓说了。因为第二次考试完之后,别的没有考上的人都在发牢骚,埋怨主考官录取不公平,而阎济美没有,相反写了一首诗为张谓大唱赞歌,同时表达了自己渴望考上的心情,所以张谓对这个考生阎济美印象很深,曾经承诺要帮他。

张谓听阎济美这么说,就给他支着儿,按照以前的做法,你如果认为自己不擅长帖经的话,可以用诗歌来代替帖经,这在当时叫"赎帖",前面有车后面有辙,你也可以这样做。阎济美一听很高兴,那就请主考官大人给命个题目吧。张谓说:"既然咱们在东都洛阳考试,就拿洛阳入诗吧,你写'天津桥望洛城残雪'吧。"一看这题目就知道,明显是模仿祖咏那次呢。这个题目就是为阎济美设置的,根据文献来看,应该就他一个人写了这首诗,《全唐诗》中也确实只有他这一首。阎济美领命,开始构思写作:

新霁洛城端,千家积雪寒。

未收清禁色,偏向上阳残。⑥

当时考试的时候天还是很冷的,考场里不可能像今天这样夏天有电扇、空调,冬天有暖气,那个时候没有这些条件。所以手冻得伸不出来,脑子也不开化,加上考试时间限制,监考官又一直催着收卷子,阎济美写了四句就交了上去。这和祖咏的"意尽"明显是不一样的。阎济美自己心里不踏实,估计这次又黄了,看来明年还得继续参加考试。结果没想到的是,通过了,《池北偶谈》中说:"主司览之,称赏再三,遂唱过。"⑦主考官张谓很欣赏这首诗,就格外开恩让他通过了,这样也算还了阎济美歌颂自己的人情。虽然这两个"徐妃半妆"都成功了,但祖咏是因为诗歌写得好，我们可以称其文品佳，阎济美是因为不抱怨主考官，我们可以称其人品佳，还是有区别的。不过这两件事给我们一个启示："有品"你才能在这个社会上立得住。

注　释

① 〔清〕彭定求等：《全唐诗》，中华书局1960年4月版，第1336页。
② 傅璇琮：《唐才子传校笺》第一册，中华书局1987年5月版，第209页。
③ 〔清〕彭定求等：《全唐诗》，中华书局1960年4月版，第1334页。
④ 〔清〕彭定求等：《全唐诗》，中华书局1960年4月版，第1337页。
⑤ 王仲镛：《唐诗纪事校笺》，中华书局2007年11月版，第631页。
⑥ 〔清〕彭定求等：《全唐诗》，中华书局1960年4月版，第3197页。
⑦ 〔宋〕李昉等：《太平广记》，中华书局1961年9月版，第1335页。

诗佛前身是画师

王维是盛唐时期诗坛上的一个标杆人物,那地位和影响绝对不亚于"诗仙"李白和"诗圣"杜甫,甚至被认为"唐无李杜,摩诘便应首推"。如果王昌龄是"好学生"的话,那么王维就是"特长生"。王维怀有四项特长,分别是诗歌、绘画、书法、音乐,《唐才子传》中说其"工草隶,闲音律"[①],王维擅长草书和隶书,精通音律,是书法家和音乐家;又说"维诗入妙品上上,画思亦然。至山水平远,云势石色,皆天机所到,非学而能。自为诗云'当代谬词客,前身应画师'"[②],诗歌写得极好,画也没的说,就是天生的才能,他自己还说自己上辈子应该是个画家呢。这么一位禀赋突出的才子,又会给我们带来什么样的诗歌印象呢?就让我们通过其诗走近其人。

王维是盛唐时期山水田园诗派的代表人物,苏轼在《书摩诘蓝田烟雨图》中评价他说:"味摩诘之诗,诗中有画;观摩诘之画,画中有诗。"那我们就来找一首诗看看他到底是怎么把画融进诗歌之中的吧。我觉得在这方面较具代表性的诗歌要数这首《渭川田家》了:

斜阳照墟落,穷巷牛羊归。
野老念牧童,倚杖候荆扉。
雉雊麦苗秀,蚕眠桑叶稀。
田夫荷锄至,相见语依依。

即此羡闲逸，怅然歌《式微》。③

　　王维通过自己的观察为我们描绘出了一幅恬淡的乡村晚归图。第一、二句描绘了夕阳西下，夜幕即将降临，村落正沐浴在柔和的阳光中，村的尽头，放牧的孩子正驱赶着牛羊归来。所有的一切，都沉浸在安详的氛围之中。这里的人们每天都在重复着一样的生活，不但没有给人单调的感觉，反而使人们的心中洋溢着幸福的欣慰。作者选取的时间点已经决定了这幅画中光线的柔和程度。作者的目光跟随牛羊往前走，于是让我们感受到了暖心的人情：在街的尽头，诗人看到了一位慈祥的老人，他正拄着拐杖，张望着远方，期盼着自己的孙子放牧归来。我们不禁会想，放牧回归的孩子会不会飞一样扑进老人的怀中，去享受老人用长满厚茧的手抚摩的亲情呢？这种深情对于农家的子弟来说，是何等的熟悉与亲切，因为这种深情的背后散发的是泥土芬芳的气息。我是来自农村的，所以每读至此，脑海中总能浮现出小时候老人在村子里呼喊孩子回家吃饭的场景。在手机短信、微信泛滥的今天，这样的场景只能成为曾经的回忆，不过这回忆让人沉醉。

　　在令人陶醉的亲情感染下，诗人感受到了田野中所有的生命都在思归。你听，麦田中野鸡那动情的鸣叫，分明是在呼唤自己的伴侣和孩子；还有桑叶已经稀疏，蚕儿也开始睡觉，为吐丝结茧营造自己的安乐窝做准备。接下来的第七、八句又写人情：劳作了一天的人们，扛着锄头三三两两走在田间的小路上，与熟人偶然相遇便停下脚步，看那交谈起来的亲切劲儿应该不是追债，或许他们是在预测今年的收成，简直有点乐而忘返了。诗人面对此情此景，羡慕之情油然而生，"即此羡闲逸，怅然吟式微"，"式微"是《诗经》中的篇名，诗人借以表明急于归隐融入如此宁静生活的心迹。

　　这幅乡村晚归图无论是用语还是构图元素，都显得淡雅平和、宁静闲适，《诗经·君子于役》中说"鸡栖于埘。日之夕矣，羊牛下来"，写的就是这种生活场景。与官场的钩心斗角相比，恬淡的乡村就是一块乐土。整首诗没有用华丽的辞藻，而是用纯粹的农家语写出，没有土的感觉，反而让人感受到一种清新淳朴的气息。我们不得不说，王维是用他艺术家的眼光把乡村生活中的艰难给过滤掉了，或者说他没有看到老百姓艰难生活的一面。

王维是如何给我们带来画面感的？毋庸置疑，他在诗歌写作中用到了绘画艺术，首先肯定是题材能给人带来美感，最直接的就是以景入诗，用语言代替绘画描写自然景物的形象。我们前面说到的《渭川田家》虽然有人情，但其中的田园风光却是自然的。王维曾经写过一首《青溪》，写的便是作者对自然景色的感受，诗是这样的：

言入黄花川，每逐青溪水。

随山将万转，趣途无百里。

声喧乱石中，色静深松里。

漾漾泛菱荇，澄澄映葭苇。

我心素已闲，清川澹如此。

请留盘石上，垂钓将已矣。④

黄花川在陕西省凤县东北，与青溪之间的距离不到百里，但道路曲折。《水经注》中说青溪"其深不测，泉甚灵洁"。从前两句可以推见王维曾不止一次顺青溪入黄花川游玩，要不他不会用个"每"字。这段路程虽不及百里，但溪水随着山势盘曲蛇行，千回万转，颇为蜿蜒多姿。诗的开头四句对青溪做了总的介绍后，接着采用"移步换形"的写法，顺流而下，描绘了溪水一幅幅各具特色的画面。当它在山间乱石中穿过时，水势湍急，潺潺的溪流声忽然变成一片喧哗。"喧"字造成了强烈的声感，给人如闻其声、如在面前的感受。当它流经松林中的平地时，这同一条青溪却变得那么安静，几乎没有一点儿声息。如果说前面乱石中的溪水是一个躁动的汉子的话，那么松林中的溪水就瞬间变成了优雅的女神。澄碧的溪水与两岸郁郁葱葱的松色相映，完全融成一片，色调优美和谐。这一联中一动一静，以动衬静，声色相通，富有意境美。

当青溪缓缓流出松林，进入开阔地带后，又是另一番景象：水面上浮泛着菱叶、荇菜等水生植物，一片葱绿，水流经过的地方，微波荡漾，摇曳生姿；再向前走去，水面又像明镜般清澈，岸边浅水中的芦苇，倒映如画，天然生色。这一联，"漾漾"与"澄澄"也是一动一静，让水的动荡和清澈浮现在读者眼前，生动传神。诗人笔下的青溪，既喧闹又沉静，既活泼又安详，既幽深又素净，从不断的流动变化中，表现出了鲜明个性和盎然生意。读后让人油然而生喜欢之情，心里痒痒的。

虽然从青溪到黄花川不到百里，那也够意思了，如果不能做到咫尺千里，还真找不到那么大的纸来画。再比如作为多次被写进诗中的终南山，那里的景色美得也是让人醉了。终南山可够大的，胸中没点沟壑，还真难下笔和措辞。你看王维的《终南山》是怎么写的：

  太乙近天都，连山到海隅。
  白云回望合，青霭入看无。
  分野中峰变，阴晴众壑殊。
  欲投人处宿，隔水问樵夫。[⑤]

首联以远眺勾勒终南山绵延广袤的总貌，第二联由进山前的眺望变为登山途中的环视，接着写登上峰顶居高临下的俯视，最后一联又下到林壑之间，极写溪涧萦回曲折之致。全诗多层次地描绘终南山的壮阔绵远、高入云霄、清幽深邃，从而构成一幅终南山全景的长卷。

画是讲究色调搭配的，王维的诗也做到了，比如《积雨辋川庄作》中的"漠漠水田飞白鹭，阴阴夏木啭黄鹂"[⑥]，从光与色着笔描绘出水田雨后迷茫空阔及夏季树木葱绿茂盛的辋川山庄美景。在水田广布、视野苍茫的平畴上，白鹭翩翩飞舞，而在茂密幽深的夏木之中，黄鹂鸟又在卖弄婉转的歌喉，不仅突出了色彩浓淡的差异，而且动静结合，形声相衬，把积雨天气的辋川山野描绘得画意盎然。我们可能还会出现幻觉，到底是水田和夏木衬托了白鹭和黄鹂，还是白鹭和黄鹂点缀了水田和夏木？

王维作为大家，可不是只会写山水田园诗哦，他早年还有不少充满豪情的诗篇，而且也充满了画面感，比如这首《观猎》：

风劲角弓鸣，将军猎渭城。

草枯鹰眼疾，雪尽马蹄轻。

忽过新丰市，还归细柳营。

回看射雕处，千里暮云平。⑦

诗人用激情洋溢的笔调表现了一次射猎活动。前四句写出猎的场面：第一句未见其人先闻其声，强风劲吹，号角齐鸣，弓弦弹响的声音和箭离弦后的呼啸声，让人感觉一阵紧张，因为这些是战场上常见的场景。突兀的起笔让人等待着主人公的出现，所以作者一转说"将军猎渭城"，主人公粉墨登场。渭城是秦时咸阳故城，在长安西北，其时平原草枯，积雪已融，在冬末的萧条中略带一点春意。"草枯""雪尽"四字如素描一般简洁、形象。"鹰眼"因"草枯"而特别锐利，"马蹄"因"雪尽"而倍显轻捷。第三联紧承第二联，写罢猎还归。"新丰市"遗址在陕西西安市临潼区，"细柳营"在今陕西西安市长安区，两地相距30多千米。说"忽过""还归"，以显驰骋疾速，射猎场面之大。"细柳营"本是汉代周亚夫屯兵的地方，用在这里意谓诗中的射猎主人公也具有名将风度，与前面射猎时的意气风发、英姿飒爽的形象正相吻合。这与明净的山水相比，自然又是另一种审美格调，我们把这类诗叫作边塞诗。

说到王维富有画面感的边塞诗，我们自然忘不了《使至塞上》中的

"大漠孤烟直，长河落日圆"⑧两句。一望无际的沙漠显得荒凉不堪，远去的黄河衬托着滚滚西下的落日，倒是别有一番韵味。在那荒凉的沙漠上，腾起一股浓烟，通过一个"直"字显得有力且醒目。但这个烟究竟是什么，引起了学者们的广泛讨论，有人认为是沙漠上的龙卷风，也有人认为应该是狼烟或者是烽火，总之公说公有理婆说婆有理。

众所周知，王维在"安史之乱"中出了点问题，不过也算是有惊无险。"安史之乱"爆发，叛军来势凶猛，唐玄宗只好到四川远避贼风。王维没来得及跑，就被叛军堵在了京城。人家是有病才吃药，可是王维是没病吃药，目的是假装有病，他假装哑巴了，诓骗叛军。没想到，粗野的安禄山竟然是个爱才之人，他派人把王维从长安送到了洛阳，安置在普施寺，其实是限制了王维的自由，然后任命他当了伪职，就是当了叛军的官。

别的被俘的官员接受安禄山的任命都挺高兴的，表现得跟那墙头草一样，只有王维很难受，想念李唐王朝，动不动就偷偷地抹眼泪，就是不改爱国的初心。一次，安禄山在凝碧宫宴请自己的将领，为他们进行歌舞表演的全是唐朝的梨园子弟和教坊乐工，王维听在耳中，痛在心中，偷偷写了一首诗：

  万户伤心生野烟，百僚何日再朝天。
  秋槐叶落空宫里，凝碧池头奏管弦。⑨

这首诗表现了王维对唐王朝遭受叛军蹂躏的痛心和对旧朝廷的思念：我们什么时候才能再见到玄宗皇帝啊？这首诗后来就传到了肃宗的耳朵里，肃宗皇帝从王维的遣词造句中感受到了他的忠心。所以后来在叛乱被平定之后，别的接受安史叛军官职的人都被收拾了，只有王维仅仅被贬了官。当然，王维免去了牢狱之灾并非只是这首诗的功劳，他的弟弟王缙还帮了他很大的忙。当时王缙官位已经不低了，甘愿用自己的官职为哥哥赎罪。

经历了"安史之乱"后，王维虽然官职稳步上升，甚至后来官至尚书右丞相，但官场对他已经失去了吸引力。正如他自己在《酬张少府》诗中所说"晚年惟好静，万事不关心"⑩。那什么吸引他呢？念经修佛。他在《终南别业》中说"中岁颇好道，晚家南山陲"⑪，说的便是自己亦官亦隐的修佛生活。《旧唐书·王维传》中说："在京师日饭十数名僧，以玄谈为乐。"他不仅供养和尚，还"退朝之后，焚香独坐，以禅诵为事"⑫，完全就是一个在家的修行者。其实，我们从王维字摩诘已经能感受到他对佛教的青睐了。维摩诘是早期佛教中的一个著名居士，又被人称为在家菩萨。毋庸置疑，王维无论是名还是字都和这位居士的名字有关。看看王维的诗歌就能发现，他和很多僧人有来往，比如瓦官寺的璇禅师，王维还曾经赠诗给他，题为《谒璇上人》；他到过不少寺庙，而且都能留下诗歌，比如《登辨觉寺》《过香积寺》等。

修佛关键在于修心，所以曾经有一首禅诗说"佛在灵山莫远求，灵山只在汝心头。人人有个灵山塔，好向灵山塔下修"。因为王维内心的平静，所以让他的诗歌明显充满了禅意的空灵美。比如我们都熟悉的这首《鸟鸣涧》：

  人闲桂花落，夜静春山空。
  月出惊山鸟，时鸣春涧中。⑬

诗的前两句让人感到山间的宁静，桂花自然开落，那细微的声音显得春山幽静至极。后两句虽然有鸟的鸣叫声，但目的正在于反衬山谷的静默，因为只有习惯了静默环境的鸟儿才会被月光的明亮吓到，这大概就是宋代辛弃疾所说的"明月别枝惊鹊"。明代胡应麟在《诗薮》中说"读之身世两忘，万念皆寂"⑭，真是这样，诗人的心境和春山的空灵气氛已经完全融为一体了。

-053-

我比较喜欢他的《竹里馆》：

　　独坐幽篁里，弹琴复长啸。

　　深林人不知，明月来相照。[15]

这首诗是诗、画、乐的绝妙结合。关于这首诗网上有这么一段评论，说得很到位，不妨引用："此诗写山林幽居情趣，属闲情偶寄，遣词造句简朴清丽，传达出诗人宁静、淡泊的心情，表现了清幽宁静、高雅绝俗的境界。全诗虽只有短短的20个字，但有景有情，有声有色，有静有动，有实有虚，对立统一，相映成趣，是诗人生活态度以及作品特点的绝佳表述。"在这首诗里面，每一字一句都让人感受到对喧嚣红尘的远离。这首诗属于著名的《辋川集》二十首之一，袁行霈先生在《中国文学史》中谈到这组诗时说："将诗人自甘寂寞的山水情怀表露得极为透彻，在明秀的诗境中，让人感受到一片完全摆脱尘世之累的宁静心境，似乎一切情绪的波动和思虑都被净化掉了，只有难以言说的自然之美。"[16]这话，真是说到作者和读者的心里去了。

注　释

① 傅璇琮：《唐才子传校笺》第一册，中华书局1987年5月版，第286页。
② 傅璇琮：《唐才子传校笺》第一册，中华书局1987年5月版，第298页。
③ 陈铁民：《王维集校注》，中华书局1997年8月版，第561页。
④ 陈铁民：《王维集校注》，中华书局1997年8月版，第90页。
⑤ 陈铁民：《王维集校注》，中华书局1997年8月版，第193页。
⑥ 陈铁民：《王维集校注》，中华书局1997年8月版，第444页。
⑦ 陈铁民：《王维集校注》，中华书局1997年8月版，第609页。
⑧ 陈铁民：《王维集校注》，中华书局1997年8月版，第133页。
⑨ 傅璇琮：《唐才子传校笺》第一册，中华书局1987年5月版，第293页。
⑩ 陈铁民：《王维集校注》，中华书局1997年8月版，第476页。

⑪ 陈铁民：《王维集校注》，中华书局 1997 年 8 月版，第 191 页。
⑫ 〔后晋〕刘昫等：《旧唐书》，中华书局 1975 年 5 月版，第 5052 页。
⑬ 陈铁民：《王维集校注》，中华书局 1997 年 8 月版，第 637 页。
⑭ 袁行霈：《中国文学作品选注》第二卷，中华书局 2007 年 6 月版，第 290 页。
⑮ 陈铁民：《王维集校注》，中华书局 1997 年 8 月版，第 424 页。
⑯ 袁行霈：《中国文学史》第二卷，高等教育出版社 2005 年 7 月版，第 199 页。

莫漫白首为儒生

我们都知道李白，知道他是唐代著名的浪漫主义诗人，写过很多优秀的诗歌。但我要问，你认识李白吗？为什么问这么一个在别人看来有些低智商的问题呢？因为认识李白和知道李白是两回事，一般是知道唐朝有李白这个人，但李白究竟是怎么样一个人却很少有人再去追问了。我曾经在中央电视台《百家讲坛》栏目讲过一集李白，但是因为时间关系没能够展开，今天我们就大致来聊聊李白是怎样一个人。

在台湾有一位现代诗人叫余光中，余先生写了一首诗《寻李白》，其中有这么几句："酒入豪肠，七分酿成了月光，余下的三分啸成剑气，秀口一吐，就是半个盛唐。"这几句话真把李白给写活了，这几句话让我们通过素描的笔法感受到了李白的魅力。我觉得，李白的魅力不仅和他傲岸的自尊分不开，还和他说不清道不明的身世有关系。别人都能够盖棺论定，可是李白棺材盖住1200多年了，很多问题依旧显得扑朔迷离，比如，李白到底出生在哪里？李白的祖上到底有哪些显赫人物？李白进官到底是谁引荐的？李白到底几次进长安？李白到底是怎么死的？对每一个问题的思考都很有意思，但是我们的主题得和诗有关系，所以就从这些问题中挑出李白诗歌中牵涉到的祖上问题。

关于李白的老祖宗是谁，我们可以"采访"一下李白本人，看看他自己怎么说。他曾经在诗歌《赠张相镐二首》（其二）中说：

>本家陇西人，先为汉边将。
>
>功略盖天地，名飞青云上。
>
>苦战竟不侯，富年颇惆怅。①

通过这首诗所有的关键词我们可以勾勒出一个人，汉代的飞将军李广。根据《史记·李将军列传》记载，李广是陇西成纪人，是秦大将军李信的后代，善骑射。关于善骑射，卢纶在《和张仆射塞下曲》诗中曾经描写过李广一个传奇的故事，诗是这样的：

>林暗草惊风，将军夜引弓。
>
>平明寻白羽，没在石棱中。②

这个故事不是作者卢纶胡乱编造的，而是来自《史记·李将军列传》。说的是有一次傍晚时分风吹草动，李广误以为是一只老虎在草丛里趴着，于是搭弓就射了一箭。第二天再去看的时候，发现是块石头，箭头已经射进石头里了，李广也觉得不可思议，再发箭去射却怎么也射不进去了。李广抗击匈奴有功，多次镇守重要关隘，都因奋力作战而出名，所以"诗家夫子"王昌龄在他的《出塞》诗中说"但使龙城飞将在，不教胡马度阴山"③，"渤海县侯"高适也在他的《燕歌行》中说"君不见沙场征战苦，至今犹忆李将军"④，"龙城飞将"和"李将军"指的都是李广。但是李广这么大的能耐，这么大的功劳，却一直没有被封侯。一次汉文帝跟他说："惜乎，子不遇时！如令子当高帝时，万户侯岂足道哉！"⑤什么意思呢？"可惜呀，你没遇到好时机，假如让你生在高祖时代，封个万户侯肯定没有一点问题。"这说明李白认准自己是飞将军李广的后代。

但是问题来了，他的族叔李阳冰在《草堂集序》中说李白是西凉武昭王李暠的九世孙。这和李白自己的说法矛盾不矛盾呢？不矛盾。因为这个武昭王也是李广的后代，据《魏书》记载，李暠是西汉将军李广的第十六代孙子。这么一来，我们基本可以确定，李白就是李广的后代了，我们不得不承认，李白的祖上还是很牛的。

　　祖上牛，李白本人也很争气。首先，要想不给祖上丢脸就得好好学习，他在《上安州裴长史书》中说自己"五岁诵六甲，十岁观百家"⑥。这个"六甲"有些麻烦，到底是什么还没有统一的认识，有人认为是历书，就是我们通常说的黄历，因为5岁的时候李白可能还在随父亲往内地迁移的路上，所以没书看，就看黄历；也有人认为应该指的是南朝陈国沈炯写的《六甲诗》，总共20句，每两句前都用甲乙丙丁等天干开头，要不怎么和下一句的"百家"对应呢？还有人认为"六甲"指的是道教符箓，唐玄宗在《赐道士邓紫阳》诗中有"太乙三门诀，元君六甲符"⑦，李白不是有道教情结吗？这也可能从他小时候就开始了。总之，关于这个"六甲"是什么仍存在争议，我认为理解成黄历会好一点。"百家"应该不会存在什么争议，指的就是诸子百家的著作。这两句话是说，李白从小就开始好好学习了，所以才有了《赠张相镐二首》（其二）中的"十五观奇书，作赋凌相如"。

　　随着知识的积淀，李白的视野越来越开阔，思维越来越活跃，就连司马相如他都敢叫板了。司马相如是四川人，写赋的名家，靠《子虚赋》和《上林赋》奠定了"江湖地位"，李白竟敢说"作赋凌相如"，看来是真有两把刷子的。李白没有满足已有的知识储备，他想多学点技能，于是真的开始学习道法，这就是他在《感兴八首》（其五）中所说的"十五游神仙，仙游未曾歇"⑧。贺知章第一次见李白惊为"谪仙人"，这就是《对酒忆贺监二首》（其一）中的"长安一相见，呼我谪仙人"⑨；高道司马承祯遇见李白，赞叹说李白有仙风道骨，可与他神游八极之表，这可能与他这段学习经历有紧密的关系。

　　李白15岁的时候很忙，学习任务很重，不仅"观奇书""游神仙"，还"学剑术"，这是他在《与韩荆州书》中自己说的，原话是"十五学剑术"。

李白是不是武林高手我不知道,但从文献中可以发现,他好像真的动过手,比如他的"粉丝"魏颢就说他"少任侠,手刃数人",还杀了不止一个人。也可能是"粉丝"对偶像过于崇拜,故意编造一些传奇的故事吧。我们还是看看李白自己怎么说吧。他在《叙旧赠江阳宰陆调》中说了:

我昔斗鸡徒,连延五陵豪。

邀遮相组织,呵吓来煎熬。

君开万丛人,鞍马皆辟易。

告急清宪台,脱余北门厄。⑩

这几句话什么意思呢?这是李白和题目中的陆调聊天时对往事的回忆。想当年,"我李白和一群小混混发生了矛盾,他们伙同五陵豪士组成很大的阵势一块儿来威胁我。在这个危急的时刻,你陆调冲开人群来营救,那些亡命徒纷纷避让,后来在清宪台士兵的帮助下才脱离了危险"。从这几句话来看,李白因为和人闹矛盾还把陆调给扯进来了,要不怎么是"叙旧"呢?李白曾经在《赠从兄襄阳少府皓》中说自己"结发未识事,所交尽豪雄"⑪,想来这位江阳宰陆调也是一位豪雄人物。和这些人物在一起,李白肯定不会过日出而作日入而息的平民生活,他过的是"银鞍照白马,飒沓如流星。十步杀一人,千里不留行"(《侠客行》)⑫的侠客生活,经常"三杯吐然诺,五岳倒为轻。眼花耳热后,意气素霓生"。李白的率性洒脱在这些诗句里表现得一览无余。

到了18岁,李白又跑到大匡山上向赵蕤学习王霸之道。赵蕤是唐代杰出的纵横家,也是蜀学的代表学者。赵蕤的代表作是《长短经》,这本书中包容了儒家、道家、法家、纵横家、兵家、墨家、杂家等各家各派思想。也就是说,赵蕤是一个很有抱负的人,关于这一点李白在他的《送赵云卿》诗中也有透露:

秉烛唯须饮,投竿也未迟。

>   如逢渭川猎，犹可帝王师。[13]

在李白看来，赵蕤是可以成为姜子牙那样的人物的。《长短经》对李白影响很大，李白思想驳杂，这也是导致李白行为浪漫的主要原因之一。也是因为这个原因，李白看不起那些皓首穷经的书生，比如他在《行行游且猎》结尾中说"儒生不及游侠人，白首下帷复何益"[14]，又在《悲歌行》结尾中说"还须黑头取方伯，莫谩白首为儒生"[15]，都表达了自己不愿成为腐儒的心声。

注　释

① 〔唐〕李白：《李太白全集》，中华书局1977年9月版，第599页。
② 〔清〕彭定求等：《全唐诗》，中华书局1960年4月版，第3153页。
③ 〔清〕彭定求等：《全唐诗》，中华书局1960年4月版，第1444页。
④ 刘开扬：《高适诗集编年笺注》，中华书局1981年12月版，第97页。
⑤ 〔汉〕司马迁：《史记》，中华书局1959年6月版，第2867页。
⑥ 〔唐〕李白：《李太白全集》，中华书局1977年9月版，第1243页。
⑦ 〔清〕彭定求等：《全唐诗》，中华书局1960年4月版，第32页。
⑧ 〔唐〕李白：《李太白全集》，中华书局1977年9月版，第1104页。
⑨ 〔唐〕李白：《李太白全集》，中华书局1977年9月版，第1085页。
⑩ 〔唐〕李白：《李太白全集》，中华书局1977年9月版，第530页。
⑪ 〔唐〕李白：《李太白全集》，中华书局1977年9月版，第462页。按："皓"一作"晤"。
⑫ 〔唐〕李白：《李太白全集》，中华书局1977年9月版，第216页。
⑬ 〔唐〕李白：《李太白全集》，中华书局1977年9月版，第840页。
⑭ 〔唐〕李白：《李太白全集》，中华书局1977年9月版，第181页。
⑮ 〔唐〕李白：《李太白全集》，中华书局1977年9月版，第414页。

世人见我恒殊调

由于前期的刻苦学习和广泛涉猎，李白变得越发自信，形成了鲜明的个性，慷慨自负，不拘常调，甚至使自己的人生设计也充满了理想化的色彩。他极度渴望自己能够在朝廷占据一席之地，没事的时候给皇帝谈谈自己的抱负，帮助皇帝实现天下太平的理想。这就是他在《代寿山答孟少府移文书》中所说的"申管、晏之谈，谋帝王之术，奋其智能，愿为辅弼，使寰区大定，海县清一"[①]，他想成为管子和晏子那样的历史人物。管子就是管仲，他帮助齐桓公称霸诸侯；晏子是晏婴，他是齐景公时期的贤相。李白想建立像他们那样的功业。

李白经常和历史上的英雄人物"打成一片"，拿那些英雄人物表达自己的政治愿望。比如他曾经在《梁甫吟》中高唱：

君不见朝歌屠叟辞棘津，八十西来钓渭滨。
宁羞白发照清水，逢时吐气思经纶。
广张三千六百钓，风期暗与文王亲。
大贤虎变愚不测，当年颇似寻常人。[②]

这里写到的是在渭水边垂钓的姜子牙。姜子牙这个人我们都不陌生，他是电视剧《封神榜》中的关键人物。姜子牙可不仅是一个神话人物，还是一个真正存在的历史英雄人物。《史记·齐太公世家》记载，姜子牙本名吕尚，年龄老大了还没有找到工作，于是就来到渭水边垂钓。他钓鱼可不是消遣，这一钓可就钓了十年。据说他钓鱼的时候是直钩，别人问他为什么，他说"愿者上钩"，歇后语"姜太公钓鱼——愿者上钩"就是这么来的。

当时正值商朝末年，纣王无道，天下思变。一天夜里，西伯侯姬昌做了个梦，梦见一个说龙不像龙，说虎不像虎，说狗熊又不像狗熊的动物，于是西伯侯就给自己算了一卦，卦象显示将会有圣人出现。结果西伯侯就在渭水边遇到了姜子牙，一聊天发现姜子牙水平老高了，具有经天纬地之才，于是很高兴地将他请回去拜为太师。西伯侯还告诉姜子牙，"我的太公（曾祖父）曾经告诉过我，将来会有一位圣人来帮助我兴周，看来您就是那个人，我太公盼望您很久了"。姜子牙被称为太公望，就是这么来的。李白在诗中说姜子牙风云际会遇到了西伯侯，这才改变了他的命运。"这么看来，我李白也应该有这样的机会。"李白梦想着自己能成为姜子牙第二。

除姜子牙外，李白还在《梁甫吟》中向另外一个历史人物致敬了：

君不见高阳酒徒起草中，长揖山东隆准公。

入门不拜骋雄辩，两女辍洗来趋风。

东下齐城七十二，指挥楚汉如旋蓬。

狂客落魄尚如此，何况壮士当群雄。③

诗中的主人公是汉刘邦手下著名的谋士郦食其。郦食其是河南陈留高阳人，他最大的功绩是仗着三寸不烂之舌说服齐国七十二座城池投降刘邦。郦食其家境贫寒，爱喝酒，当年他去见刘邦的时候，别人对他说刘邦看不起儒生，郦食其就说自己是高阳酒徒。郦食其刚见到刘邦的时候，刘邦正坐在凳子上，叉着腿让两个姑娘给他洗脚呢。郦食其只是作了个揖，没有跪下行大礼，然后傲然站立，问刘邦，你是打算帮着无道的秦王灭掉各路诸侯呢，还是带领诸侯们灭掉秦朝呢？刘邦一听，这个老头话里有话，于是很恭敬地向郦食其请教灭秦的对策。郦食其高谈阔论，刘邦觉得自己捡了个宝贝，从此郦食其成了刘邦智囊团中的重要一员。后来在攻打齐国的时候，大将军韩信一时受阻，郦食其自动请缨，向刘邦保证去说服齐国投降，结果他真做到了。他向齐王晓明利害，将来天下归属必是汉王刘邦的，于是齐王听了郦食其的建议，投降了。可是，大将军韩信的谋士认为将来郦食其的功劳肯定大过韩信，于是建议韩信趁着齐国放下兵器的时机继续进攻，韩信听了谋士的话，大举发动攻击。当齐王听说汉军突然发动攻击时，以为是郦食其骗了自己，勃然大怒，就把郦食其扔锅里煮了。李白写这首诗的意思是，郦食其那么落魄还能建立这么大的功业永垂青史，难道我还不如他吗？言外之意是，如果给我机会，我同样能够成为郦食其第二。

李白也真够厉害的，谁牛他跟谁比，谁功劳大他向谁看齐。特别是对于姜子牙，李白算是佩服到了极致，他不止一次在诗中写到姜子牙，比如在《留别于十一兄逖裴十三游塞垣》中说"太公渭川水"④，在《行路难三首》（其一）中又说"闲来垂钓碧溪上"⑤，都是写姜子牙的。李白除歌颂这些创造历史的英雄人物外，还没有忘记视功名富贵如草芥的义士，比如那位"功成不受赏"的鲁仲连。李白在《古风十五首》（其十）中写道：

齐有倜傥生，鲁连特高妙。
明月出海底，一朝开光曜。
却秦振英声，后世仰末照。
意轻千金赠，顾向平原笑。
吾亦澹荡人，拂衣可同调。⑥

鲁仲连是齐国人，当时他在赵国的邯郸游学，正好遇到秦国围攻邯郸，魏安厘王派辛垣衍到赵国劝平原君尊秦昭王为帝，这样秦国就退兵了。

就在平原君犹豫不决的时候，鲁仲连来了，通过平原君见到了魏国的使者辛垣衍。鲁仲连对辛垣衍说，尊秦为帝是错误的选择。为什么呢？鲁仲连先从大局出发，一一罗列尊秦为帝怎么不好，最后落到个人身上，如果尊秦为帝，秦国为了管理你们，肯定会派大臣到各个国家任职，那样的话你不就失去岗位了吗？一牵涉到切身利益，辛垣衍恍然大悟，马上答应不再说尊秦为帝这回事了。这个时候正好又有信陵君窃符成功，带兵过来救援，秦军只好撤走，就这样赵国转危为安。鲁仲连对于赵国有莫大的恩情，平原君想让鲁仲连在赵国做官，但鲁仲连坚决不答应；平原君又拿出重金酬谢，鲁仲连又笑着拒绝了。鲁仲连后来干脆离开赵国，再也不见平原君，也就是说平原君连个感谢的机会都没有。

鲁仲连的高义深深地折服了平原君，更折服了李白，所以他在结尾的时候说"吾亦澹荡人，拂衣可同调"，意思是，我也是和鲁仲连同样的人，也可以做到"功成不受赏"。李白在很多时候都表达过这样的个性，就是不贪恋功名富贵，一旦成功马上抽身去过自由的生活。比如他在《玉真公主别馆苦雨，赠卫尉张卿二首》（其二）中说"功成拂衣去，摇曳沧州旁"[⑦]，这个时候的李白还没有找到工作呢，他已经做好了如此潇洒的设计。再比如他在《翰林读书言怀，呈集贤诸学士》中说"功成谢人间，从此一投钓"[⑧]，又在《赠韦秘书子春》中说"终与安社稷，功成去五湖"[⑨]，还在《驾去温泉宫后赠杨山人》中说"待吾尽节报明主，然后相携卧白云"[⑩]。李白的人生设计很清晰，就是两步走，先建功立业，然后归隐江湖，这样才是圆满的人生。但是，第一步实现不了，第二步将永远只是一个浪漫的想法。

李白急于成功，于是到处去推销自己。《唐语林》中有这样一个故事，说李白去拜访一位大人物，拜帖上写着"海上钓鳌客李白"，大人物就不高兴了，觉得李白太狂，就想难为难为他。一见李白，大人物就问："你拿什么当钓钩，拿什么当钓线呢？"李白说："我用天上的明月为钓钩，用彩虹当钓线。"大人物又问："你用什么当钓饵呢？"李白说："我就用你当钓饵。"你说他这个回答能找到工作吗？怪不得他在《上李邕》中说"时人见我恒殊调，见余大言皆冷笑"[11]。这是能够想象得到的。

注　释

① 〔唐〕李白：《李太白全集》，中华书局1977年9月版，第1225页。
② 〔唐〕李白：《李太白全集》，中华书局1977年9月版，第169页。
③ 〔唐〕李白：《李太白全集》，中华书局1977年9月版，第170页。
④ 〔唐〕李白：《李太白全集》，中华书局1977年9月版，第711页。
⑤ 〔唐〕李白：《李太白全集》，中华书局1977年9月版，第189页。
⑥ 〔唐〕李白：《李太白全集》，中华书局1977年9月版，第101页。
⑦ 〔唐〕李白：《李太白全集》，中华书局1977年9月版，第476页。
⑧ 〔唐〕李白：《李太白全集》，中华书局1977年9月版，第1113页。
⑨ 〔唐〕李白：《李太白全集》，中华书局1977年9月版，第478页。
⑩ 〔唐〕李白：《李太白全集》，中华书局1977年9月版，第485页。
⑪ 〔唐〕李白：《李太白全集》，中华书局1977年9月版，第512页。

拔剑四顾心茫然

李白对生活充满了热情甚至是激情,他总是在以天真的赤子之心讴歌理想的人生,无论何时何地,总以满腔热情去拥抱整个世界,在高昂亢奋的精神状态中去实现自身的价值。在中国文学史上,恐怕再也找不到第二个像李白这么自信的诗人了,他渴望着自己能够实现"长风破浪会有时,直挂云帆济沧海"[《行路难三首》(其一)][1]的理想,渴望实现"一飞冲天,一鸣惊人"的抱负。他曾经在《上李邕》中把这种高亢的精神状态表现得很充分:

  大鹏一日同风起,抟摇直上九万里。
  假令风歇时下来,犹能簸却沧溟水。
  时人见我恒殊调,见余大言皆冷笑。
  宣父犹能畏后生,丈夫未可轻年少。[2]

这首诗是李白青年时代的作品。李邕曾任渝州刺史,李白游渝州时去拜访李邕,因为不拘俗礼,放言高论,大谈王霸大略之道,大有喧宾夺主之势,所以让李邕心里很不爽。因而李邕就表现得很矜持,有点拒人千里之外的感觉。李白哪会管那一套,心里很生气,于是临走的时候来了一次才艺展示,写了这首诗歌送给李邕。

李白在诗中把自己比成了扶摇直上九万里的大鹏,表达了不同流俗的凌云壮志和强烈的用世之心,对李邕瞧不起年轻人的态度非常不满。

李白经常把自己比成庄子《逍遥游》里的大鹏，比如他还写过一篇《大鹏赋》。据说大鹏大到"不知其几千里也"，"其翼若垂天之云"，大到简直难以把握了，翅膀拍下水就是几千里，扶摇直上可高达九万里，我们今天的飞机才飞一万米左右呢。李白之所以会想象得如此浪漫，是和他受道家哲学影响分不开的。年轻的李白敢于向李邕这样的大人物挑战是需要勇气的，要知道当时的李邕早就是成名于江湖的"剑客"了，《旧唐书·李邕传》里说李邕"素负美名……人间素有声称，后进不识，京洛阡陌聚观，以为古人"③。这是说大家都以认识李邕为骄傲。可是李白把李邕给"训斥"了，结尾这两句很给力，"宣父犹能畏后生，丈夫未可轻年少"，有点指着李邕的鼻子斥责的味道。宣父是孔子，《论语·子罕》中说："子曰：'后生可畏。焉知来者之不如今也？'"④这两句意思是说孔子还觉得后生可畏呢，难道你李邕比孔圣人还要高明吗？言外之意是，你觉得我狂，其实你李邕比我还狂。你说李白得多大的胆子啊！这表现了李白初生犊儿不怕虎的锐气。

　　李白这么做是为了追求"平交王侯"，是为了追求人格平等。可是翻翻中国古代历史，什么时候存在过真正的平等呢？就是平等那也是你对在上位者有用，没有平白无故的平等。所以李白的这些做法有时候会让那些在上位的老爷很没面子的，人家都没有面子了，会给你有面子的结果吗？李白要么把人挂钓钩上当诱饵钓老鳖，要么把人训一顿，这样自然不会有人愿意满足他当官的愿望，所以他在《驾去温泉后赠杨山人》中慨叹"自言管、葛竟谁许，长吁莫错还闭关"⑤。他又在《行路难三首》（其一）中慨叹"欲渡黄河冰塞川，将登太行雪满山"⑥。想过黄河吧，结冰了，难以行船；想登太行山吧，下雪了，路上太滑，"我怎么就这么倒霉呢"，干什么事都是困难重重！

　　李白没有放弃自己的理想，他想学冯谖，"弹剑作歌奏苦声，曳裾王门不称情"[《行路难三首》(其二)]⑦。冯谖是战国时期孟尝君的门客,智慧超群,可是刚开始时没人了解他,他被分到了下等门客的类别里,吃的饭菜很粗劣。没过多久,他拍着宝剑说:"宝剑啊,我们走吧,饭菜太差了,连个鱼都没有。"孟尝君听说后给他改善了生活,提高了他的待遇。又过了一段时间,冯谖又拍着宝剑说:"宝剑啊,我出门没有马车。"孟尝君不顾别人笑话,又为冯谖配备了专车,冯谖整天坐着出去炫耀。又过了一段时间,冯谖再次拍着宝剑说:"宝剑啊,我还没有家呢。"别人都认为冯谖得寸进尺、贪得无厌,可是孟尝君又为他分了房子,让他照顾母亲没有后顾之忧。从此以后,冯谖一心一意辅助孟尝君,为他营造了"三窟","狡兔三窟"说的就是冯谖和孟尝君的故事。李白也像冯谖那样,没少拍宝剑诉说自己的愿望,可是却没人理解。唉,真是"大道如青天,我独不得出"。

由自己的遭遇,李白想到了重视人才的燕昭王,想到了为燕昭王效力的郭隗和剧辛、乐毅,这就是《行路难三首》(其二)中说的:

君不见昔时燕家重郭隗,拥彗折节无嫌猜。

剧辛乐毅感恩分,输肝剖胆效英才。

昭王白骨萦蔓草,谁人更扫黄金台。⑧

《战国策》中讲到,燕昭王为了让自己的国家在群雄中有立足之地,决心广纳人才,就向郭隗求教。郭隗给他支了一着儿:"我听说古代有一位喜欢马的国王一直想买好马,却没有买到。后来他就重金买了一匹死马的骨架,当然这曾经是一匹宝马。别人听说之后,都觉得国王是个爱马之人,于是纷纷把宝马送了过来。"郭隗的意思是说,你先用最高的礼遇把我供起来,那些比我还厉害的人自然就来了。燕昭王就听了这个建议,"于是昭王为隗筑宫而师之",不仅专门建了"人才楼",这个"人才楼"叫"黄金台",还尊郭隗为老师,那排场大了去了。果真没过多长时间，"乐毅自魏往，邹衍自齐往，剧辛自赵往，士争凑燕"，那些有才能的人纷纷都过来投靠了，就这样燕昭王手下人才济济，国力日渐强盛。但是，"昭王白骨萦蔓草，谁人更扫黄金台"，燕昭王早就死了，那个象征着尊重人才的黄金台也早就荒废了。言外之意是，"我李白生不逢时，没有遇到燕昭王这样的明主"，同时也是讽刺当时唐朝统治者不重视人才。

当一个人极度渴望当官却又总是难以实现愿望的时候，他的内心是非常苦闷的，这就是李白在《行路难三首》（其一）开头表达的情绪：

金樽清酒斗十千，玉盘珍羞直万钱。
停杯投箸不能食，拔剑四顾心茫然。⑨

"纵然有美酒佳肴摆在我的面前，我也没心情动筷子"，虽有满腔的报国热情，但却没有"闲来垂钓碧溪上，忽复乘舟梦日边"这样的际遇。姜子牙垂钓渭水成了西伯侯的国师，伊尹梦见自己乘船经过太阳旁边而受到商王重用。

就像前面说的那样，李白渴望建功立业并不是贪恋富贵，他只是渴望能有一个圆满的人生，他已经设想好了成功之后的退隐。因为他清楚，那些历史上功成没有身退的人结局都比较悲惨：

吾观自古贤达人，功成不退皆殒身。
子胥既弃吴江上，屈原终投湘水滨。
陆机才多岂自保，李斯税驾苦不早。
华亭鹤唳讵可闻，上蔡苍鹰何足道。⑩

伍子胥被杀了，屈原投水自尽了，陆机因涉嫌参与赵王伦篡位而被夷三族，李斯更是被赵高腰斩于市。李白用一句"功成不退皆殒身"概括出了这些历史人物命运的普遍性。相反，"吴中张翰称达生，秋风忽忆江东行"，张翰因为在秋风初起时想起了自己家的鲈鱼莼菜，于是辞官回家，反而过得悠游自在。换句话说，李白渴望成功不是要挡住谁的路。可是即便这样，成功离他也总是很遥远。

注　释

① 〔唐〕李白：《李太白全集》，中华书局1977年9月版，第189页。
② 〔唐〕李白：《李太白全集》，中华书局1977年9月版，第512页。
③ 〔后晋〕刘昫等：《旧唐书》，中华书局1975年5月版，第5042页。
④ 杨伯峻：《论语译注》，中华书局2006年12月版，第107页。
⑤ 〔唐〕李白：《李太白全集》，中华书局1977年9月版，第485页。
⑥ 〔唐〕李白：《李太白全集》，中华书局1977年9月版，第189页。
⑦ 〔唐〕李白：《李太白全集》，中华书局1977年9月版，第190页。
⑧ 〔唐〕李白：《李太白全集》，中华书局1977年9月版，第190页。
⑨ 〔唐〕李白：《李太白全集》，中华书局1977年9月版，第189页。
⑩ 〔唐〕李白：《李太白全集》，中华书局1977年9月版，第191页。

我辈岂是蓬蒿人

"行路难,行路难,多歧路,今安在",这是李白报国无门的呼号。他在努力着,他的朋友们也在为他奔走着,玉真公主、贺知章、元丹丘、吴筠都向玄宗皇帝推荐过李白。好事多磨,玄宗皇帝总算开了金口,请李白到朝廷做待诏翰林。当李白接到朝廷的通知时,他自然是兴奋的,写了一首《南陵别儿童入京》,其中后四句说:

    会稽愚妇轻买臣,余亦辞家西入秦。
    仰天大笑出门去,我辈岂是蓬蒿人。①

李白在这里用了汉代朱买臣的典故。朱买臣是会稽吴人,也就是现在的嘉兴市人,年轻时穷困潦倒,靠卖柴维持生计,但是很好学。朱买臣的老婆觉得跟着他很丢人,这日子没奔头,就提出来离婚。朱买臣说,我50岁的时候就会改变命运,现在40多了,你就不能再等等?老婆还是毅然决然地离开了他,嫁给了一个农夫。后来,朱买臣果然飞黄腾达。从这首诗我们似乎可以感觉到,李白在家里的日子也不是太好过,他的老婆没少给他白眼。"现在好了,我改变命运的机会来了,朝廷让我去报到呢,孩子们,我要走喽,我早就给你们说过嘛,我不可能一辈子沉沦草泽的。"

李白一路上心情愉快地来到长安,等他出现在玄宗皇帝面前时,这位多才多艺的皇帝惊呆了。《草堂集序》中说"如见绮皓",什么意思呢?

就像见到隐士绮里季和商山四皓一样,那都是历史上的高人。为了表达对李白的尊重,玄宗皇帝"以七宝床赐食,御手调羹以饭之",让他坐在镶满宝石的凳子上,亲自为他调羹让他吃。不仅如此,玄宗皇帝还说:"卿是布衣,名为朕知,非素蓄道义何以及此?"[2]这句话的意思是:你作为一个普通百姓,名字都把我的耳朵磨出茧子了,可见你的道德才学是多么了不起!这回李白的面子可真够大了,这也成了他后来炫耀的资本。

想成为皇帝身边的近臣是很不容易的一件事,李白几经努力改变了他和皇帝之间的空间距离,他觉得自己曾经的宏图远志可以实现了。但是他哪里知道,玄宗皇帝只是把他当成了自己的御用文人,并没有对他委以重任。李白的任务就是没事写写诗歌哄玄宗和杨贵妃高兴一下,比如《宫中行乐词》就是李白奉命写的。这首诗虽然语言华美,但完全没有了原来的率性潇洒,李白成了被豢养的金丝鸟。在玄宗皇帝身边的那段日子里,他写出了为后世传诵的《清平调三首》。先看第一首:

云想衣裳花想容,春风拂槛露华浓。
若非群玉山头见,会向瑶台月下逢。[3]

李白做待诏翰林期间的一年春天,牡丹花开了,玄宗皇帝和杨贵妃在沉香亭畔赏牡丹,就叫来李白写了这三首诗。这第一首诗用牡丹花比杨贵妃的美艳,看到天空的云彩就想到了杨贵妃轻柔华贵的衣服,看到雍容富贵的牡丹花又想到了杨贵妃端庄丰满的容颜。牡丹枝叶和花瓣上挂满了晶莹的露珠,那不就是玄宗皇帝对您的恩泽吗?像贵妃娘娘这么漂亮的人,恐怕只能在仙境才能见到,这里的"群玉山头""瑶台月下"都是指仙境,同时又形容杨贵妃皮肤好,就像白玉和月色一样。总之一句话,杨贵妃就是下凡的仙女。

第二首诗写杨贵妃备受玄宗宠幸:

一枝红艳露凝香，云雨巫山枉断肠。

　　借问汉宫谁得似，可怜飞燕倚新妆。④

第一句不仅是写眼前牡丹花的自然美，而且比喻杨贵妃就像一朵带着露水的牡丹花；第二句又用楚王和巫山神女的典故进一步比喻杨贵妃的神韵，宋玉在《高唐赋序》中说，楚顷襄王一次游览高唐的时候，十分疲倦，就睡了一会儿，在梦中出现一个仙女，仙女对楚顷襄王说："我愿意给你当枕席。"于是楚顷襄王临幸了她。后来，楚顷襄王一直想念这个梦中的仙女，甚至为此得了病，可见这个巫山神女多么让楚顷襄王魂牵梦绕。这里是把杨贵妃比成那个令楚顷襄王倾心的神女。赵飞燕是绝代佳人，但是她也没有办法和杨贵妃比，如果一定要比还得依靠新妆。这明显是在压低赵飞燕，需要靠新妆才能和杨贵妃的天然绝色相比。

　　第三首诗把牡丹和杨贵妃与君王融为一体：

　　名花倾国两相欢，长得君王带笑看。

　　解释春风无限恨，沉香亭北倚阑干。⑤

李白在第三首诗中从天上和历史中回到了人间，回到了眼前的沉香亭畔。杨贵妃在赏牡丹花，花美，人更美，人在看花又在点缀着花，花则把人衬托得娇艳无比，难怪会"长得君王带笑看"。这样一来，牡丹花、杨贵妃、唐玄宗就完美地统一在一起了。一个"笑"字把玄宗皇帝对杨贵妃的宠爱给写尽了。李白替玄宗皇帝设想，心里再不痛快，只要和贵妃一起来到这沉香亭畔的牡丹园，所有的不痛快都会消失得无影无踪。诗写好之后，玄宗皇帝和杨贵妃喜欢得不得了，马上让宫廷乐师李龟年谱乐歌唱。

　　但是，也正是其中的一首诗给李白带来了麻烦，最终造成了李白被赐金放还的结局。这又是怎么回事呢？力士脱靴的故事大家不陌生吧，李白被赐金放还和这个故事有关系。有一回，李白喝醉了，玄宗让他写东西，李白说自己穿着鞋子写不出来，就伸着脚让高力士给他脱鞋子。

高力士没有办法，就弯下腰把李白的鞋子给脱下来了，但是从此以后对李白怀恨在心。其实，杨贵妃还给李白捧过砚台呢，杨贵妃没有觉得丢人，但高力士留下心病了，一直在找机会报复。

终于机会来了，李白写了《清平调》三首，杨贵妃喜欢得不得了，毕竟是夸她嘛，整天吟诵。高力士就说："贵妃娘娘，您以为李白是在夸您漂亮吗？其实不是那么回事，李白骂您呢！"杨贵妃一惊，说："高翁，你怎么这么说呢？"高力士解释说："第二首中不是有两句'借问汉宫谁得似，可怜飞燕倚新妆'吗？这两句骂您骂得不露痕迹。"杨贵妃更迷糊了，说："这到底怎么回事呢？你得给我说清楚。"高力士解释道："娘娘您看啊，赵飞燕很瘦，体态轻盈，据说她能站在宫人手托的水晶盘中跳舞，可是您呢，以丰腴为美，那不是讽刺您太胖吗？"杨贵妃一听，心里就有点不高兴了。高力士一看杨贵妃不高兴了，他心里别提多高兴了，继续说："再者来说，赵飞燕是什么人啊？歌女出身，和妹妹赵合德伺候汉成帝，虽然曾经贵为皇后，但是后来淫乱后宫，和赤凤私通。李白拿赵飞燕和您比，这不明摆着把您看得下贱了吗？"

其实，高力士是点到为止，没有继续说下去，言外之意是李白知道您和陛下的关系。正史记载，杨贵妃本来是玄宗皇帝的儿媳妇，十八皇子寿王的妻子。因为长得像她婆婆武惠妃，就在武惠妃死后被玄宗皇帝改纳为自己的妃子。这样一来，原本的老公公和儿媳妇转变了关系，成了老公和媳妇了。这传出去好说不好听啊，这就是《红楼梦》中焦大口中的"扒灰"。经高力士这么一解释，杨贵妃也对李白恼羞成怒。李白算倒霉了，每次玄宗想任命李白个官职的时候，杨贵妃都从中阻拦，再考察一段时间吧。

这件事对我们的意义是什么呢？在工作和生活中,尽可能不得罪人，尤其不能得罪小人。得罪个君子吧，人家讲究"君子报仇十年不晚"，有 10 年什么都忘了，可是小人报仇他可等不了 10 年，他是分分秒秒在寻找机会，让人防不胜防。李白得罪的高力士就是个小人，所以他就用小人的方法来对付李白，结果李白真的中招了！

注 释

① 〔唐〕李白：《李太白全集》，中华书局 1977 年 9 月版，第 744 页。
② 〔唐〕李白：《李太白全集》，中华书局 1977 年 9 月版，第 1446 页。
③ 〔唐〕李白：《李太白全集》，中华书局 1977 年 9 月版，第 304 页。
④ 〔唐〕李白：《李太白全集》，中华书局 1977 年 9 月版，第 305 页。
⑤ 〔唐〕李白：《李太白全集》，中华书局 1977 年 9 月版，第 306 页。

安能折腰事权贵

记得电视剧《铁齿铜牙纪晓岚》中有一个情节：王刚主演的和珅被罚扫厕所，他对张铁林主演的乾隆说，官场就像茅坑，不搅不臭，越搅越臭。我觉得说得挺形象的。看看中国古代历史上，官场真的是个大染缸，站在外面看很光鲜，可是进到里面就会发现暗流汹涌，很肮脏。李白站在外面看官场的时候充满了羡慕，一心一意想进官场，可是等他真的进去了，他又发现官场里丑态百出，自己与官场是格格不入的。随着对官场的深入了解，李白对高层权力集团充满了反感，他觉得这是一个黑白颠倒的世界，他在《古风五十九首》(其十五)中说：

奈何青云士，弃我如尘埃。
珠玉买歌笑，糟糠养贤才。①

李白自认为自己有郭隗等人的才能，可是为什么就得不到应有的重视呢？燕昭王为了得到人才可以筑造黄金台，高薪养士，而今天那些达官贵人宁愿拿着重金去娱乐，也不愿意去亲近人才。那些对国家有用的人才贫困潦倒，在社会的最底层拼命挣扎。这是多么鲜明的对比啊，这是多么荒谬的现实啊！李白又在《古风五十九首》(其三十九)中说："梧桐巢燕雀，枳棘栖鸳鸾。"②朝廷的重要职位应该是有德者居之，可现在倒好，君子在野，小人在朝，本应招来凤凰的梧桐树上住满了燕雀，而鸳鸾则只能停落在长满刺的灌木丛上。像这种无情的嘲讽，李白在《鸣皋歌送岑征君》中也有:"鸡聚族以争食,凤孤飞而无邻。蝘蜓嘲龙,鱼目混珍。嫫母衣锦,西施负薪。"③《答王十二寒夜独酌有怀》中又称"骅骝拳跼不能食,蹇驴得志鸣春风"④。李白在这几句话中反复运用比喻和对比手法,来揭露那些因为会哄皇帝高兴而获得高位者的丑态。

李白这么做,并非是一味地内心孤高,而是有着强烈的反权贵意识,这一点应该是从老师赵蕤那里继承来的。看到那些权贵"鼻息干虹蜺,行人皆怵惕"不可一世的样子,李白越发对他们讨厌至极,干脆在《梦游天姥吟留别》中高呼"安能摧眉折腰事权贵,使我不得开心颜"⑤。或许就是为了使自己"得开心颜",他才刻意向权贵们发出了轻蔑的语言,比如《玉壶吟》中说"揄扬九重万乘主,谑浪赤墀青琐贤"⑥,第二句就是对权贵的嘲弄,"谑浪"就是戏谑的意思。任华在《寄李白》中说"平生傲岸其志不可测;数十年为客,未尝一日低颜色"⑦,真把李白敢于维护尊严、勇于反抗的精神给表现出来了。

随着李白对社会认识的深刻,李白又把嘲笑变成了批判,如《答王十二寒夜独酌有怀》诗中说:

　　君不见李北海,英风豪气今何在。
　　君不见裴尚书,土坟三尺蒿棘居。⑧

诗中的李北海就是曾经被他训斥的李邕,因为做过北海太守,所以称李北海。李邕虽然那次对李白表现得有些矜持,但这个人为人耿介磊落,不畏权贵,李白所说的"英风豪气"指的就是这些方面,但也是因为如此李邕屡次被贬谪。他晚年在北海太守任上,遭人暗算,被宰相李林甫定罪下狱,后来竟然被酷吏活活打死。裴尚书是裴敦复,玄宗时的刑部尚书,此人乐善好施,但在天宝六载(747)与李邕同被宰相李林甫所杀。李白借这两个人替屈死的贤士仗义抗争。这里需要指出的是,这个裴敦复也曾经陷害过户部尚书兼御史大夫裴宽,而且是受李林甫指使的。李

-077-

白在这里把批判的矛头直接对准了一人之下万人之上的宰相。

不仅如此，李白甚至借古讽今，对玄宗皇帝本人进行了尖锐的抨击，比如《登高丘而望远》中说"穷兵黩武今如此，鼎湖飞龙安可乘"⑨，从这首诗的"君不见骊山茂陵尽灰灭，牧羊之子来攀登"句来看，这明显是借秦皇汉武在批判唐玄宗，"骊山"指的是秦始皇的陵墓，"茂陵"指的是汉武帝的陵墓。既然从上到下都这么糟糕，又加上在朝中受到排挤，"君王虽爱蛾眉好，无奈宫中妒杀人"，李白只好"且放白鹿青崖间，须行即骑访名山"了，再说了，"少年早欲五湖去，见此弥将钟鼎疏"，这不正好离开吗？但玄宗对李白还是美其名曰"赐金放还"。

李白离开京城的时候，表现得很率性，穿着锦服骑头驴就走了，相当于穿着华贵的衣服骑着自行车，就他这装束和交通工具，回头率很高。结果在经过华阴县政府大门的时候，因为没有下驴被县吏带进了县衙，县官也不认识他，就开审了。县官问："你是谁啊！从县衙门前过敢不下驴？"李白写了一段话递了上去，没有写姓名，县官一看写的是："曾令龙巾拭吐，御手调羹，贵妃捧砚，力士脱靴。天子门前尚容走马，华阴县里不得骑驴？"这几句话很给力，这也是李白这一辈子最得意的几件事。"有一回我喝醉了，皇帝亲自为我擦拭呕吐物，又亲手给我准备醒酒汤，杨贵妃给我捧砚台，高力士给我脱靴。我在朝廷还能骑马穿行，怎么到华阴县里连个驴都不能骑呢？"县官这下明白了，这就是大名鼎鼎的李翰林，赶紧放行。李白哈哈大笑，扬长而去。

李白尽管表现得很潇洒，但他的笑声中经常会表现出无奈。比如这次进官，他是渴望能够建功立业的，但最后依旧一事无成。不管怎么说，没有实现"使寰区大定，海县清一"的政治宏愿，自己曾经设想的完美人生又要成为缺憾。再想想自己青春不再，越发惆怅，不禁忧从中来，他在《将进酒》开篇称：

君不见黄河之水天上来，奔流到海不复回。

　　君不见高堂明镜悲白发，朝如青丝暮成雪。[10]

黄河水奔腾汹涌归入大海，再也回不到源头了，看看镜子里吧，早上还是满头青丝，到了傍晚竟然成了满头白发。这两句是对时间流逝之快的惊心概括，其实古代用水比喻时间是很常见的，比如孔子的感叹"逝者如斯夫"，比如汉乐府诗中的"百川东到海，何时复西归"，都是用水比喻时间，也形容时间一去不复返。第二句干脆把时间浓缩到了一天，为什么头发会一夜之间变白呢？无非一个愁字。李白不是没有愁，他的愁绪经常会在诗中被表现出来，李白在《秋浦歌十七首》（其十五）中说过："白发三千丈，缘愁似个长。不知明镜里，何处得秋霜。"[11]另外，在《宣州谢朓楼饯别校书叔云》中开头说："弃我去者，昨日之日不可留；乱我心者，今日之日多烦忧。"[12]

　　生命的消逝，功业的难成，成了李白最大的忧愁。好在李白没有被愁绪俘虏，找到了解决的办法，他在《梁园吟》一诗中说"人生达命岂暇愁，且饮美酒登高楼"[13]，哪里有时间发愁啊？还是喝着美酒赏美景吧。又在《将进酒》中说"人生得意须尽欢，莫使金樽空对月"。这让我想起了"万事不如杯在手，人生几回月当头"两句话，过好当下是很重要的。但这又总让人觉得，李白从一个极端走向了另一个极端，这或许就是李白出入百家又不受任何一家思想束缚的结果吧。

　　李白爱酒是出了名的，他在《哭宣城善酿纪叟》中说"夜台无晓日，沽酒与何人"[14]。因为爱酒，李白被称为"饮中八仙"之一，杜甫在《饮中八仙歌》中这样称他：

　　李白一斗诗百篇，长安市上酒家眠。

　　天子呼来不上船，自称臣是酒中仙。[15]

可见，李白借酒更好地表现出了自己的天真浪漫。还说他在《将进酒》

中的表现，他劝着和自己一块儿饮酒的岑夫子、丹丘生，不要放下杯子，开怀痛饮，因为无论是高官厚禄还是古代的圣贤，都不如把握好眼前的这一刻。最后，作者说"五花马，千金裘，呼儿将出换美酒，与尔同销万古愁"，一下子把谜底揭开了，李白为什么如此爱酒呢？那是因为他的愁太深了，他是要借酒浇愁。

注 释

① 〔唐〕李白：《李太白全集》，中华书局1977年9月版，第107页。
② 〔唐〕李白：《李太白全集》，中华书局1977年9月版，第137页。
③ 〔唐〕李白：《李太白全集》，中华书局1977年9月版，第396页。
④ 〔唐〕李白：《李太白全集》，中华书局1977年9月版，第912页。
⑤ 〔唐〕李白：《李太白全集》，中华书局1977年9月版，第708页。
⑥ 〔唐〕李白：《李太白全集》，中华书局1977年9月版，第377页。
⑦ 〔清〕彭定求等：《全唐诗》，中华书局1960年4月版，第2902页。
⑧ 〔唐〕李白：《李太白全集》，中华书局1977年9月版，第913页。
⑨ 〔唐〕李白：《李太白全集》，中华书局1977年9月版，第223页。
⑩ 〔唐〕李白：《李太白全集》，中华书局1977年9月版，第179页。
⑪ 〔唐〕李白：《李太白全集》，中华书局1977年9月版，第423页。
⑫ 〔唐〕李白：《李太白全集》，中华书局1977年9月版，第861页。
⑬ 〔唐〕李白：《李太白全集》，中华书局1977年9月版，第391页。
⑭ 〔唐〕李白：《李太白全集》，中华书局1977年9月版，第1202页。
⑮ 〔清〕仇兆鳌：《杜诗详注》，中华书局1979年10月版，第83页。

自称臣是酒中仙

前面讲到了李白的潇洒，我们感受到了他的英风豪气，也体味到了他功业难成的内心郁结。他借酒浇愁，但又说，借酒浇愁的结果只能是"举杯消愁愁更愁"。看看李白的诗，会发现他越是在不能实现自己政治抱负的时候，越是狂放，越是表现出对生命的热爱，不过这种狂放是让人心疼的，这种对生命的热爱是让人警醒的。生命对于任何一个人来说，都是一次性消费，所以每个人都对生命有所留恋，渴望在短暂的生命中活出精彩。博学多才的李白更懂得"人生非金石，岂能长寿考"的道理，前面提到的《将进酒》的开头便是他对人生短暂的理解。通常情况下，他会用属于自己的浪漫来表达对生命的热爱，比如他有一首《短歌行》是这样说的：

　　白日何短短，百年苦易满。

　　苍穹浩茫茫，万劫太极长。

　　麻姑垂两鬓，一半已成霜。

　　天公见玉女，大笑亿千场。

　　吾欲揽六龙，回车挂扶桑。

　　北斗酌美酒，劝龙各一觞。

　　富贵非所愿，与人驻颜光。①

作者上来就说人生苦短，即便是一百年的长寿也是倏忽之间。麻姑是出了名的长寿星,《麻姑献寿》的主人公就是这位女神仙,她曾经见过东海三次变成了桑田,可是现在她也已经头发花白了。神仙尚且如此,我们凡人就更不用说了。那应该怎么办呢?李白突发奇想,他想为人们留住生命。他听说,六条龙驾着太阳车从扶桑树下出发,向西走一圈再回到原处就是一天。既然这样,李白说:"我要把为太阳驾车的六条龙逮住,拴在扶桑树下,然后再用北斗满满地装上美酒,劝每条龙喝一杯,把它们给灌醉,这样它们就不能工作了,既然不能工作那么时间就永恒了,人们不就青春永驻了吗?"你看,李白的想法够浪漫吧,没有像李贺那样"斩龙足,嚼龙肉"。

李白喜欢酒是发自内心的。他嗜酒不仅在行动上,而且在理论上,也就是说,他不仅靠味蕾来感受酒的美味,而且还升华出了关于酒的理论,比如他在《月下独酌四首》(其二)中说:

天若不爱酒,酒星不在天。

地若不爱酒,地应无酒泉。

天地既爱酒,爱酒不愧天。②

天上有酒星,酒星又称酒旗星,还有一种"酒星学说",相传是天界的酒曲星君"风耳大都"以神授的方式传给了仪狄,后来集大成于杜康。"酒星学说"是仪狄、杜康酿制美酒的理论精髓所在。人间有酒泉,酒泉位于甘肃省西北部,河西走廊的西端,现在是甘肃省面积最大的城市。既然叫酒泉,自然因酒得名、因酒闻名。相传西汉时期,骠骑将军霍去病西征匈奴获胜,汉武帝亲赐御酒一坛,千里迢迢送到前线,霍去病不忍独享,就将所赐御酒倒入旁边的泉中与众将士同饮,酒泉因此得名。虽然这只是一个传说,但从酒泉出土的魏晋壁画中可以发现有蒸馏酿造白酒的场景,据有关部门考证,这是目前我国关于白酒酿造历史的最早记载。既然天上有酒星,地上有酒泉,这就说明天地都是爱酒的。"既然天地都爱酒，那么我爱酒也就对得起天地了"。对李白而言，喝酒不单是为了满足个人的口腹之欲，而是"三杯通大道，一斗合自然"，是对天地大道的体悟。我们不得不说，李白的酒喝出了境界。

李白因为喝酒办了很多牛事，所以学术界的老前辈、河南省社会科学院文学研究所的葛景春先生在他的著作《李白与唐代文化》中关于李白与酒的关系有这么一段论述："在他的身上，可以说充满了酒神精神。他飞扬跋扈的狂热精神、青春浪漫的享乐意识、悲天悯人的忧患意识、与万物齐一的宇宙意识、追求自我实现的自由意识及狂放傲世的批判意识和叛逆精神，都在酒后的醉意中表现出来了。"[3]看看李白的诗歌，还真是这么回事，几杯老酒下肚，热血沸腾，没有李白不敢干的事，天子呼来尚且敢不上船呢，更别说其他人了，杨贵妃替他把砚台捧了，高力士替他把靴子脱了，他在蒙眬的醉意中张扬着自己的个性。

李白到底有多少首诗歌写到了酒？葛景春先生做了一下统计。他说，李白的诗中和酒有关系的"总共有三百二十二处"，这就能让我们感觉到酒确实和李白的创作有着紧密的关系。李白在《江上吟》中说自己"兴酣落笔摇五岳"[4]，酒酣耳热之际写出来的诗歌能使山岳震撼；杜甫在《饮中八仙歌》中说"李白一斗诗百篇"，一斗酒下去一百首诗能够一气呵成，看来酒成了李白激发创作灵感的重要手段。

酒让李白表现得非常可爱，甚至有童真般的情趣，比如《山中与幽人对酌》：

　　两人对酌山花开，一杯一杯复一杯。
　　我醉欲眠卿且去，明朝有意抱琴来。[5]

作者和朋友坐在山中，喝着美酒，欣赏着眼前的朵朵山花，完全忘记了尘世的烦恼。酒逢知己千杯少，两个人没有那么多客套，谁也不用向对方劝酒，就这样一杯接着一杯喝个不停，酒酣耳热的情态仿佛就在我们眼前。最后，我们的酒仙李白喝醉了，他对朋友说："我喝醉了，想睡觉，你先回去吧，如果明天还想我的话，再抱着琴来找我玩。"从这句话我们能够感觉出来两个人已经到了不分你我的程度。这首诗虽然短，但是诗中那种随心所欲、恣情纵饮的神情，挥之即去、招之即来的口吻，不拘礼节、自由随便的态度，让我们对李白的印象又加深了一层。再比如《忆旧游寄谯郡元参军》中：

袖长管催欲轻举，汉中太守醉起舞。

手持锦袍覆我身，我醉横眠枕其股。⑥

这首诗很长，这只是其中的四句，但也正是这四句让我们再次见识了李白的率性潇洒，李白和汉中太守全喝高了，两个人已经忘记了尊卑，毫无拘束地跳起舞来。本来就洒脱的诗人举措更随便了，不但喝得烂醉，甚而忘形到"我醉横眠枕其股"了，李白枕着汉中太守的大腿睡着了。换一般人早生气了，然而汉中太守对此则不以为意，甚至还脱下自己的官服给李白盖上，这个场面很暖心，很让人感动。

李白好像每喝必醉，《送殷淑三首》(其三)说"醉歌惊白鹭"⑦，《九日龙山饮》说"醉看风落帽"⑧，《月下独酌四首》(其三)说"醉后失天地"⑨，《友人会宿》说"醉来卧空山"⑩。他在《襄阳歌》中好像又喝多了：

落日欲没岘山西，行客辞归花下迷。

襄阳小儿齐拍手，拦街争唱《白铜鞮》。

傍人借问笑何事，笑杀山翁醉似泥。⑪

李白引用晋朝山简的典故来写自己。山简镇守襄阳时，喜欢去习家花园喝酒，常常喝得酩酊大醉骑马回来。李白在这里说自己像当年的山简一样，日暮归来，烂醉如泥，被儿童拦住拍手唱歌，引起满街的笑声。可是，李白不仅不觉得丢人，反而发出"百年三万六千日，一日须倾三百杯"的豪言壮语。

注 释

① 〔唐〕李白：《李太白全集》，中华书局1977年9月版，第319页。
② 〔唐〕李白：《李太白全集》，中华书局1977年9月版，第1063页。
③ 葛景春：《李白与唐代文化》，安徽大学出版社2009年12月版，第240页。
④ 〔唐〕李白：《李太白全集》，中华书局1977年9月版，第374页。
⑤ 〔唐〕李白：《李太白全集》，中华书局1977年9月版，第1074页。
⑥ 〔唐〕李白：《李太白全集》，中华书局1977年9月版，第663页。
⑦ 〔唐〕李白：《李太白全集》，中华书局1977年9月版，第831页。
⑧ 〔唐〕李白：《李太白全集》，中华书局1977年9月版，第964页。
⑨ 〔唐〕李白：《李太白全集》，中华书局1977年9月版，第1064页。
⑩ 〔唐〕李白：《李太白全集》，中华书局1977年9月版，第1069页。
⑪ 〔唐〕李白：《李太白全集》，中华书局1977年9月版，第369页。

黄鹤楼头曾敛手

李白的自信和狂放是出了名的,有人说这就是盛唐的气度。虽然杜甫在《赠李白》诗中说他"飞扬跋扈为谁雄",但李白并不是任何时候都目中无人。在高手面前,他也表现得很谦卑,比如他和孟浩然,完全是粉丝和偶像的关系;再比如一次他看到河南一位诗人所写的诗歌,也表现出了难得的谦卑。这位让李白佩服的诗人叫崔颢,河南开封人,曾经写过一首《黄鹤楼》,让李白搁笔。到底怎么回事呢?听我慢慢讲来。

《旧唐书》和《新唐书》中说崔颢是汴州人,也就是现在的开封人,很有才,开元十一年(723)考上了进士。因为很有才,所以受到了李邕的关注,李邕当时在"江湖"上的名气很高。李邕想认识他,崔颢当然求之不得,赶紧到李邕家里去拜访,可是等李邕看到崔颢递给自己的第一首诗上来就说"十五嫁王昌",觉得崔颢过于轻浮,"不与接而入",没再交谈就把门给关上了。这件事让崔颢很没面子,不过也向我们提醒,年轻人去拜访长辈时一定要稳重,不能太张扬。崔颢基本算是一个才高德薄的人,喜欢喝酒,喜欢赌博,还喜欢美女。《唐才子传》中说他"娶妻择美者,稍不惬即弃之,凡易三四"[①],喜欢美女不说,稍微不如意就换了,光老婆前后换了几次。

一次崔颢到了武昌,登上了黄鹤楼,有感而发写了一首《黄鹤楼》:

昔人已乘黄鹤去,此地空余黄鹤楼。

黄鹤一去不复返，白云千载空悠悠。

　　晴川历历汉阳树，芳草萋萋鹦鹉洲。

　　日暮乡关何处是，烟波江上使人愁。②

黄鹤楼是江南第一名楼，在武汉市，相传始建于三国时期。据说这个楼因为一位仙人而得名。曾经有一位仙人在此地辛氏酒店饮酒，酒后作为答谢就在墙上画了一只黄鹤。这可不是一幅普通的画，这只黄鹤会跳舞，从此以后店家生意火爆得很，财源滚滚。10年后仙人又来了，掏出笛子一吹，画中的黄鹤飞出，仙人乘鹤飞去。酒店老板为了答谢仙人10年来让自己赚得瓶满钵满，于是出资建了一座楼，并命名为黄鹤楼。崔颢这首诗的前三句也就是对这个传说的诠释。这首诗前半首写得很随性，也就是纪晓岚评价的"偶然得之，自然流出"，但是后四句还是用了心思的。比如第三联"晴川历历汉阳树，芳草萋萋鹦鹉洲"，写从楼上眺望汉阳城、鹦鹉洲的感觉，很整饬，让我们看到崔颢写诗收放自如。前面写缥缈的神话传说，后面写眼前的美景，于是王粲《登楼赋》中"虽信美而非吾土"的伤感涌上心头，"日暮乡关何处是，烟波江上使人愁"，这种结尾方式后来被很多人模仿。严羽《沧浪诗话》评价这首诗说："唐人七言律诗，当以崔颢《黄鹤楼》为第一。"③沈德潜《唐诗别裁》评论这首诗说："意得象先，神行语外，纵笔写去，遂擅千古之奇。④"总之，崔颢的这首诗得到了极高的评价，也是因为崔颢的这首诗，黄鹤楼的名气更大了。

　　因为是名楼，自然吸引着名人，于是李白来了。当他看到楼的巍峨、景的美好时，文思泉涌有了创作的冲动。可是当他看到崔颢的诗歌赫然写在那里时，他纠结了，他说"眼前有景道不得，崔颢题诗在上头"，说完放下笔离去了，后人为此还专门在这里建了个搁笔亭。时间就这么慢慢地过去了，可是李白对被迫搁笔这件事却始终不能忘记。他一直在寻找着挽回面子的机会，终于他来到了金陵凤凰台，写了一首《登金陵凤凰台》，总算找回了面子：

> 凤凰台上凤凰游，凤去台空江自流。
> 吴宫花草埋幽径，晋代衣冠成古丘。
> 三山半落青天外，二水中分白鹭洲。
> 总为浮云能蔽日，长安不见使人愁。⑤

李白很少写律诗的，这是李白为数不多的一首律诗。和他最擅长的汪洋恣肆随意伸缩的歌行体相比，明显中规中矩，这也说明李白对任何一种诗体形式都能得心应手。这个凤凰台也有一个传说，用这个传说开头也像崔颢的那首诗一样，具有表达时空变换的妙用。《江南通志》记载，南朝宋元嘉十六年（439），有三只五彩斑斓的鸟落在山间，一群别的鸟跟着，人们认为这三只鸟就是传说中的凤凰，于是就在这里建了个台子。李白在这里用凤凰开篇，表达了繁华易逝山水长存的对比。中间两联是具体的对比，东吴曾经在这里建立政权，东晋也曾经在这里定都，但是它们都已经成了历史的遗迹，就连那巍峨的宫殿也已经被荒草掩埋了，还有那晋明帝为郭璞修建的衣冠冢也变成无人注意的小土丘。作者没有停留在对历史无限的沉思中，他的目的是和宇宙无限的对比，因此把目光拉回眼前。"三山半落青天外，二水中分白鹭洲"，三山在金陵西南的江边，"三山半落"形容若隐若现的景象；"白鹭洲"把长江分成两半，既显示了大自然力量的伟大，又显示了作者胸怀的开阔。最后结尾的时候，李白又把落脚点定在了自己的政治遭遇上，愁思无限，壮志难行，这一点要比崔颢大气一些。有了这一首诗，李白搁笔的往事总算有了交代，这才是李白的个性。

但是我在这里要说的是，切不可把历史上的传言轻易当真。在李白笔下，有几首和黄鹤楼有关系的诗歌，比如《黄鹤楼送孟浩然之广陵》

《望黄鹤楼》《与史郎中钦听黄鹤楼上吹笛》，这些诗写得都相当好。在唐代写同题诗歌的很多，也没见谁非要分出个输赢，所以可能是别人想多了。据说有人因为此事讥讽李白，把李白气得非要捶碎黄鹤楼不可，这就是《醉后答丁十八以诗讥余捶碎黄鹤楼》，其中说：

　　黄鹤高楼已捶碎，黄鹤仙人无所依。
　　黄鹤上天诉玉帝，却放黄鹤江南归。⑥

李白的脾气够大！不过杨慎说了，这首诗不是李白写的，是有人故意抹黑李白。

　　很多人觉得，黑名人才能让自己显得智慧，所以历史上的文化名人频频被黑。就拿李白来说，他被黑可不止一次。赵本山在央视春晚上不就拿着李白的《静夜思》开涮了吗？咱先说李白的《静夜思》是怎么写的么："床前看月光，疑是地上霜。举头望山月，低头思故乡。"⑦（按：今天流传更广的是明代版本的《静夜思》："床前明月光，疑是地上霜，举头望明月，低头思故乡。"）"本山大叔"的版本是什么呢？"床前明月光，玻璃好上霜。如果不及时擦，弄不好就得脏。"我一次在街上听到几个孩子背诵李白的《静夜思》，又是一个版本："床前明月光，洒了一碗汤。举头拿毛巾，低头擦裤裆。"在全民娱乐的情况下，经典被改得面目全非，不过这也正从另一个角度体现出了经典的魅力。

　　前段时间看电影《就是闹着玩的》，我发现李白的《望庐山瀑布二首》（其二）也被改了，先看原版的：

　　日照香炉生紫烟，遥看瀑布挂前川。
　　飞流直下三千尺，疑是银河落九天。⑧

多好的诗，把瀑布描写得出神入化。可是被没有文化偏要附庸风雅的"于副乡长"一点评，结果就被改成了《于副乡长望庐山瀑布》："日照香炉仿佛生紫烟，遥看瀑布好像挂前川。飞流直下大概三千尺，疑是银河

-089-

最起码落九天。"逗笑的效果出来了，讽刺的效果也跟着出来了，让人们在笑声中见识了一些官员的浅薄无知。

注　释

① 傅璇琮：《唐才子传校笺》第一册，中华书局1987年5月版，第203页。
② 〔清〕彭定求等：《全唐诗》，中华书局1960年4月版，第1329页。
③ 傅璇琮：《唐才子传校笺》第一册，中华书局1987年5月版，第203页。
④ 袁行霈：《中国文学作品选注》第二卷。中华书局2007年6月版，第331页。
⑤ 〔唐〕李白：《李太白全集》，中华书局1977年9月版，第986页。
⑥ 〔清〕彭定求等：《全唐诗》，中华书局1960年4月版，第1818页。
⑦ 〔唐〕李白：《李太白全集》，中华书局1977年9月版，第346页。
⑧ 〔唐〕李白：《李太白全集》，中华书局1977年9月版，第989页。

当年裘马颇清狂

杜甫是唐代诗歌史上与李白双峰并峙的大诗人，李白是浪漫主义，而杜甫则是现实主义。杜甫的诗歌被称为"诗史"，杜甫被称为"诗圣"。韩愈《调张籍》中称赞二人的诗歌"李杜文章在，光焰万丈长"[1]；裘说经过杜甫的坟墓写下"拟掘孤坟破，重教大雅生"。张籍甚至把杜甫的诗歌抄写在纸上，然后烧成灰，和着蜜水喝下，并说"从此好让吾肝肠改易"；王安石膜拜杜甫的画像；苏轼不敢"一饭忘君"；黄庭坚以杜甫为诗祖，学习他"转益多师"与"语不惊人死不休"精益求精的艺术精神，从而创立了"江西诗派"；南宋著名爱国诗人文天祥被俘后，在狱中完成杜诗集200首，激励自己的斗志。这些都表现出了人们对杜甫诗歌和杜甫人格的敬重。

杜甫对现实的关注主要是从他科举失败后在长安生活那十来年开始的，之前他过的生活也是相当潇洒的，用他自己的话说就是"放荡齐赵间，裘马颇清狂"。随着阅历的丰富和对社会的深入了解，杜甫的诗歌表现得越来越沉甸甸的。他说自己诗歌的特点是"沉郁顿挫"，指的主要是关注民生疾苦和国家命运那些诗歌。我们先来了解一下他转入"沉郁顿挫"之前的诗歌。

清朝的刘青黎在《杜少陵墓》中说："故国三千里，羁魂二十霜。"意思是说杜甫的一生多数是在漂泊中度过的。不要因为这个就觉得杜甫取得这样的成绩是笨鸟先飞，其实他是个少年天才，看看他的诗里怎么说的吧：

> 往昔十四五，出游翰墨场。
> 斯文崔魏徒，以我似班扬。
> 七龄思即壮，开口咏凤皇。
> 九龄书大字，有作成一囊。②

这是杜甫《壮游》诗的前面几句，他告诉我们，自己7岁就会作诗了，而且"开口咏凤皇"。凤凰是古代的四瑞之一，非高梧而不栖，非甘泉而不饮，后来成为高洁之士的象征。也有传说认为，杜甫7岁的时候看见一只凤凰降落在河滩上，变成了一颗五色卵石。杜甫捡起来含在嘴里，结果不小心咽进了肚子中。回到家后，感觉肚内热气翻腾，张口一吐满屋生辉，令人惊奇的是吐出的不是石头，而是歌咏凤凰的诗句。其实这些都是传说，而传说又多是后人编撰的，荒诞不经，但这些传奇的故事正表现了人们对杜甫的喜爱。杜甫9岁时书法已经颇有成就，到了十四五岁的时候，他已经与早已成名于文场的人交往了。在这些人中有崔尚和魏启心，崔尚是久视二年（701）进士及第，魏启心神龙三年（707）才膺管乐科，二人都是人才。这二人觉得，杜甫已经具有班固、扬雄一样的文才。之所以能够赢得这样高的评价，全是因为他"读书破万卷，下笔如有神"（《奉赠韦左丞丈二十二韵》）③。正是因为杜甫有才，"赋料扬雄敌，诗看子建亲"，才会让"李邕求识面，王翰愿为邻"，就连李邕和王翰这样的大人物也主动来与杜甫相识。

当时讲究漫游，不能老待在书斋里，杜甫也经历了数年的漫游时期。漫游期间，杜甫不仅增加了阅历，而且在社会上认识了很多朋友，为将来参加科举考试做了一定的准备。24岁那年，杜甫踏入了考场，但以失败告终。杜甫没有哭天抹泪，而是继续"笑傲江湖"，过着狂放的生活。

第二次漫游期间他认识了李白、高适，三人结伴同游梁宋，也就是现在的开封，今天开封禹王台的三贤祠还供着三个人的塑像。也是在第二次漫游期间，他写下了充满进取精神的《望岳》：

岱宗夫如何，齐鲁青未了。

造化钟神秀，阴阳割昏晓。

荡胸生层云，决眦入归鸟。

会当凌绝顶，一览众山小。④

这是杜甫现存年代最早的一首诗歌，全诗气象宏阔，格调昂扬，字里行间洋溢着朝气。杜甫的《望岳》诗写了不止一首，这是描写泰山的，另外还有两首是望衡山和华山的。第一句写刚看到泰山时的神情，泰山那连绵高耸的气势让作者一时找不到合适的语言来形容，只有惊叹仰慕之情，非常传神。想了半天，终于找到答案了，"齐鲁青未了"。乍一看不咋的，一点高度都没有，我说的高度不是山的海拔，而是诗的水平。再仔细一琢磨，挺好，虚实结合，泰山横亘在齐鲁大地上这是实，因为距离远所以能想象到它的巍峨这是虚。第一联是远望时的惊奇，第二联则是近望中的赞叹，"造化钟神秀，阴阳割昏晓"，这两句描写了泰山神奇秀丽和巍峨高大的形象，"神秀"就是神奇秀丽的意思，"钟"字用得好，自然有情，所以才在这里有此杰作。"阴阳割昏晓"是形容山高，山南为阳，山北为阴，因为泰山太耸拔了，遮天蔽日，所以把阳光给切断了，从而造成了山南山北不同的景观。我们随着作者的镜头越走越近，也越看越仔细，"荡胸生层云，决眦入归鸟"，山中云气缭绕使人心胸荡漾，诗人对眼前的景色不忍眨眼，就这样一直欣赏到傍晚鸟儿回巢。这两句让人想起了陶渊明的句子"山气日夕佳，飞鸟相与还"。看到这里，作者内心产生了登顶的冲动，于是"会当凌绝顶，一览众山小"两句冲口而出，"一定要登上泰山的最高峰，让所有的山都臣服在我的脚下"，既是对泰山雄伟的礼赞，也是自己不畏艰险、雄视天下的心胸气魄的表现。这首诗被后人誉为"绝唱"，刻在石碑上立在泰山脚下，成了泰山的文化名片。此时的杜甫，是一位涉世不深的青年，他在尽情张扬着自己的个性，表现着自己的生命热情。这个时候的杜甫，是具有浪漫主义情怀的。

游历是他的生活内容之一，但做官是他的"素业"，因为从十三世祖杜预到自己的父亲，历代为官，家族的文化特征使他耳濡目染，因此他一向有为官的意愿。他也相信自己有这个能力，"自谓颇挺出，立登要路津"（《奉赠韦左丞丈二十二韵》），他为自己制定了高远的目标，"致君尧舜上，再使风俗淳"，甚至可以这样说，杜甫就是为这个目标努力活着的。

为了明确的目标，杜甫参加了天宝六载（747）的科举考试。《册府元龟》卷八十六记载，玄宗皇帝对这次考试很重视，专门下了圣旨，规定"天下诸色人中，通明一艺已上，各任荐举"[5]，不管什么人，只要有一项特长，就可以参加考试。杜甫为了达成"占据要路津"的愿望，参加了这次考试。但口蜜腹剑的李林甫为了自己，却打着担心考生的粗言秽语"污浊圣听"的幌子，堂而皇之地向唐玄宗报告"野无遗贤"。就这样，杜甫入仕的愿望落空了，"此意竟萧条"。

为了能够"致君尧舜上，再使风俗淳"，杜甫东奔西走在寻找着入仕的机会，他开始尝尽人情冷暖，遭遇世态炎凉。他在《奉赠韦左丞丈二十二韵》诗中说：

朝扣富儿门，暮随肥马尘。

残杯与冷炙，到处潜悲辛。

主上顷见征，欻然欲求伸。

青冥却垂翅，蹭蹬无纵鳞。

那么伟大的杜甫为了实现自己的政治抱负，整天看人脸色，也正是因为这样让他认识到了"肉食者鄙"，让他加深了对社会现实的感受，让他的诗歌慢慢走向了民间。或者说，在京城的种种碰壁有助于杜甫现实主义精神的滋长。杜甫为官的热情一直很高涨，终于在天宝十载（751），杜甫向玄宗进献《三大礼赋》，才被"玄宗奇之，命待制集贤院"⑥，给了一个在中书省单独考试的机会。虽然考试场面火爆，"集贤学士如堵墙，观我落笔中书堂"（《莫相疑行》）⑦，但最终杜甫也只得了一个小官，而且是考试过后几年的事情。

注 释

① 钱仲联：《韩昌黎诗系年集释》，上海古籍出版社1984年3月版，第989页。
② 〔清〕仇兆鳌：《杜诗详注》，中华书局1979年10月版，第1438页。
③ 〔清〕仇兆鳌：《杜诗详注》，中华书局1979年10月版，第74页。
④ 〔清〕仇兆鳌：《杜诗详注》，中华书局1979年10月版，第4页。
⑤ 〔宋〕王钦若等：《册府元龟》，中华书局1960年6月版，第1021页。
⑥ 〔后晋〕刘昫等：《旧唐书》，中华书局1975年5月版，第5054页。
⑦ 〔清〕仇兆鳌：《杜诗详注》，中华书局1979年10月版，第1213页。

大笔如椽写残唐

杜甫在长安辛苦求官期间，"残杯与冷炙"让他充分感受到了人情世故的艰辛。虽然最后通过向玄宗皇帝献《三大礼赋》，得了一个小官，但只是一个右卫率府胄曹参军，就是负责看守兵甲器仗、管理门禁锁钥的官儿，说白了就是个仓库管理员，这和自己"致君尧舜上，再使风俗淳"的宏伟抱负相距甚远。杜甫当上这个小官才个把月时间，改变李唐王朝命运的"安史之乱"就爆发了。应该说，杜甫在这场战乱中备受磨难，但也正是这场战乱成就了杜甫真正的伟大情怀。

"安史之乱"爆发之后，曾经极尽享乐的玄宗皇帝决定到四川避难。杜甫当的官太小，玄宗逃难没有通知他，所以他就被安史叛军堵在了长安。他看到了叛军对京城的蹂躏，看到了叛军对百姓的摧残，于是为我们写了一首《春望》，通过"国破山河在，城春草木深。感时花溅泪，恨别鸟惊心"[①]这些感人泣下的句子向后人表达了他对战争的态度。其实杜甫对战争的控诉在"安史之乱"前就已经开始了，天宝十一载（752），杜甫怀着悲愤的心情写下了《兵车行》：

　　车辚辚，马萧萧，行人弓箭各在腰。

　　耶娘妻子走相送，尘埃不见咸阳桥。

　　牵衣顿足拦道哭，哭声直上干云霄。[②]

这首诗记录了老百姓被迫到战场上送死的情景。在那个冷兵器时代，上战场就意味着九死一生，王翰在《凉州词二首》（其一）中说"古来征战几人回"③，亲人的送别近乎是生离死别，所以送行的亲人才会"牵衣顿足拦道哭"，大放悲声。玄宗皇帝在天宝末年穷兵黩武，他自己光想着扩大疆土了，哪里会想到给老百姓带来了什么样的影响。因为战争，老百姓的正常生活被打乱了，"汉家山东二百州，千村万落生荆杞。纵有健妇把锄犁，禾生陇亩无东西"，村子没有了人烟，田地近乎荒芜，更可怕的是"君不见青海头，古来白骨无人收。新鬼烦冤旧鬼哭，天阴雨湿声啾啾"，这不由得让人想起了魏武帝曹操的"白骨露于野，千里无鸡鸣"（《蒿里行》）④。

"安史之乱"爆发后，杜甫在国家震荡和生活艰难中用血泪滋养了自己的诗歌，最让我们动容的莫过于《悲陈陶》《悲青坂》和"三吏""三别"。《悲陈陶》《悲青坂》类似今天的新闻报道，唐军先后在这两个地方与叛军展开激战，但最后都惨遭失败。杜甫听说后，怀着沉痛的心情写下了这两首诗歌。《悲陈陶》中说：

孟冬十郡良家子，血作陈陶泽中水。

野旷天清无战声，四万义军同日死。

群胡归来血洗箭，仍唱胡歌饮都市。

都人回面向北啼，日夜更望官军至。⑤

唐肃宗至德元年（756）的冬天，唐军跟安史叛军在陈陶作战，唐军四五万人几乎全军覆没。来自西北十郡活生生的子弟兵，血染疆场，景象极其惨烈。当时杜甫被困在长安，他看到打了胜仗的叛军回到长安肆无忌惮庆贺胜利的样子，心痛得几乎滴血。京城的百姓同杜甫一样悲伤，他们北向而哭，既是对牺牲在陈陶战场上士兵的悼念，也是对朝廷收复长安的渴望。陈陶之战失败后不久，唐军又遭遇了青坂之战，这次又是大败，"山雪河冰野萧瑟，青是烽烟白是骨"（《悲青坂》）⑥。这两次失败，房琯负有不可推卸的责任，他虽是房玄龄的后代，但本人却是一个只会纸上谈兵的书生。杜甫为了救他，还差一点丢了性命。

后来，杜甫终于从长安逃了出去，来到凤翔向肃宗报到，被封为拾遗官。为此，杜甫写了一首《述怀》，其中说："去年潼关破，妻子隔绝久。今夏草木长，脱身得西走。麻鞋见天子，衣袖露两肘。朝廷愍生还，亲故伤老丑。涕泪授拾遗，流离主恩厚。"[7]狼狈之中也正好说明了杜甫对朝廷的忠心，肃宗皇帝有感于此才封他为拾遗。杜甫是个很认真的人，他在任拾遗官期间，房琯因为对抗安史叛军损失惨重，加上他的门客董庭兰收受贿赂，所以房琯获罪。杜甫认为处理得重了，就替他说情，结果惹怒了肃宗皇帝，杜甫也被交给了司法部门处理，幸亏代理宰相张镐以"若甫抵罪，绝言者路"为由劝说肃宗，意思是说如果把杜甫杀了，以后就没人敢向皇帝提建议了，肃宗觉得有道理，这才把杜甫贬为华州司空参军。

杜甫从洛阳到华州赴任的路上，途经新安、石壕、潼关等地，再次感受到了战争带给人们的伤害。他根据目睹的血腥现实，写下了"三吏"。在《新安吏》中，他写到小孩子都被赶到了战场上，原因是"县小更无丁"，没有办法，只好"次选中男行"。但是有一个必须面对的尴尬问题，"中男绝短小，何以守王城"，孩子们太小了，怎么能守住王城呢？更关键的是，大家明白这是去白白送死，所以才会"青山犹哭声"，但哭又有什么用呢？"莫自使眼枯，收汝泪纵横。眼枯即见骨，天地终无情"，好悲切啊！明知道战场就是死地，杜甫还得安慰大家"况乃王师顺，抚养甚分明。送行勿泣血，仆射如父兄"[8]，好无奈啊！

当杜甫来到石壕村的时候，再次目睹了征兵的场面，而且是晚上进行的，于是写下了《石壕吏》。"老翁逾墙走，老妇出门看"，老翁是家里的男丁，但也是这个家的顶梁柱，为了逃兵役，他跳墙躲了起来，老太太只好出去应付。老太太的哭诉在官吏凶狠的喊叫声中显得更加凄苦，老太太说，自己的三个儿子都当兵去了，而且两个死在了战场上，家里已经没有了男丁，只有一个嗷嗷待哺的孙子。"老妪力虽衰，请从吏夜归。急应河阳役，犹得备晨炊"⑨，"如果非要我们家抽一个人到战场上的话，那就只能是我这个老太太了，我虽然不能和敌人短兵拼杀，但给战士们做个饭总还是可以的"。老太太的每一句话都让人剜心疼痛，更让人心痛的是老太太真的被抓到战场上做饭去了，可见当时唐军兵力严重不足。

在潼关，杜甫看到人们在艰辛地修筑县城，杜甫明知故问和潼关吏聊天，"修关还备胡"，是为了防备安史叛军吗？潼关吏告诉杜甫说：

连云列战格，飞鸟不能逾。

胡来但自守，岂复忧西都。

丈人视要处，窄狭容单车。

艰难奋长戟，万古用一夫。⑩

潼关气势巍峨，连鸟都飞不过去，只要敌人来了我们能守住这里，长安就不会有危险。这个要害的地方，狭窄到只能容下一辆车子，只要是遇到敌人进攻，我们一夫当关就可以了。这是一个多么动人的童话故事啊，因为安史叛军就是从这里冲过去进攻长安的。所以杜甫不无伤心地说："哀哉桃林战，百万化为鱼。请嘱防关将，慎勿学哥舒。"当年哥舒翰就是在这里惨败的，可千万不要让悲剧重演了。

因为战争，新婚的夫妇只能洒泪分别，"暮婚晨告别，无乃太匆忙"（《新婚别》），他们没有新婚燕尔的幸福。新娘很理智也很伟大，她忍着"君今往死地，沉痛迫中肠"的痛楚一再交代丈夫"勿为新婚念，努力事戎行"，只有舍小家顾大家最后才可能有家。但无论如何，一个"妾身未分明"的新娘子当着丈夫的面洗去红妆之后，只能羡慕天空中成对飞翔的鸟儿了,只能"与君永相望"⑪了,这种伟大是无奈的选择。因为战争,不仅导致"园庐但蒿藜",而且"存者无消息,死者为尘泥"。《无家别》中的主人公虽然侥幸保住了一条命,但是回到村里,他看到的却是:

久行见空巷,日瘦气惨凄。

但对狐与狸,竖毛怒我啼。

四邻何所有?一二老寡妻。⑫

村子里已没有什么生气,被狐狸占为巢穴,好不容易看到几个邻居,也是没有生产能力的"老寡妻",凋敝荒芜,生活悲惨到无以复加的程度。老人生儿育女是为了能让自己安享晚年,可是现在呢?"永痛长病母,五年委沟溪。生我不得力,终身两酸嘶",虽然生养了孩子,但是并没有得到孩子们的照顾。

因为战争,"子孙阵亡尽",村里只剩下了"留守老人",他们一来忍受着与孩子们生离死别的痛苦,二来备受生活艰辛的煎熬。当老人要不辞而别到战场上去的时候,却听到了身后妻子撕心裂肺的哭声,"老妻卧路啼,岁暮衣裳单",老妻已哭倒在大路旁,衣衫褴褛,正在寒风中瑟瑟抖动。"孰知是死别,且复伤其寒。此去必不归,还闻劝加餐",老翁的心一下子紧缩起来,老翁明知生离就是死别,还得上前去搀扶老妻,去安慰孤苦无依的老妻;泪流满面泣不成声的妻子也明知道老伴儿这一去肯定是回不来了,但还不断叮咛,"好好吃饭,照顾好自己"。诗歌写尽了战乱中亲人分别时的愁肠寸断和难舍难分。这不是一个人的悲哀,而是时局的艰难,"万国尽征戍,烽火被冈峦。积尸草木腥,流血川原丹"⑬,这四句诗不仅是老翁劝慰老妻的话,而且是他对战争发出的控诉。

杜甫经历了艰难岁月,用诗歌记录了历史的沧桑,所以他的诗歌被称为"诗史"。"诗史"是我们对杜甫诗歌价值的高度评价,但我相信,杜甫并不渴望自己的诗歌因为记录了人间的战争灾难而成为"诗史",因为他的心中充满了对和平生活的渴望。

注 释

① 〔清〕仇兆鳌:《杜诗详注》,中华书局1979年10月版,第320页。
② 〔清〕仇兆鳌:《杜诗详注》,中华书局1979年10月版,第113页。按:"耶"通"爷"。
③ 〔清〕彭定求等:《全唐诗》,中华书局1960年4月版,第1605页。
④ 〔宋〕郭茂倩:《乐府诗集》,中华书局1979年11月版,第398页。
⑤ 〔清〕仇兆鳌:《杜诗详注》,中华书局1979年10月版,第314页。
⑥ 〔清〕仇兆鳌:《杜诗详注》,中华书局1979年10月版,第316页。
⑦ 〔清〕仇兆鳌:《杜诗详注》,中华书局1979年10月版,第358页。
⑧ 〔清〕仇兆鳌:《杜诗详注》,中华书局1979年10月版,第524页。
⑨ 〔清〕仇兆鳌:《杜诗详注》,中华书局1979年10月版,第529页。
⑩ 〔清〕仇兆鳌:《杜诗详注》,中华书局1979年10月版,第526页。
⑪ 〔清〕仇兆鳌:《杜诗详注》,中华书局1979年10月版,第531页。
⑫ 〔清〕仇兆鳌:《杜诗详注》,中华书局1979年10月版,第538页。
⑬ 〔清〕仇兆鳌:《杜诗详注》,中华书局1979年10月版,第536页。

幸福最是草堂客

因为传统儒家文化对杜甫人格的影响，所以杜甫总是处于忧国忧民之中。加上战乱四起，杜甫经常漂泊流离，动不动就是"三年饥走荒山道"[《乾元中寓居同谷县作歌七首》（其七）][1]，杜甫也质问过"我生何为在穷谷"[2]，但这些都没有用，苦难总是和他如影随形。仇兆鳌《杜诗详注》卷九说，杜甫"忧君忧国根于至性，愁饥愁寒出于真情"。后来，杜甫带着家小来到成都，在朋友的帮助下修建了留传后世的浣花溪草堂，也就是我们经常说的"成都草堂"。在这里，他暂时结束了忧饥忧寒的流离状态，他在《酬高使君相赠》中说"故人供禄米，邻舍与园蔬"[3]，总算过了几天相对安生的日子。可以说，这是杜甫生命中最幸福的一段时光。

老百姓的生活都差不多，能有个窝是最幸福的事情。杜甫的成都草堂可是个风水宝地，他对这里的满意都在《卜居》这首诗里表现出来了：

浣花流水水西头，主人为卜林塘幽。

已知出郭少尘事，更有澄江销客愁。

无数蜻蜓齐上下，一双鸂鶒对沉浮。

东行万里堪乘兴，须向山阴上小舟。[4]

杜甫草堂在幽静的浣花溪边上，这里自然环境很好，完全没有城中的喧闹，蜻蜓上下飞舞，水鸟在水面自由自在地浮游嬉戏。

浣花溪畔那怡人的自然风光与淳朴的风俗人情抚慰了诗人多年不得安静的心，所以杜甫一次又一次地描写浣花溪草堂周围秀丽怡人的风景。这里既有"桤林碍日吟风叶，笼竹和烟滴露梢"（《堂成》）[5]，还有"圆荷浮小叶，细麦落轻花"（《为农》）[6]，又有"风含翠筱娟娟静，雨裛红蕖冉冉香"（《狂夫》）[7]，竹木葱茏，花香四溢，清新宁静而又生机勃勃，怎能不让诗人赏心悦目。特别是《江畔独步寻花七绝句》（其六）让诗人沉浸在对大自然的欣赏留恋之中：

　　　　黄四娘家花满蹊，千朵万朵压枝低。
　　　　留连戏蝶时时舞，自在娇莺恰恰啼。[8]

住在水边的黄四娘家是杜甫的邻居。黄四娘家在繁花锦簇中，春花压弯了枝条，特别是"压枝低"三个字让我们能想象到枝头上一层层一簇簇的花朵在尽情展示着春天的浪漫与热情。烂漫的花朵迎来了杜甫的参观，更吸引着蝴蝶在花丛中蹁跹飞舞，蝴蝶的点缀巧妙地把春意闹的情趣渲染了出来。眼前的美景早已让诗人沉醉，这时又传来黄莺悦耳的叫声，既将诗人的沉醉唤醒，又把我们带进了诗人所处的美景之中。

杜甫面对自然景物，有时会表现出一种孩子般的天真，一会儿惊叹大自然的奇妙，一会儿又对造物的欺人嗔怒。如《绝句漫兴九首》（其二）：

　　　　手种桃李非无主，野老墙低还是家。
　　　　恰似春风相欺得，夜来吹折数枝花。[9]

春风本来就是没有感情的，它吹折花枝本属再普通不过的自然现象，可是诗人却偏说春风欺负自己，吹折他的花枝纯属故意，而且不厌其烦地再三声明，桃李是自己亲手种植的，并非是没有主人的野花；"我的院墙虽然低矮，但那也是我的一亩三分地，是我的家"。就像一个执拗的小孩子，杜甫一个劲儿与春风理论，就差请个律师来维护他的权益了。

第三首紧承第二首而来："熟知茅斋绝低小，江上燕子故来频。衔泥点

-103-

污琴书内，更接飞虫打著人。"⑩刚和春风理论完，燕子又来欺负杜甫了，不仅故意不停地飞来打扰诗人的宁静，而且将筑巢的泥土丢到诗人的书上，更过分的是把虫子打到人身上，真有点"得寸进尺"了！人与燕子斤斤计较，足见诗人孩子般的天真了。不过，你可别以为杜甫精神出了什么毛病，这是杜甫在诗中表现出来的童真，就妙趣来说，在避免平铺直叙的同时，使诗歌显得极为风趣。

　　因为是在城外，所以杜甫接触的主要是当地的老百姓。"田父要皆去，邻家问不违"（《寒食》）⑪，草堂周围的邻居给诗人留下了非常亲切的感觉，邀请就去，有问必答。《旧唐书·杜甫传》记载，他曾"与田夫野老相狎，荡无拘检。"⑫比如《南邻》：

　　　　锦里先生乌角巾，园收芋栗不全贫。
　　　　惯看宾客儿童喜，得食阶除鸟雀驯。
　　　　秋水才深四五尺，野航恰受两三人。
　　　　白沙翠竹江村暮，相对柴门月色新。⑬

诗中的"锦里先生"生活虽然并不富裕，但是能够安贫乐道，在对于简朴的田园生活的喜爱这一点上与杜甫达成了默契。从"相对柴门月色新"可以推测主人待客之热情和客人离别时的依依不舍。同时，"秋水才深四五尺，野航恰受两三人"所体现出来的和谐气氛与清丽景色，也都使人感到亲切可喜。诗人不仅与有一定修养的邻居关系非常融洽，而且与老农的关系也非常亲密。关于这一点，最有代表性的是《遭田父泥饮美严中丞》。如果说诗人是主动访问"锦里先生"的话，那么，这一次却是"步屧随春风""朝来偶然出"，经过田翁家而被主人"邀我尝春酒"的。有趣的是，这一"尝"竟然"自卯将及酉"，甚至到了月亮东升还没有离去，热情的主人仍"高声索果栗"，拉住想起身的诗人，虽然其"指挥过无礼"，但对于诗人来说却"未觉村野丑"⑭。

-104-

在成都时期，最能表现杜甫幸福感的一首诗大约要算他的《江村》了：

清江一曲抱村流，长夏江村事事幽。

自去自来梁上燕，相亲相近水中鸥。

老妻画纸为棋局，稚子敲针作钓钩。

多病所须惟药物，微躯此外更何求。⑮

大多数人认为，最难过的是夏天，热。如今的女孩子在夏季可以尽情展示自己的身材，那个时候的女孩子捂得都比较严实。在炎热的夏季，作者却说自己还能受得了，"事事幽"，接下来两联作者就开始向我们炫耀到底怎么样清幽了。先说鸟，前面还骂小燕子不通情理呢，这里又成好朋友了，小燕子在屋里自在地进进出出。据说四川有一种风俗，小燕子刚来的时候，如果谁能用筷子投到小燕子，那是吉祥的象征，所以春天的时候小燕子总得提防着有"暗器"袭击。现在多好，没有人招惹它们。水中的鸥鸟也很自在，耳鬓厮磨就像一对对恩爱的情侣，鸥鸟善识人的心机，现在也是互不相扰。这是自然的和谐或人与自然的和谐。

接下来写自己的妻小，老婆用纸画了个棋盘，开始和诗人对弈。妻子在诗人笔下多次出现，从《月夜》中"香雾云鬟湿，清辉玉臂寒"⑯慢慢地成了《北征》中"面复光"的"瘦妻"，到了《江村》中又成了"老妻"，可见两个人不管在什么样的情况下都不离不弃。妻子没有因为杜甫的失意抱怨过，没有因为跟着他到处流浪表现过强烈的不满。"老妻"二字让我们感到了什么叫老来伴儿，那是相互扶持的温情。小孩子就地取材把针做成了钓钩，一个"敲"字能让我们想象到小孩子专注的天真神情。不管老或少，都能各得其乐，这就是最简单最有韵味的幸福。经历长期离乱之后，重新获得天伦之乐，诗人怎能不感到欣喜和满足？只是杜甫晚年多病，所以作者在结尾的时候说"多病所须惟药物，微躯此外更何求"，看来幸福之中多多少少还是有一些惆怅的。

注 释

① 〔清〕仇兆鳌：《杜诗详注》，中华书局1979年10月版，第699页。
② 〔清〕仇兆鳌：《杜诗详注》，中华书局1979年10月版，第697页。
③ 〔清〕仇兆鳌：《杜诗详注》，中华书局1979年10月版，第727页。
④ 〔清〕仇兆鳌：《杜诗详注》，中华书局1979年10月版，第729页。
⑤ 〔清〕仇兆鳌：《杜诗详注》，中华书局1979年10月版，第735页。
⑥ 〔清〕仇兆鳌：《杜诗详注》，中华书局1979年10月版，第739页。
⑦ 〔清〕仇兆鳌：《杜诗详注》，中华书局1979年10月版，第743页。
⑧ 〔清〕仇兆鳌：《杜诗详注》，中华书局1979年10月版，第818页。
⑨ 〔清〕仇兆鳌：《杜诗详注》，中华书局1979年10月版，第788页。
⑩ 〔清〕仇兆鳌：《杜诗详注》，中华书局1979年10月版，第789页。
⑪ 〔清〕仇兆鳌：《杜诗详注》，中华书局1979年10月版，第806页。
⑫ 〔后晋〕刘昫等：《旧唐书》，中华书局1975年5月版，第5055页。
⑬ 〔清〕仇兆鳌：《杜诗详注》，中华书局1979年10月版，第760页。
⑭ 〔清〕仇兆鳌：《杜诗详注》，中华书局1979年10月版，第892页。
⑮ 〔清〕仇兆鳌：《杜诗详注》，中华书局1979年10月版，第746页。
⑯ 〔清〕仇兆鳌：《杜诗详注》，中华书局1979年10月版，第309页。

万方同感圣人心

杜甫被称为"诗圣"最早正式出现在明朝末年王嗣奭的诗中。他在《梦少陵作》中说"青莲号诗仙,我翁号诗圣",青莲指的是李白,号"青莲居士",是"诗仙",杜甫的诗歌名气与李白并列,被称为"诗圣";王嗣奭在《浣花草堂二首》(其二)中说"诗圣神交盖有年,到来追想一凄然",到浣花草堂说和诗圣神交很多年了,那肯定是指对杜甫的崇敬了。杜甫为什么被称为"诗圣"呢?这是一个学术问题,学术界关于这个问题也多次讨论过,我们这里就不做深入研究了,只是简单地说一下而已。

要想说明这个问题,得先知道什么是"圣"。葛洪《抱朴子》卷十二《辨问》中说:"世人以人所尤长,众人所不及者,便谓之圣。"一个人在某一方面非常精通,造诣是别人所不及的,就可以称为圣,比如王羲之书法造诣高被称为"书圣",吴道子绘画造诣精深被称为"画圣"就是这个道理。杜甫被称为"诗圣"自然是因他在诗歌创作方面有卓越成就。这话本身是没有问题的,但说得有些太笼统了。我认为,杜甫被称为"诗圣"不仅在于他的诗歌艺术成就高,而且还在于他在诗歌中表现出了只有圣人才有的情怀。

杜甫的诗歌写得好和他对诗歌的认识是有关系的。杜甫曾经多次在自己的诗歌中表达过对诗歌写作的重视,比如在《赠蜀僧闾丘师兄》中说"吾祖诗冠古"①，杜甫很得意自己的爷爷杜审言在诗歌创作方面的杰出才华，这说明他写诗有家传因素；又在《可惜》中说"遣兴莫过诗"②，表达情绪最好的手段莫过于诗歌；还在《宗武生日》中说"诗是吾家事"③，告诉儿子杜宗武，"写诗就是咱们的家事"。有对诗歌这么钟情的认识，能不去努力写作吗？所以他从7岁就"开口咏凤凰"了，这便是他努力写作的最好证明。

杜甫把前贤的长处都当成了自己学习的对象。元稹在《唐故工部员外郎杜君墓系铭并序》中说他"上薄风骚，下该沈宋，古傍苏李，气夺曹刘，掩颜谢之孤高，杂徐庾之流丽，尽得古今之体势，而兼今人之所独专矣"④。什么意思呢？意思是说，杜甫能够做到博采众长。他自己曾经在《戏为六绝句》（其六）中强调"别裁伪体亲风雅，转益多师是汝师"⑤，《戏为六绝句》（其五）中又称：

不薄今人爱古人，清词丽句必为邻。

窃攀屈宋宜方驾，恐与齐梁作后尘。⑥

这些诗句体现出了他虚心学习的精神和开放的胸襟。海之所以博大，在于其容纳百川的胸怀，杜甫也正是具有了这样的心胸，才取得了"读书破万卷，下笔如有神"的卓越成就。这一点对于我们来说是值得学习的，今天有些人把文人相轻发挥得淋漓尽致，却忘了真正的学习应把别人的优点变成自己的长处。

因为虚心学习，杜甫具有了深厚的文学素养，加上他对自己的创作近乎苛刻的要求，也就是他自己所说的"为人性僻耽佳句，语不惊人死不休"（《江上值水如海势聊短述》）⑦，所以杜甫成为唐诗的高峰。正是因为这样，杜甫创作出许多经典，比如这首被誉为"古今七言律第一"的《登高》：

风急天高猿啸哀，渚清沙白鸟飞回。

　　　　无边落木萧萧下，不尽长江滚滚来。

　　　　万里悲秋常作客，百年多病独登台。

　　　　艰难苦恨繁霜鬓，潦倒新亭浊酒杯。⑧

　　胡应麟在《诗薮·内编》中评论这首诗说："通章章法、句法、字法，前无昔人，后无来学。"⑨为何如此说呢？一般的律诗是中间两联对仗，可是这首诗霸气到每一联都对仗，甚至在第一联中还做到了句内对，比如"风急"与"天高"相对，"渚清"与"沙白"相对。这在中国律诗史上还是不多见的，所以胡应麟说"此诗自当为古今七言律第一，不必为唐人七言律第一也"。杜甫的《敬赠郑谏议十韵》中有"律中鬼神惊"⑩，《桥陵诗三十韵因呈县内诸官》中有"遣词必中律"⑪，这些诗句用来评价他这首诗还是很恰当的。

　　在杜甫诗中，我们可以感受到他对国家爱得很深沉。看到长安沦陷就悲吟"少陵野老吞声哭，春日潜行曲江曲"（《哀江头》）⑫，听到家乡被收复又高唱"剑外忽传收蓟北，初闻涕泪满衣裳"（《闻官军收河南河北》）⑬，他的喜怒哀乐完全是与国家的命运紧密相连的。杜甫之所以能够这样，不仅因为他至情至性，还和他的家教有关。他的十三世祖杜预曾经注过《春秋左氏传》，因此他是经学传家，这就形成了他的儒学品格。

　　杜甫以儒家思想指导自己的人生，在他的身上，你看不到他自己；在他身上，你看到的永远是他对国家和天下苍生的关怀。"公若登台辅，临危莫爱身"（《奉送严公入朝十韵》）⑭，他的好朋友严武进京当大官去，杜甫对他说："你进京之后，千万记住，不要事不关己高高挂起，要该出手时就出手，心系天下苍生。"农业社会里，怎样才能让老百姓过好日子？少打仗，多种田，把兵器都烧化做成农器，大家都有田种，都有饭吃，"焉得铸甲作农器，一寸荒田牛得耕"（《蚕谷行》）⑮。但战争是客观存在的，杜甫一次回到家里，老婆号啕大哭，"入门闻嚎啕，幼子饥已卒"（《自京赴奉先县咏怀五百字》），小儿子被饿死了。在这种情况下杜甫没有埋怨政府，没有埋怨社会，反而想到的是不如他的人，"默思失业徒，因念远戍卒"[16]，那些没有田产的人怎么办呢？那些戍守边疆的将士怎么办呢？杜甫在四川时期，房子上的茅草被风刮跑了，几个捣蛋的孩子抱着就跑，都这样了杜甫还写道："安得广厦千万间，大庇天下寒士俱欢颜。"（《茅屋为秋风所破歌》）[17]"我怎么样才能有一个大房子，让天下穷苦的读书人都有地方住，过上安生日子？"这就是杜甫啊！在他的身上，我们看到的是超越自我的人文关怀。

"穷则独善其身，达则兼善天下"，杜甫一辈子没有发达过，工资不高，经常饿得哇哇叫。他自己过得非常艰难，可是他一直没有忘记还不如他的人。这里面没有心理优势，因为他是一个真儒者。所谓真儒，不管他是穷还是达，都一直心系天下。换句话说，别人都是在自己力所能及的情况下帮助别人、关心别人，杜甫是在自己力不能及的情况下心系天下苍生，这就是伟大。杜甫在四川时曾经帮过一个老太太，这首诗是《又呈吴郎》：

堂前扑枣任西邻，无食无儿一妇人。
不为困穷宁有此？只缘恐惧转须亲。
即防远客虽多事，便插疏篱却任真。
已诉征求贫到骨，正思戎马泪盈巾。[18]

杜甫原本有一个邻居，老太太孤苦无依，靠打杜甫家树上的枣子吃维持生活。后来杜甫把房子借给了姓吴的亲戚居住。吴郎在院子周围插了一圈篱笆，老太太知道用意，就捎信给杜甫，说明情况。于是，杜甫特意写了这首诗，嘱咐吴郎不要阻碍贫苦的老太太打枣，表现了杜甫悲世悯人的情怀。杜甫的同情心源于他也曾经乞讨过。《南部新书》记载，杜甫每到蚕熟的时候，就与儿子挎个篮子挨家乞讨，"如或相悯，惠我一丝两丝"，所以他知道行乞者的内心感受。从杜甫身上我们可以感受到，圣人不是被供在圣坛之上，而是活在民间，活在人们心中。1962 年，斯德哥尔摩国际和平理事会将杜甫推举为世界文化名人，这说明了他活在世界人民的心中。

注　释

① 〔清〕仇兆鳌：《杜诗详注》，中华书局 1979 年 10 月版，第 767 页。
② 〔清〕仇兆鳌：《杜诗详注》，中华书局 1979 年 10 月版，第 803 页。
③ 〔清〕仇兆鳌：《杜诗详注》，中华书局 1979 年 10 月版，第 1477 页。
④ 〔唐〕元稹：《元稹集》，中华书局 1982 年 8 月版，第 601 页。
⑤ 〔清〕仇兆鳌：《杜诗详注》，中华书局 1979 年 10 月版，第 901 页。
⑥ 〔清〕仇兆鳌：《杜诗详注》，中华书局 1979 年 10 月版，第 900 页。
⑦ 〔清〕仇兆鳌：《杜诗详注》，中华书局 1979 年 10 月版，第 810 页。
⑧ 〔清〕仇兆鳌：《杜诗详注》，中华书局 1979 年 10 月版，第 1766 页。
⑨ 袁行霈：《中国文学作品选注》第二卷，中华书局 2007 年 6 月版，第 376 页。
⑩ 〔清〕仇兆鳌：《杜诗详注》，中华书局 1979 年 10 月版，第 110 页。
⑪ 〔清〕仇兆鳌：《杜诗详注》，中华书局 1979 年 10 月版，第 235 页。
⑫ 〔清〕仇兆鳌：《杜诗详注》，中华书局 1979 年 10 月版，第 329 页。
⑬ 〔清〕仇兆鳌：《杜诗详注》，中华书局 1979 年 10 月版，第 968 页。
⑭ 〔清〕仇兆鳌：《杜诗详注》，中华书局 1979 年 10 月版，第 912 页。
⑮ 〔清〕仇兆鳌：《杜诗详注》，中华书局 1979 年 10 月版，第 2036 页。
⑯ 〔清〕仇兆鳌：《杜诗详注》，中华书局 1979 年 10 月版，第 273 页。
⑰ 〔清〕仇兆鳌：《杜诗详注》，中华书局 1979 年 10 月版，第 832 页。
⑱ 〔清〕仇兆鳌：《杜诗详注》，中华书局 1979 年 10 月版，第 1762 页。

五言长城咏龙门

唐代出过很多自信的诗人,"初唐四杰"中的杨炯说自己"愧在卢前,耻居王后",认为排名在王勃后边是耻辱的,这也太不给王勃面子了。杜甫的爷爷、初唐著名诗人杜审言临死前对宋之问和武平一说:"然吾在,久压公等,今且死,但恨不见替人也。"①什么意思呢?"我活着的时候,我的诗歌才能比你们大,我死了之后你们总算可以喘口气了!"真是一句话噎死人啊!他甚至认为自己的书法成就能把王羲之给比下去,文学造诣远在屈原、宋玉之上。

到了大历年间,唐代又出现了这样一位奇葩的人物。这位才子每次写诗,都不把自己的姓写上,而是只写下名字,问他为什么这样,他说天下人没有不知道他的,没有必要写全名。就这么自信,就这么任性!这个人就是刘长卿。刘长卿确实很擅长写诗,《唐才子传》中说他"诗调雅畅,甚能炼饰,其自赋伤而不怨,足以发挥风雅"②,权德舆很看重刘长卿的诗歌,尤其是他的五言诗,为此还送了他一个雅号"五言长城"。

"五言长城"刘长卿经常在洛阳活动。洛阳是东都,无论文化地位还是经济地位,都不亚于西都长安,所以这里吸引着很多文人墨客。再说了,作为古都的洛阳,景色也是不错的,虽然没有江南的烟柳画桥,但也是很多人一辈子梦寐以求的风水宝地,尤其是龙门那一带,是很多文人喜欢去玩的地方。宋朝的欧阳修在《和龙门晓望》中说"烟岚明灭川霞上，凌乱空山百鸟惊"[3]，表现出了骚人墨客对秀丽山河的喜爱。当刘长卿遇到龙门山色时，又会迸发出什么样的创作灵感呢？

刘长卿年轻的时候在洛阳生活过很长一段时间，龙门的景色让他流连忘返，《龙门八咏》就是证明。刘长卿把看到的景色写进了诗歌，把他当时的感受写成了诗歌，为我们做了跨时空的解说。刘长卿的这些诗歌表现出了什么特点呢？这个我们就得结合龙门的文化特点来说了。韦应物曾经在《龙门游眺》中说"精舍绕层阿，千龛邻峭壁"[4]，意思是说龙门是佛教圣地。

刘长卿东渡伊水后首先来到安葬福公遗骨的"福公塔"前，但是这里埋葬的福公究竟是谁，已经很难考证了，刘长卿也不知道。再往前走，便是存放隋朝和尚慧远遗骨的"远公龛"；再向前走距离香山寺越来越近，"隐隐见花阁，隔河映青林"（《石楼》）[5]，著名的建筑物"石楼"在林木的掩映下若隐若现，石楼是武则天和白居易都很喜欢的地方。"下山"时他仍不忘欣赏龙门山崖间的佛寺，"木落众峰出，龙宫苍翠间"（《下山》）[6]，这里的"龙宫"便指佛寺；西渡伊水的途中，他又把目光放在了龙门山崖的窟龛上，一句"千龛道傍古"（《水西渡》）[7]，非常客观地写出了龙门山崖间窟龛之多，年代之久。

在描写佛教景物时，刘长卿是很谨慎的，他刻意选用了佛家语言，这便是以禅入诗的具体表现之一。以《远公龛》为例：

松路向精舍，花龛归老僧。

闲云随锡杖，落日低金绳。

入夜翠微里，千峰明一灯。[8]

第一句中的"精舍"就是指佛寺；第二句中的"花龛"指刻有图画的塔龛，"老僧"指佛家人物老和尚；第三句"闲云随锡杖"中的"锡杖"指僧人出行时所拿的法器，因为这种法器头上有锡环，一震动会有声响，所以又叫"声杖""鸣杖"；第四句中的"金绳"也是佛家语。这些词语的选用，进一步突出了龙门浓郁的佛教文化特点。

"静"是佛教文化中美的一种重要体现。从《阙口》"秋山日摇落"[⑨]，《水东渡》"夜泉发清响""稍见沙上月"[⑩]，《远公龛》"入夜翠微里，千峰明一灯"，《渡水》"日暮下山来，千山暮钟发"[⑪]等句子来看，刘长卿把游赏的时间安排在了晚上。我一次带研究生夜宿白马寺，真的感受到了与白天不一样的氛围，白天游人如织，晚上格外安静。我想夜晚的龙门也应该是这样吧。刘长卿在太阳快要落山的时候到达龙门山口，在月亮初升的时候开始东渡伊水，入夜时分欣赏了远公龛，深夜中又听了山寺钟声，然后又趁着夜色下山返回，并在渡河时对水中的月影欣赏了一番。他选择这样的时间游玩，不仅避免了白天的喧嚣，而且让自己沉浸在静谧的佛教文化氛围之中。

在刘长卿的诗旅中，曲径通幽不仅表现在自然形式上，还表现在对人文景观的烘托上。香山寺在龙门东山半腰，需要渡过伊水才能到达，所以伊水就是造成香山寺曲径通幽最重要的自然形式。特别是《阙口》中"秋水急波澜"[⑫]一句，使人有望而止步的打算。在渡伊水的途中，游人面对的并不是毫无生机的荒山恶水，而是"山叶傍崖赤，千峰秋色多"等独具特色的画面，让人们在进行审美体验的同时增强了对香山寺胜景的心理期待。接下来的"福公塔""远公龛"作为人文景观，为香山寺的即将出现增添了情趣。当香山寺的标志性建筑石楼"千呼万唤始出来"时，却"隐隐见花阁，隔河映青林"，依旧是"犹抱琵琶半遮面"。《远公龛》中"松路向精舍，花龛归老僧"句，常青的松柏夹路而生，"花龛"掩映其中，显得幽静深邃，又是曲径通幽。

从诗中用词不难看出，刘长卿这次活动是在秋季。自从宋玉《悲秋赋》

"发表"之后,中国古代的文人便形成了强烈的悲秋传统。但是,在这次龙门之旅中,刘长卿却一反传统的悲秋情绪,让我们领略到一种富于气势的秋意。比如《阙口》首句"秋山日摇落"看似充满萧瑟之气,其实不然:红日渐渐西沉,发出柔和的光芒,映衬着满山红叶,是很壮观的一幅"满山红"。尤其下面一句"秋水急波澜",更使气象显得高远阔大,用个"急"字来形容水流的速度,不禁让人联想到庄子笔下波澜壮阔、一眼望不到边的秋水。杜牧《山行》中的"停车坐爱枫林晚,霜叶红于二月花"[13]我们都不陌生,表达了对寒山秋色的喜欢,但与刘长卿的"山叶傍崖赤,千峰秋色多"(《水东渡》)[14]相比,不仅时间上晚多了,而且格局上显然要小。如果脱离了诗题,杜牧的诗句显得写意,需要借助想象才能完成对诗意的补充,而刘长卿先用"崖"突出红叶所处位置的险峻,给人以层次感和立体感,让人精神为之一振,自然而生一种向上的力量;接着又以"千峰"强调红叶到处都是,"千峰"实际上已经包含"多"的意思了,但作者不避重复,又用"多"字收句,更进一层。也就是说,既有"崖"的纵,又有"峰"的横,那气势就是霸气。

情景交融是山水诗的常见艺术手法,但刘长卿的诗却是情、景分开的。作者主要是站在客观的立场上来描绘人事景物的,即便有主观感觉的传达,目的也主要是反映他所看到的景物或听到的声响。比如《水东渡》中用写实的笔法展示了满山红叶之后,又用清雅洗练的笔调描绘了山泉所传出的声响和渡水时所看到的水面微波。"夜泉发清响,寒渚生微波"(《水东渡》),虽然"清响"和"寒渚"包含了作者的主观感受,但"清响"意在传达泉水流淌时所发出的清脆悦耳的声音;而"寒渚"的"寒"也正切合了时节特点,作者渡水时正是秋季,更何况还是晚上,所以"寒"不是诗人独特的心理感受,而是季节带给每个人的共同感受。

总之,刘长卿的《龙门八咏》很写实,他用文字的形式把他所看到的景、听到的音传达给了我们。《龙门八咏》不仅使人有身临其境的感觉，而且对今天龙门旅游文化的进一步开发有积极的启发意义。

注　释

① 傅璇琮：《唐才子传校笺》第一册，中华书局1987年5月版，第73页。
② 傅璇琮：《唐才子传校笺》第一册，中华书局1987年5月版，第323页。
③ 〔宋〕欧阳修：《欧阳修全集》，中华书局2001年3月版，第790页。
④ 孙望：《韦应物诗集系年校笺》，中华书局2002年3月版，第30页。
⑤ 储仲君：《刘长卿诗编年笺注》，中华书局1996年7月版，第56页。
⑥ 储仲君：《刘长卿诗编年笺注》，中华书局1996年7月版，第57页。
⑦ 储仲君：《刘长卿诗编年笺注》，中华书局1996年7月版，第57页。
⑧ 储仲君：《刘长卿诗编年笺注》，中华书局1996年7月版，第56页。
⑨ 储仲君：《刘长卿诗编年笺注》，中华书局1996年7月版，第54页。
⑩ 储仲君：《刘长卿诗编年笺注》，中华书局1996年7月版，第55页。
⑪ 储仲君：《刘长卿诗编年笺注》，中华书局1996年7月版，第58页。
⑫ 储仲君：《刘长卿诗编年笺注》，中华书局1996年7月版，第54页。
⑬ 吴在庆：《杜牧集系年校注》，中华书局2008年10月版，第1223页。
⑭ 储仲君：《刘长卿诗编年笺注》，中华书局1996年7月版，第55页。

一曲暖歌无限泪

孟郊的《游子吟》是幼儿园的小朋友都会背的名篇，写出了以孟郊为代表的古代读书人命运的悲哀和生活的艰难。古时读书人虽然很多，但却是弱势群体。加上孟郊本身过得很艰难，"衣若悬鹑，裘褐悬结"，连件像样的衣服都没有，写诗又特别注意锤炼语言，结果就是以"悲催"的语言写"悲催"的生活，这就形成了苏轼《读孟郊诗二首》（其二）中所说"诗从肺腑出，出辄愁肺腑。有如黄河鱼，出膏以自煮"这一审美特征。孟郊这首传唱千古的《游子吟》这样写道：

  慈母手中线，游子身上衣。
  临行密密缝，意恐迟迟归。
  谁言寸草心，报得三春晖。①

这首诗曾经在香港被评为最有魅力的唐诗。一般情况下，人们只是去讲这首诗如何描写母子情深，这样总是让人觉得很暖心。其实并不完全是这样，这首诗背后反映着无限的悲痛与辛酸。

什么是游子？漂泊在外的人叫游子。孟郊为什么漂泊在外？为了科举仕宦。那么问题来了，古代讲究"父母在，不远游"，孟郊岂不是处在矛盾之中吗？还真是这样，古人常常因为生存的压力和实现人生价值的愿望而处于忠孝不能两全的矛盾中，嘴里说着"父母在，不远游"而又不得不辞亲远游去讨生活。孟郊就遇到了这种情况。孟郊的父亲死得早,全仗着母亲拉扯孟郊弟兄三人;孟郊又是个孝子,在母亲的劝说下四处奔波,努力实现着科举登第、光耀门楣的愿望。但是就像岑参《送张秘书充刘相公通汴河判官便赴江外觐省》中说的那样,"何处路最难?最难在长安"②,科举的道路并不是一帆风顺的,仕途上更是布满了荆棘。

孟郊在考场上简直是个"倒霉蛋",屡战屡败。第一次参加科举考试,那是湖州的解试,就是争取进京参加考试名额的地方选拔考试,孟郊失败了。孟郊对自己的学习还是很自信的,但没想到失败了,这是让孟郊很意外的事情,所以他很懊恼,于是写诗发牢骚,题目是《湖州取解抒情》,其中有两句说"白鹤未轻举,众鸟争浮沉"③。孟郊把自己比成了高贵的白鹤,把那些成功的人比成了凡鸟,看看凡鸟在空中自在飞舞,再想想自己一时飞不起来,让人怎能不气愤。孟郊甚至想远离这个不公平的社会,"因兹挂帆去,遂作归山吟",归隐田园算了。孟郊的失败应该说是有社会原因的,但我们不能学他动不动就发牢骚,应该找找自身的原因,更好地充实自己、完善自己,以利再战。

孟郊后来获得解试成功取得进京考试资格,但是第一次到京城参加进士科考试又失败了,那是贞元八年(792)的事情。文人喜欢发牢骚,孟郊发牢骚几乎成了惯性,他又写了一首诗发牢骚,题目很写实,就叫《落第》,"落第"就是没考上呗。诗如下:

　　晓月难为光,愁人难为肠。
　　谁言春物荣,独见叶上霜。
　　雕鹗失势病,鹪鹩假翼翔。
　　弃置复弃置,情如刀刃伤。④

满怀愁绪溢于言表,在那个原本应该是春花烂漫的季节,他看到的竟然是"叶上霜",这是移情所致,完全是因为内心悲凉造成的。我们上面说了,孟郊对自己的学识很自信,所以把自己比成白鹤,这回又把自己比成搏击高空的雕鹗,但自己还是像白鹤那样飞不起来。这已经是孟郊第二次考试失败了。放谁身上,失败都是很糟糕的感觉。

有志者事竟成,坚持就有希望,孟郊收拾一下心情,继续参加来年的考试。这一次考得怎么样呢?实在不忍心伤孟郊的心,结果还是伤了他的心,又失败了。诗歌就是对生活的记录,孟郊又写了一首诗,题目是《再下第》,看着题目都替孟郊难过。我们难过是穿越时空的同情,孟郊难过才是真正的撕心扯肺的体验:

一夕九起嗟,梦短不到家。
两度长安陌,空将泪见花。⑤

一个晚上起来九次,辗转反侧难以入眠,因为入梦时间短,所以每次梦中都没有回到家乡。一次,我在给学生讲孟郊的《游子吟》时用到了这首诗,一个学生说,孟郊是个广告天才。我问为什么,他说:"一夕九起嗟"不就是尿频、尿急、尿不净的广告语吗?孟郊都难受成啥样了,咱就别再开他的玩笑了。

孟郊心情黯淡地离开了京城,孤苦伶仃地走在回家的路上,那才真是"冷冷清清,凄凄惨惨戚戚"呢。他在路上把自己糟糕的心情写成了一首《下第东南行》:"江蓠伴我泣,海月投人惊。失意容貌改,畏途性命轻。"⑥江边的野草都在同情孟郊,要不怎么会陪着他一同流泪呢?由于内心的煎熬,孟郊憔悴了,因为失败的打击,孟郊崩溃了,他甚至动过自杀的念头。好在那只是一个念头。此时的孟郊已经41岁了,他需要选择今后活着的方式,当一个人需要选择时也是痛苦的。

孟郊再次把痛苦写进了诗歌中,就这样一首《叹命》应运而生。孟郊在诗中先回忆自己屡次失败的考试经历,"本望文字达,今因文字穷"⑦,理想与现实总是存在差距,每次考试都以失败告终,难道这就是自己的宿命?既然如此,孟郊做出了很爷们儿的抉择,"归去不自息,耕耘成楚农",回去种庄稼吧,不在考场上折腾了。我们不得不说,孟郊看似很血性的"豪言壮语"依旧是在发牢骚,这不就是破罐子破摔吗?不过,孟郊终于坚持了一段时间,大概有两年没有去考试吧。难道他真的"耕耘成楚农"了?没有。我们前面说,孟郊是个孝子,后来母亲劝他再考一次,于是孟郊遵母亲之命再次于贞元十一年(795)进京考试,当年孟郊44岁。

或许是孟郊在这两年耕耘的过程中学业精进,也或许是他放下了太多世俗的东西,总之他这次得到了上天的眷顾,竟然拿到了"录取通知书"。前后对比,心情明显是不一样的,成功的喜悦驱走了往日内心的阴霾。考不上还要用诗歌记录心情呢,如今成功了,更要把自己的激动心情和大家分享,于是《登科后》就这样问世了:

昔日龌龊不足夸,今朝放荡思无涯。

春风得意马蹄疾,一日看尽长安花。⑧

孟郊完全进入了幻想,幻想自己光明的未来,不仅马上要脱离往日的贫穷,说不定将来还能够出将入相。但思绪的放荡无涯很快被现实拽回了地面,孟郊不仅没有脱离贫穷,反而还待岗四年。直到49岁那年,孟郊才被任命为溧阳尉。

总算有工作了,有工资了,可以养活自己的母亲了,孟郊要把母亲接到身边尽孝。当母亲出现在溧水岸上的时候,孟郊看到母亲满头的白发,再想想每次母亲在灯下为自己补衣的情景,心里不是滋味,是激动,更是歉疚。好在母亲还健在,自己还有尽孝的机会,即便这样,母亲能跟着自己享几天福呢? 49岁才能养活母亲,这不是自己的成功,而是一个男人的悲哀!毕竟母亲无怨无悔为自己操了49年的心,这就是母爱的伟大。

注 释

① 韩泉欣：《孟郊集校注》，浙江古籍出版社2012年11月版，第10页。
② 廖立：《岑嘉州诗笺注》，中华书局2004年9月版，第65页。
③ 韩泉欣：《孟郊集校注》，浙江古籍出版社2012年11月版，第114页。
④ 韩泉欣：《孟郊集校注》，浙江古籍出版社2012年11月版，第115页。
⑤ 韩泉欣：《孟郊集校注》，浙江古籍出版社2012年11月版，第118页。
⑥ 韩泉欣：《孟郊集校注》，浙江古籍出版社2012年11月版，第121页。
⑦ 韩泉欣：《孟郊集校注》，浙江古籍出版社2012年11月版，第122页。
⑧ 韩泉欣：《孟郊集校注》，浙江古籍出版社2012年11月版，第130页。

语不惊人死不休

"为人性僻耽佳句，语不惊人死不休"①，这是"诗圣"杜甫在《江上值水如海势聊短述》诗中的句子，意思是说为了写出好的诗句费尽心机，一定要达到最佳的表达效果，其实说白了就是苦吟。这是一种精益求精、追求完美的精神。在唐代诗歌史上，为了一句话呕心沥血的苦吟诗人还真不少，这些人把诗歌当成了生命，比如贾岛、姚合、卢延让，这三个人在唐代是出了名的苦吟诗人，特别是贾岛，因为琢磨诗句两次冲撞官府仪仗队。下面我们就来领略一下他的苦吟精神。

贾岛没有辉煌的家世，非常贫寒，还出家当过和尚，法号无本。后来为了考进士混个一官半职，又还俗了，但是在考场上又表现欠佳，总也考不上。有一次竟因"吟病蝉之句，以刺公卿"，不仅没被录取，而且还被扣上"举场十恶"的帽子。也有的文献说，贾岛因为总考不上进士最后出家了。关于这个问题，我们不去考证了。贾岛作诗喜欢在字句上狠下功夫，《唐才子传》中说他"虽行坐寝食，苦吟不辍"②，无论是坐着、走着还是睡着，脑子里都在精心打磨着诗句。用他自己的话说就是"二句三年得，一吟双泪流"（《题诗后》）③，他称自己是"沟西吟苦客"（《雨夜同厉玄怀皇甫荀》）④。贾岛的苦吟在圈内是很出名的，姚合《寄贾岛》诗说"狂发吟如哭，愁来坐似禅"⑤，可止《哭贾岛》诗说"人哭苦吟魂"⑥，所以人们称他为"诗奴"。

《唐才子传》中说贾岛"当冥搜之际，前有王公贵人皆不觉"[7]，就是在他写诗沉思的时候，前面哪怕有王公贵胄出现，他也丝毫没有觉察。正因为如此，才导致贾岛曾经两次骑着驴走进了官府的仪仗队中。《唐摭言》中记载，他第一次是冲进了京兆尹刘栖楚的仪仗队中。事情是这样的，贾岛骑驴走在长安的大街上，因为当时正值深秋，树叶都变黄了，风一刮到处都是黄叶飘飞，贾岛看到这种情况诗兴就上来了，开口来了一句"落叶满长安"。贾岛对这一句诗很满意，很有感觉，于是就想再对出个下句。可这回费了心思了，没有第一句来得那么自在，苦思冥想也没有结果。这个时候京兆尹刘栖楚的仪仗队过来了，贾岛沉浸在自己的诗中，驴可不管那么多，你只要不喊停它就只管往前走，结果就走进刘栖楚的仪仗队里了。卫兵们自然很生气，就把贾岛逮住关了一夜，第二天问明情况才把他放了。贾岛当时作的诗是《忆江上吴处士》，"落叶满长安"是其中的第二联，完整的诗句是这样的，"秋风生渭水，落叶满长安"[8]，很萧条的感觉，不过对仗确实很工整，可以感觉出来贾岛很用心。

贾岛第二次冲撞官府的仪仗队要比第一次幸运，他遇到了大诗人韩愈，韩愈不仅没有难为他，还帮他一块儿润色。这又是怎么回事呢？一次，贾岛又骑着驴出去了，这回是去拜访诗人李余。他在驴上突然想到了两句诗，"鸟宿池边树，僧推月下门"，又想把"推"字改成"敲"字。到底哪个字更好呢？他一时拿不定主意，嘴里念叨着，手上比画着。路上的人看了都觉得奇怪，这个人神神叨叨的干吗呢？这个时候京兆尹韩愈的仪仗队迎面过来了，驴依旧像上次那样，你想你的我走我的，就这样又走进了仪仗队中。

士兵们把贾岛拽下驴拉到韩愈的面前，韩愈一看是个穷和尚，旁边站头驴，也觉得奇怪，就问怎么回事。卫兵说，这个人骑驴走进仪仗队

-123-

了。韩愈就问贾岛，你不好好走路，干吗呢？心里琢磨啥呢？贾岛人比较老实，实话实说："不好意思大人，我刚才骑在驴上想两句诗，因为不能确定是用'推'字还是'敲'字，太专注了，就没有发觉您的仪仗队，这才冲撞了您。"韩愈也是诗人，听贾岛这么说，也觉得技痒，就决定帮他思考，最后说："我觉得用'敲'字更好，这样显得夜更宁静。"这就是"推敲"一词的来历。说完，韩愈请贾岛骑驴随行，回到家里两个人互相切磋作诗的技巧，于是成了好朋友。韩愈帮助贾岛推敲的这首诗题目是《题李凝幽居》，"鸟宿池边树，僧敲月下门"⑨是第二联。韩愈鼓励贾岛还俗考进士，还写了一首诗送给贾岛，题目是《赠贾岛》，诗是这样的：

  孟郊死葬北邙山，从此风云得暂闲。
  天恐文章浑断绝，更生贾岛著人间。⑩

孟郊死了，亏着还有个贾岛，要不谁给人们写好诗歌啊！看来，韩愈对贾岛非常看好。也是因为这首诗，贾岛更加出名了。还有一次，贾岛的朋友无可法师外出云游，他写了一首《送无可上人》相赠：

  圭峰霁色新，送此草堂人。
  麈尾同离寺，蛩鸣暂别秦。
  独行潭底影，数息树边身。
  终有烟霞约，天台作近邻。⑪

写完诗后，又在第三联"独行潭底影，数息树边身"后用一首绝句作为注释："二句三年得，一吟双泪流。知音如不赏，归卧故山秋。"《送无可上人》那两句意思是说自己在潭边散步，只有水中的影子与自己做伴，由于身体弱加上对眼前的景色流连忘返，所以走走停停，显得境界清幽寂寞。注释的这四句意思是讲，"为了两句诗自己废寝忘食苦吟了三年，一旦写成怎能不让我激动得热泪盈眶。如果你们觉得我写得还不够好的话，那我以后就归隐山林搁笔不写了"。这种精益求精的创作精神让人感动！

在苦吟这方面与贾岛有一拼的唐代诗人有几个，比如卢延让。他说自己写诗"吟安一个字，捻断数茎须"，为了写好一个字，经常把胡子捻断很多根。这比贾岛的"二句三年得，一吟双泪流"还夸张。卢延让这两句话真真地让我们感受到了苦吟之苦，其实他这首诗就叫《苦吟》：

  莫话诗中事，诗中难更无。
  吟安一个字，捻断数茎须。
  险觅天应闷，狂搜海亦枯。
  不同文赋易，为著者之乎。⑫

诗的大意是说："不要提作诗这回事，世上没有什么事情比作诗更难了。我为了想出一个贴切的字，往往要搓断好多根胡须。为了写出个好句子，我搜肠刮肚苦思冥想，老天爷都替我发愁，哪里像陆机写《文赋》，之乎者也那么轻松啊！"直接以"苦吟"为题，可见写诗真的不容易。不过，此道不孤，用"苦吟"为题者可不止卢延让一个人，比如崔涂有《苦吟》诗，杜荀鹤有《苦吟》和《秋夜苦吟》两首，贯休也有《苦吟》。杜荀鹤是晚唐诗人，经常"吟尽三更未著题，竹风松雨花凄凄"（《秋夜苦吟》）⑬，他甚至在《苦吟》诗中说"生应无辍日，死是不吟时"⑭，苦吟成了他的生命形式。挺像某高中的宣言"只要学不死，就往死里学"！为什么会这样呢？贯休给出了答案，"因知好句胜金玉"，所以才"心极神劳特地无"（《苦吟》）⑮。

注 释

① 〔清〕仇兆鳌：《杜诗详注》，中华书局1979年10月版，第810页。
② 傅璇琮：《唐才子传校笺》第二册，中华书局1989年3月版，第323页。
③ 〔清〕彭定求等：《全唐诗》，中华书局1960年4月版，第6692页。
④ 〔清〕彭定求等：《全唐诗》，中华书局1960年4月版，第6638页。
⑤ 〔清〕彭定求等：《全唐诗》，中华书局1960年4月版，第5634页。
⑥ 〔清〕彭定求等：《全唐诗》，中华书局1960年4月版，第9292页。
⑦ 傅璇琮：《唐才子传校笺》第二册，中华书局1989年3月版，第320页。
⑧ 〔清〕彭定求等：《全唐诗》，中华书局1960年4月版，第6647页。
⑨ 〔清〕彭定求等：《全唐诗》，中华书局1960年4月版，第6639页。
⑩ 钱仲联：《韩昌黎诗系年集释》，上海古籍出版社1984年3月版，第1288页。
⑪ 〔清〕彭定求等：《全唐诗》，中华书局1960年4月版，第6633页。
⑫ 〔清〕彭定求等：《全唐诗》，中华书局1960年4月版，第8212页。
⑬ 〔清〕彭定求等：《全唐诗》，中华书局1960年4月版，第7983页。
⑭ 〔清〕彭定求等：《全唐诗》，中华书局1960年4月版，第7945页。
⑮ 〔清〕彭定求等：《全唐诗》，中华书局1960年4月版，第9423页。

夕贬潮州路八千

大诗人韩愈是我们河南的骄傲,河南孟州人,位列"唐宋八大家"之首,被苏轼称为"文起八代之衰";他还是中唐"韩孟诗派"的领军人物,提出了"不平则鸣"和"笔补造化"的诗歌理论,崇尚雄奇怪异之美,创作出现了"以文为诗"的倾向,对于扭转大历以来平庸靡荡的诗风起到了积极的作用。孟州现有韩愈陵园,河南省社会科学院文学研究所的老所长王永宽先生曾经写过一首七言律诗《韩愈故里》:

唐柏双奇耸碧霄,碑廊名句颂英豪。

怀仁辅义安黎庶,尽智竭忠报圣朝。

文启欧苏担道统,诗追李杜继风骚。

鸿儒岂是仙家客?笑他韩湘空自劳。[1]

王永宽先生不仅写到了陵园的唐柏、碑廊等景观,而且肯定了韩愈的诗文成就,歌颂了他作为大儒勇于担当的精神。确实,我们在韩愈的身上看到的是儒家文化所浸润滋养出来的社会责任感,在他的身上永远洋溢着勇于担当的精神。这种精神、这种责任感沉淀成了韩愈的人文品格。在韩愈的诗歌中,最能彰显韩愈人文品格的是他的那首著名的《左迁至蓝关示侄孙湘》:

一封朝奏九重天,夕贬潮州路八千。

欲为圣明除弊事,肯将衰朽惜残年。

云横秦岭家何在，雪拥蓝关马不前。

知汝远来应有意，好收吾骨瘴江边。②

这是一首七言律诗，写自己因为谏迎佛骨被远贬潮州的遭遇，也是写于被贬谪的途中，所以大有英雄失路的感觉。要想了解这首诗歌，我们有必要先考察一下这首诗的创作背景。唐宪宗非常信奉佛教，这样就麻烦了，上有所好下必甚之。皇帝都对佛教那么钟情，你可以想见社会上会怎么样，那还不疯狂了？国内佛寺大兴，佛事大盛，出家当和尚简直就成了时尚。这就出现了一系列的社会问题，严重影响了社会财富的创造，加上一些崇信佛教的人以自残作为代价，这就引起了一些有识之士的关注和批判，其中以韩愈为代表。

元和十四年（819），唐宪宗又举行了一次规模超前的佛事活动，派人到凤翔法门寺去迎一块佛骨，据说是释迦牟尼佛的一节指骨。为了迎接这块佛骨，凡是佛骨经过的地方不仅要修建寺庙，各阶层的人还要捐钱捐物。这就是《旧唐书·韩愈传》中所记载的"王公士庶，奔走舍施，唯恐在后。百姓有废业破产，烧顶灼臂而求供养者"③。正常的生活全乱套了，简直疯狂到了极点。韩愈见从上到下都是如此愚昧，不仅劳民伤财，而且严重影响了社会秩序的安定，经过一番激烈的思想斗争，韩愈奋笔疾书，写下了传诵千古的《谏迎佛骨表》。

韩愈在《谏迎佛骨表》中说，尧、舜、禹的时候没有人信佛，那些君主活的时间都挺长的。可是自从汉明帝时佛教传入中国后，皇帝没有几个长寿的，就连汉明帝在位也不过18年，信佛求福的结果是什么？不是短命就是被人所杀。梁武帝潜心奉佛，祭祀都不用肉类，每天只吃一顿素斋。可是他的结局怎么样？"竟为侯景所逼，饿死台城，国亦寻灭"，弄得国破身亡，难道这就是佛的保佑吗？照这么看来，"佛不足事，亦可知矣"。"陛下您供奉的那块佛骨不就是一块脏兮兮的枯骨吗？"

-128-

现在京城上下如此痴狂，大臣们明明知道荒唐却闭口不说，御史们更是装聋作哑，这简直是"伤风败俗，传笑四方"啊！既然如此，应该怎么办呢？韩愈说了，应该把那块佛骨"付之有司，投诸水火，永绝根本"，交给相关部门，把它销毁。如果佛骨真的有灵，"凡有殃咎，宜加臣身"，"不管什么样的灾难，都冲我来吧，我替您扛着"。

这篇文章写得义正词严，痛快淋漓，真的能从字里行间感觉到韩愈的拳拳之心。可是宪宗皇帝看了，龙颜大怒，跺脚拍桌子："韩愈你敢和我对着干？活得不耐烦了！"宪宗当时就要把韩愈斩首，亏着裴度等人力谏，韩愈才免于一死，不过还是被贬到潮州去了。这就是诗中的第一联"一封朝奏九重天，夕贬潮州路八千"。难道韩愈就不知道他这么做会给自己带来麻烦吗？韩愈心里清楚得很，但他心里想的不是自己的安危，而是国家的命运，如果死一个韩愈能让皇帝迷途知返也值了，所以第二联说"欲为圣朝除弊事，肯将衰朽惜残年"。韩愈用自己的行为诠释了什么叫"在其位必谋其政"，什么叫"直言敢谏"，这就是忠直的儒家文化品格。

第三联"云横秦岭家何在，雪拥蓝关马不前"，这里还有一个插曲。韩愈的侄孙叫韩湘，是韩愈的侄子韩老成的儿子，位列八仙之一，就是那位韩湘子。在那个千军万马过独木桥以科举考试为荣的年代，韩湘却无意官场。韩愈曾经劝韩湘好好学习儒家经典，可是韩湘说自己学习的是韩愈不知道的。韩愈就问，你学习的是什么呢？韩湘作了一首《言志》诗：

青山云水窟，此地是吾家。
后夜流琼液，凌晨咀绛霞。
琴弹碧玉调，炉炼白朱砂。
宝鼎存金虎，元田养白鸦。

一瓢藏世界，三尺斩妖邪。

　　解造逡巡酒，能开顷刻花。

　　有人能学我，同去看仙葩。④

意思是自己学习的是神仙术。韩愈问韩湘,你难道真的能夺天地造化吗？你真的能改变自然规律？韩湘回答，太简单了。为了让韩愈相信，韩湘现场表演，找个酒杯装进土，喷上水，用盆盖上，嘴里念念有词。过了一会儿，韩湘打开盆，韩愈惊奇地发现，酒杯里竟然开出两朵绿色的花瓣。让韩愈感到更加惊奇的是，花朵上还有两句诗，"云横秦岭家何在，雪拥蓝关马不前"。韩愈不明白怎么回事，就问韩湘是什么意思，韩湘说将来会应验的。结果没过多长时间，韩愈就因为谏迎佛骨被贬为潮州刺史。

　　韩愈被押送出京城长安不久，家眷也被赶出了长安，年仅12岁的小女儿染恶疾惨死在驿道旁。韩愈当时的遭遇让人伤心动容。这天从林间冒着风雪走来一人，韩愈一看是韩湘为自己送行来了。韩湘行过礼后问："爷爷您还记得那天花朵上那两句话吗？"韩愈赶忙问这是哪里，韩湘回答说这就是蓝关。韩愈再想想花朵上那两句诗，明白了韩湘当日所说的"他日验之"，原来就应在今天啊。韩愈还是不失时机地劝韩湘从政，但韩湘心意已决，又作了一首诗回应：

　　举世都为名利醉，伊予独向道中醒。

　　他时定是飞升去，冲破秋空一点青。⑤

"举世皆醉而我独醒，爷爷你又何必执着于名利呢？不如随我一同修道，将来也好飞升成仙去。"就像韩愈劝说不了韩湘一样，韩湘同样劝说不了韩愈。既然如此，韩愈就以当日碧花上那两句诗"云横秦岭家何在，雪拥蓝关马不前"为基础，写出了这首完整的《左迁至蓝关示侄孙湘》。韩愈用这首诗向韩湘表明了自己矢志不渝的忠君态度，也就是王永宽先生所说的"怀仁辅义安黎庶，尽智竭忠报圣朝"，宁肯牺牲自己，也要为国为民，这就是大儒的情怀。

　　韩愈是这么说的，也是这么做的。韩愈在潮州的时间并不长，但他在潮州所产生的影响却是深远的。他到了潮州听说有鳄鱼危害百姓生活，于是就写了一篇《祭鳄鱼文》，力劝鳄鱼离开，实则是治理水灾。韩愈到潮州最大的贡献是振兴了潮州的教育，他不仅请潮州有名的秀才和他一起办学，还将自己在潮州的俸禄几乎全部投入办学，从而在潮州形成了好学崇文的风尚。直到今天，潮州人还对韩愈念念不忘，潮州最重要的河流被改名为"韩江"，韩江以东的笔架山也被改名为"韩山"，这就是潮州人对韩愈的纪念。

注　释

① 王永宽：《春华秋实集》，大象出版社2009年10月版，第79页。
② 钱仲联：《韩昌黎诗系年集释》，上海古籍出版社1984年3月版，第1097页。
③〔后晋〕刘昫等：《旧唐书》，中华书局1975年5月版，第4198页。
④〔清〕彭定求等：《全唐诗》，中华书局1960年4月版，第9723页。
⑤〔清〕彭定求等：《全唐诗》，中华书局1960年4月版，第9723页。

人生莫作妇人身

在中国封建时代，男性掌握着话语权，女性的命运一直是比较悲惨的，要么被冠以红颜祸水，要么就是红颜薄命。苏丞在《西施》诗中说"在周名褒姒，在纣名妲己"[1]，褒姒和妲己是出了名的美女，但这两个人一向被视为亡国的祸水，被押上了历史的审判台。王昭君远嫁匈奴，杨玉环魂丧马嵬，薛涛有才却孤独终老，虽然武则天贵为天子，但还被人骂"牝鸡司晨"，而且武则天也没有改变女性的命运。当时的女人们，很少有独立的地位，她们是绑在男人身上的附属品。对于更多的女性来说，她们只能靠容貌赢取机会，这就是白居易在《青冢》诗中所说的"妇人无他才，荣枯系妍否"[2]。白居易在他的讽喻诗中有对女性命运的关注，借用他在《太行路》中的一句诗，"人生莫作妇人身，百年苦乐由他人"[3]。

下面我们就来看看唐诗中所表现出来的女性的悲惨命运，先来看看历史上的两位美女吧。西施和王昭君都位列中国四大美女，那颜值相当高，在文学史上赚足了读者的眼球。在唐诗里，诗人们是怎么看她们的呢？

西施是春秋时期越国人，天生丽质，李白写诗称赞她"秀色掩今古，荷花羞玉颜"（《西施》）[4]，古今漂亮数第一，荷花羞得把头低。西施就连生个病都会被邻居家的丑姑娘模仿，这就是"东施效颦"，可见西施漂亮到了极点。正是因为漂亮，西施成了亡国的红颜祸水，成了越王勾践对付吴王夫差的"糖衣炮弹"。吴越争霸的过程中，越国曾一度处于下风，勾践卧薪尝胆的同时在全国选美女，准备用美人计麻痹吴王夫差。就这样，浣沙溪畔的西施经过专业的歌舞训练之后，被送到了吴国，成为吴王的宠妃，这就是王维《西施咏》中所说的"朝为越溪女，暮作吴宫妃"[5]，身份转换够快，不过这也让我们感受到了包装的作用。

西施是带着任务去使"美人计"的，为了自己的国家，她极尽魅惑之能事，最终成功使吴王沉湎女色不理朝政。李白在《口号吴王美人半醉》一诗中这样形容："风动荷花水殿香，姑苏台上见吴王。西施醉舞娇无力，笑倚东窗白玉床。"[6]可见吴王对西施备加爱护，这也是李绅在《姑苏台杂句》中所说的"西施醉舞花艳倾，妒月娇娥恣妖惑"[7]。古人说过这么一句话，"二八佳人体似酥，腰悬宝剑斩愚夫"，越是漂亮的女人男人越喜欢，夫差也没有逃脱这个法则。西施以绝妙的歌舞才艺最终使吴王夫差走向亡国丧身的道路。晚唐诗人皮日休有《馆娃宫怀古五绝》诗，其一云：

绮阁飘香下太湖，乱兵侵晓上姑苏。

越王大有堪羞处，只把西施赚得吴。[8]

吴王夫差还没有从幸福的睡梦中醒来，越国的军队已经兵临城下。但是皮日休指出，灭吴的主要功劳应该归到西施的头上。不管如何，成则王侯败则贼，越王勾践赢得了卧薪尝胆的美名，而西施却落了个红颜祸水的恶名。卢注在《西施》中讲道："惆怅兴亡系绮罗，世人犹自选青娥。越王解破夫差国，一个西施已是多。"[9]不就是说一个西施就搞得夫差国破身亡了吗？好在唐代诗人中有态度比较客观的，为西施正了名。罗隐的《西施》写道：

家国兴亡自有时，吴人何苦怨西施。

西施若解倾吴国，越国亡来又是谁。[10]

国家兴亡自有它的规律，吴国人不应该一味地埋怨西施。西施在吴国灭亡的过程中确实负有不可推卸的责任,但越国最后灭亡又怨谁呢?关于这个问题,陆龟蒙在《吴宫怀古》中做了回答,"吴王事事须亡国,未必西施胜六宫"⑪,是你夫差的做法导致亡国,难道说西施真的漂亮到一个人顶得上六宫所有的美女吗?吴国灭亡后,西施的去向成了一个谜,难怪李白慨叹"一破夫差国,千秋竟不还"。

西施的结局成谜,王昭君的结局却成了历代文人慨叹的事情。唐诗中以昭君、明妃、青冢为题者亦不下百首,如李白的《王昭君二首》(其一):

汉家秦地月,流影照明妃。
一上玉关道,天涯去不归。
汉月还从东海出,明妃西嫁无来日。
燕支长寒雪作花,蛾眉憔悴没胡沙。
生乏黄金枉图画,死留青冢使人嗟。⑫

王昭君是汉元帝时期的宫女,长得很漂亮,因自恃颜值高,不肯像别人那样贿赂画师毛延寿,毛延寿便故意把她画丑了。就这样,王昭君被贬入冷宫。后来,北匈奴首领呼韩邪单于来汉朝请求和亲,王昭君被迫远嫁匈奴,被封为"宁胡阏氏","一上玉关道,天涯去不归",从此与家乡天各一方。北地荒寒是出了名的,"燕支长寒雪作花",岑参也说"北风卷地白草折,胡天八月即飞雪"(《白雪歌送武判官归京》)⑬,这让一个曾经生活在江南水乡的姑娘如何受得了呢?

王昭君在当时"国际问题"上起到了极大的作用,但毕竟文化不同,言语不通,又有谁能理解她内心的孤寂呢?她只能把自己的心声诉诸琵琶,所以杜甫在《咏怀古迹五首》(其三)中说"千载琵琶作胡语,分明怨恨曲中论"⑭。和亲是为了和平,但当一个国家需要用女人来换取和平时,那是一个王朝的悲哀。更何况,和亲政策真的能从根本上解决民族间的战争吗?苏郁在《咏和亲》诗中一语戳破,"君王莫信和亲策,生得胡雏虏更多"[15]。苏郁的态度很明确，被选作和亲的女性是去给敌人生孩子了，这样侵略我们的敌人只会越来越多，所以和亲根本不是一个王朝英明的选择。初唐的东方虬更是在《王昭君》诗中高呼："何须薄命妾，辛苦远和亲？"[16]李中也在《王昭君》中控诉："谁贡和亲策？千秋污简编。"[17]

昭君出塞确实起到了促进汉匈两族团结和睦的作用，史书中说："边城晏闭，牛马布野，三世无犬吠之警，黎庶忘干戈之役。"[18]王昭君被葬在呼和浩特南郊，她的坟墓被称为"青冢"。据说当地多白草，只有王昭君墓上的草是青的。白居易有《青冢》诗，其中说"凝脂化为泥，铅黛复何有。唯有阴怨气，时生坟左右。郁郁如苦雾，不随骨销朽"[19]，王昭君已经去世数百年，可是她的坟墓之上却还笼罩着积年不散的怨气。胡曾在《青冢》诗中也这样说："至今青冢愁云起，疑是佳人恨未销。"[20]杜牧也从咏史的角度写有《青冢》诗：

　　青冢前头陇水流，燕支山上暮云秋。
　　蛾眉一坠穷泉路，夜夜孤魂月下愁。[21]

在杜牧的笔下，王昭君是很可怜的，孤零零地在异乡思念着远方的亲人，这不就是杜甫所说的"独留青冢向黄昏"吗？生也寂寞，死也孤单，在诗人们看来这就是王昭君的悲哀。这个悲哀是具有鉴戒意义的，所以白居易在《青冢》中指出：

　　祸福安可知，美颜不如丑。
　　何言一时事，可戒千年后。
　　特报后来姝，不须倚眉首。
　　无辞插荆钗，嫁作贫家妇。
　　不见青冢上，行人为浇酒。

如果不是因为长得漂亮，王昭君能有这样的命运吗？因为王昭君的遭遇，昭君村形成了一个风俗，那就是等孩子出生的时候一看是个女孩，就会

-135-

在孩子的额头上烧一下，烧伤皮下组织，到死都会有个伤疤。对此，白居易在《过昭君村》里写道："至今村女面，烧灼成瘢痕。"[22]因为只有这样，才不会"至丽物难掩，遽选入君门"，不会重蹈王昭君"竟埋代北骨，不返巴东魂"的覆辙。

注　释

① 〔清〕彭定求等：《全唐诗》，中华书局1960年4月版，第8249页。
② 谢思炜：《白居易诗集校注》，中华书局2006年7月版，第261页。
③ 谢思炜：《白居易诗集校注》，中华书局2006年7月版，第315页。
④ 〔唐〕李白：《李太白全集》，中华书局1977年9月版，第1027页。
⑤ 陈铁民：《王维集校注》，中华书局1997年8月版，第306页。
⑥ 〔唐〕李白：《李太白全集》，中华书局1977年9月版，第1184页。
⑦ 〔清〕彭定求等：《全唐诗》，中华书局1960年4月版，第5483页。
⑧ 〔清〕彭定求等：《全唐诗》，中华书局1960年4月版，第7096页。
⑨ 〔清〕彭定求等：《全唐诗》，中华书局1960年4月版，第8721页。
⑩ 〔清〕彭定求等：《全唐诗》，中华书局1960年4月版，第7545页。
⑪ 〔清〕彭定求等：《全唐诗》，中华书局1960年4月版，第7219页。
⑫ 〔唐〕李白：《李太白全集》，中华书局1977年9月版，第235页。
⑬ 廖立：《岑嘉州诗笺注》，中华书局2004年9月版，第317页。
⑭ 〔清〕仇兆鳌：《杜诗详注》，中华书局1979年10月版，第1502页。
⑮ 〔清〕彭定求等：《全唐诗》，中华书局1960年4月版，第5361页。
⑯ 〔清〕彭定求等：《全唐诗》，中华书局1960年4月版，第212页。
⑰ 〔清〕彭定求等：《全唐诗》，中华书局1960年4月版，第8535页。
⑱ 〔汉〕班固：《汉书》，中华书局1962年6月版，第3833页。
⑲ 谢思炜：《白居易诗集校注》，中华书局2006年7月版，第261页。
⑳ 〔清〕彭定求等：《全唐诗》，中华书局1960年4月版，第7423页。
㉑ 吴在庆：《杜牧集系年校注》，中华书局2008年10月版，第1305页。
㉒ 谢思炜：《白居易诗集校注》，中华书局2006年7月版，第847页。

慎勿将身轻许人

前面大概谈了唐诗中两位历史美女人物的命运,应该说,无论是西施还是王昭君,她们的命运是自己决定不了的,是那个时代造成的,因此说她们的悲剧是历史性的。作为一般老百姓,就是过平常日子,但这日子也不那么简单。特别是对于女性,对生活方式的选择将会决定她的幸福指数。究竟是不是这样呢?我们今天来看唐诗中牵涉到的三种女性的生活方式,分别是宫女、艺妓和为爱私奔的女性,看看她们是否幸福。

近年来,后宫女性题材的电视剧越来越多,现实中的女性对古代的宫人有了更多了解的欲望。在平常人看来,宫中的女性生活是很幸福的,她们整天锦衣玉食,手不用提、肩不用挑,没事斗斗心眼还不得老年痴呆症,挺好玩。可我们不得不说,那都属于浪漫主义的文学世界,是编剧发挥想象编出来的,这种曲折离奇的剧情与历史现实是不完全一致的。

上中学的时候,学过白居易他老人家一首《上阳白发人》[①],这首诗告诉我们,宫中的美好生活都是骗人的。白老笔下的那个宫女很漂亮,"脸似芙蓉胸似玉",绝对是百里挑一的美人。但漂亮对于她来说既是福又是祸,说是福是因为她从成千上万的候选人中脱颖而出;说是祸是因为最后落得"未容君王得见面,已被杨妃遥侧目。妒令潜配上阳宫,一生遂向空房宿"的下场,直接被打进了冷宫。这是她万万没有想到的。她告别父母的时候,选秀女的人"皆云入内便承恩",这不明摆着忽悠人吗？冷宫的日子不好过："宿空房，秋夜长，夜长无寐天不明。耿耿残灯背壁影，萧萧暗雨打窗声。春日迟，日迟独坐天难暮。"到了晚上，苦苦等着天光放亮，可是到了白天又百无聊赖地盼着天黑。陶渊明当年说"至夕思鸡鸣，及晨愿鸟迁"，他那是饿的，这个宫女则是彻头彻尾的无聊。就这样日复一日，年复一年，女主人公进入了老年，"玄宗末岁初选入，入时十六今六十。同时采择百余人，零落年深残此身"，看到这些，不知道应该高兴还是应该难过。还是看看作者自己怎么说吧，"上阳人，苦最多。少亦苦，老亦苦，少苦老苦两如何"。

宫中的寂寞在白居易这首诗中一览无余。曾经得到玄宗无限宠爱的梅妃江采萍因为杨玉环的出现，也被转移到了冷宫，今昔对比，梅妃更是感慨万千："桂叶双眉久不描，残妆和泪污红绡。长门尽日无梳洗，何必珍珠慰寂寥。"（《谢赐珍珠》）[2]曾经备受宠爱的妃子尚且如此，更何况一般的宫女。有的宫女耐不住寂寞苦闷，把自己的心里话写在树叶上，扔到水中顺着御沟漂到了墙外，这就是"红叶题诗"。大诗人顾况就曾经偶遇这种情况，他在洛阳上阳宫外游玩时就捡到一片树叶，上面写着这样一首诗：

  一入深宫里，无由得见春。
  题诗花叶上，寄与接流人。[3]

这明显是一个宫女写的。宫女可能只是想把自己当时的心情记录下来，并没有想过会有什么结果，甚至可能就是闹着玩儿的游戏。但事有凑巧，这片树叶被顾况捡到了。顾况虽然为人很傲慢，但是很同情宫女的遭遇，于是就回了一首诗，从上游漂进了宫墙内。顾况的诗是这样的：

  花落深宫莺亦悲，上阳宫女断肠时。
  君恩不闭东流水，叶上题诗欲寄谁？[4]

从这首诗中可以看出，顾况是一个感情很细腻的人，能够设身处地替宫女着想。这件事后来传到了玄宗皇帝耳朵里,他意识到了宫女们的哀怨和压抑不住的内心苦闷,就把宫中年龄大点的宫女放出去了一部分。

了解了宫女的哀怨之后,再来了解一下艺妓的心声。艺妓是凭借自己的某项技艺娱乐大家,然后挣点饭钱,那个时候可没有什么歌手、艺术家之类的称号。这些人基本吃的都是青春饭,既要姿容出众,还要有值得捧的才艺。白居易《琵琶行》中的那个琵琶女就是这样一个代表人物。她是京城中的一个艺人,就姿色来说"妆成每被秋娘妒",秋娘是当时长安城的名娼,连她都嫉妒这个琵琶女的容貌;就技艺而言"曲罢曾教善才伏",善才是教坊内成名的"教授",等于把老师给比下去了。因为演技高超、容貌出众,这就迎来了自己艺术生涯中的高峰:

　　五陵年少争缠头,一曲红绡不知数。
　　钿头云篦击节碎,血色罗裙翻酒污。⑤

每一次演出都火爆至极,富家子弟争相赠送礼物,演奏的过程中大家都为之疯狂。但疯狂过后又是什么呢?"暮去朝来颜色故",随着年龄的增长,一代新人换旧人,这是很残酷的规律,毕竟亮丽的青春是很短暂的。无可奈何,只好在"门前冷落鞍马稀"的情况下寻找自己生活的依靠,"老大嫁作商人妇"。可是:

　　商人重利轻别离,前月浮梁买茶去。
　　去来江口守空船,绕船月明江水寒。
　　夜深忽梦少年事,梦啼妆泪红阑干。⑥

商人与琵琶女的结合并非因为爱情,更多的是为了生意的需要或者撑撑门面,所以琵琶女享受不到耳鬓厮磨的爱情生活,更享受不到张敞画眉的温馨。为了生意,商人总是行走在外,琵琶女只能独守空船。琵琶女梦中又回到了年轻时候的幸福岁月,今昔对比越发显得失落,因此从梦中哭醒。因为这次偶遇,因为"同是天涯沦落人"的相近遭遇,因为这首诗歌中所表现出的知音情怀，琵琶女对白居易感恩戴德。据说，在白居易死后，琵琶女千里迢迢来到白居易的墓前，最后弹奏一曲，摔碎琵琶，在坟前上吊自杀。

再来看看为追求爱情而私奔的女性命运如何。还是白居易，他写了一首诗《井底引银瓶》，这首诗还有一个小序，字不多但说得很明白，"止淫奔也"。这首诗是站在女主人公的角度对男权社会的控诉，男女主人公因为自由恋爱走到了一起，但是并非明媒正娶，而是私奔。两人相识的那一刻一直停留在女主人公的脑海深处：

妾弄青梅凭短墙，君骑白马傍垂杨。
墙头马上遥相顾，一见知君即断肠。⑦

当时女主人公正在后院玩耍，手中拿着青梅子向墙外望，这里的"青梅"是个道具，代表姑娘年轻貌美，诗中不是说"忆昔在家为女时，人言举动有殊姿。婵娟两鬓秋蝉翼，宛转双蛾远山色"，可见女主人公举止优雅，姿容美妙。正巧男主人公骑着白马从垂杨柳下经过，两人同时看到了对方，一见倾心。于是两人开始偷偷约会，海誓山盟，"知君断肠共君语，君指南山松柏树"，姑娘被男子的甜言蜜语感动，"感君松柏化为心，暗合双鬟逐君去"，就这样两个人私奔了。

但是，在那个时代，男女婚嫁规定是很严格的，明媒正娶的为妻，偷偷私奔的为妾，这就是诗中所说的"聘则为妻奔是妾"。也正是因为这样，尽管女主人公已经"到君家舍五六年"，但身份一直得不到承认，"不堪主祀奉蘋繁"。回想自己当年自由幸福的日子，"笑随戏伴后园中，此时与君未相识"，可是再看看现在，"终知君家不可住，其奈出门无去处"，进退两难，好好个姑娘为了追求爱情弄得无家可归。之所以会这样，就是因为"为君一日恩，误妾百年身"，一时冲动换来了终生耻辱。

唐朝时，男女之间的感情还是比较开放的，韦庄在《思帝乡》词中曾经写过：

> 春日游，杏花吹满头。陌上谁家年少，足风流。妾拟将身嫁与，一生休。纵被无情弃，不能羞。[8]

一个姑娘看到一个小伙子长得帅，就把控不住自己澎湃的心了，一心一意想嫁给他，哪怕将来被抛弃了，也不后悔。爱得倒是热烈！如果白居易笔下那个姑娘不是因为爱得热烈，又怎么会"今日悲羞归不得"呢？考虑到这些现实中的问题，为了女性不再受到伤害，白居易语重心长地说："寄言痴小人家女，慎勿将身轻许人。"

注 释

① 谢思炜：《白居易诗集校注》，中华书局2006年7月版，第298页。
② 〔清〕彭定求等：《全唐诗》，中华书局1960年4月版，第64页。
③ 〔清〕彭定求等：《全唐诗》，中华书局1960年4月版，第8967页。按：题作《题花叶诗》。
④ 〔清〕彭定求等：《全唐诗》，中华书局1960年4月版，第2970页。按：题作《叶上题诗从苑中流出》。
⑤ 谢思炜：《白居易诗集校注》，中华书局2006年7月版，第962页。
⑥ 谢思炜：《白居易诗集校注》，中华书局2006年7月版，第962页。
⑦ 谢思炜：《白居易诗集校注》，中华书局2006年7月版，第419页。
⑧ 曾昭岷等：《全唐五代词》，中华书局1999年12月版，第167页。

一篇长恨有风情

白居易的诗歌成就在唐代是数得着的,甚至我们一提到唐代就会自然而然地想到李杜白(李白、杜甫、白居易)。白居易死后,宣宗皇帝还专门写诗纪念他,这首诗的题目是《吊白居易》,全诗如下:

缀玉联珠六十年,谁教冥路作诗仙。

浮云不系名居易,造化无为字乐天。

童子解吟长恨曲,胡儿能唱琵琶篇。

文章已满行人耳,一度思卿一怆然。[①]

宣宗皇帝在诗中高度肯定了白居易的诗歌成就,而且重点提到了他的两篇代表作品《长恨歌》和《琵琶行》。白居易把自己的诗歌分为四类,分别是讽喻诗、闲适诗、感伤诗和杂律诗,他比较看重的是讽喻诗,因为实现了他"文章合为时而著,歌诗合为事而作"的诗歌创作理念。但对于读者来说,更喜欢的应该还是《长恨歌》和《琵琶行》这样的感伤诗,其中的名句如"在天愿作比翼鸟,在地愿为连理枝""同是天涯沦落人,相逢何必曾相识"影响深远,已经成了人们借以表达类似心情的金句。尤其是《长恨歌》更为经典,下面我们来简单谈谈白居易的《长恨歌》。

白居易为什么会动意写作《长恨歌》呢?这还要从元和元年(806)的冬天说起。当时白居易任一个地方的县尉,官不大,事不多。一天他与好朋友陈鸿、王质夫在仙游寺游玩,大家你一句我一句没有目标地侃大山，聊着聊着大家把话题集中到了唐玄宗的身上。大家都觉得，唐玄宗早年何其励精图治，可是到了晚年竟然溺于声色，宠爱杨贵妃，结果才有了马嵬事变。王质夫就说了，两位，咱们能不能为此写点东西？就这样，大家一拍即合，白居易写了这篇洋洋洒洒的长篇叙事诗，而陈鸿则写了一篇传奇小说《长恨歌传》。

白居易写《长恨歌》的目的是什么？到底是为了歌颂李、杨的爱情，还是批判唐玄宗的荒淫误国呢？其实这个问题很不好回答。关于《长恨歌》的主题，一向聚讼纷纭，有讽喻批判说，有歌颂爱情说，还有和稀泥的，认为两者都包括。而在讽喻批判说中，又存在惩戒说、政争说和解剖制度说的分歧，不过在爱情说中意见也不一致，比如到底是帝王爱情说，还是典型爱情说，抑或是作者寄托说，这都是问题。这些问题代表了人们对这篇作品的喜欢程度和阅读研究的角度。作者不言读者未必不能然，白居易已经不可能坐起来告诉我们他当初写作的初衷了，读者能读到什么那是读者的事，没有必要为了自己的感受否定别人的感受，每个人的感受对于自己来说，都是对的。这就像一锅烩菜，什么营养都有，爱吃什么就冲什么下筷子，随自己的喜好。

唐玄宗毕竟因为喜欢杨贵妃最后弄得流离失所，连皇帝也当不成了，还不值得批判吗？所以批判肯定是有的，只是白居易不可能像泼妇骂街那样，他的批判是在不动声色之中进行的。根据正史记载可以发现，马嵬事变不是一个偶然的事情，不是突发事件，所以说政争说也不是没有根据。中国自古就有红颜祸水的说法，安史之乱和杨贵妃有着脱不开的干系，也再次印证了红颜祸水，所以惩戒说也说得过去。难道唐玄宗和杨玉环之间只有生理需要吗？在一起那么长时间，"三千宠爱在一身"，为了杨玉环，把自己心爱的梅妃江采萍都冷落了，肯定是有感情的。因为李隆基就是帝王，所以他们的爱情故事自然属于帝王爱情了；另外，他们的爱情毕竟比名不见经传的小人物的爱情更经典，更具有感染力，所以说是经典爱情也没有问题。你看，只要是学术界存在的说法，我们都可以找到依据。所以有人出来调停事端了，干脆别争了，再争下去也不可能万法归一，还是公说公有理，婆说婆有理。大家既然能看出来自己坚持的主题，这不正说明这是个多主题的作品吗？

那么，作者寄托说又是怎么回事呢？什么是作者寄托？就是这首诗里有作者自己的爱情经历在，他把自己对爱情的感受也写进去了。据说，白居易有一段刻骨铭心的爱情经历，女主人公叫湘灵，是白居易的邻居。白居易少年时住在符离，也就是今天安徽宿县符离集。在这里，他喜欢上了东邻之女湘灵。湘灵姑娘在白居易的眼中就是女神，你看他在《邻女》诗中是这么形容的：

娉婷十五胜天仙，白日姮娥旱地莲。
何处闲教鹦鹉语，碧纱窗下绣床前。②

姑娘具有天仙一样的美貌，可以和月宫嫦娥相媲美，怎能不让白居易为之心动？

但是，白居易是个很规矩的人，也是一个很害羞的大男孩，他没敢把这个秘密告诉家人，两人一直处于暗地往来、密约偷期之中。而作为女性的湘灵，或许是出于害羞，也或许是迫于世俗的压力，她更不敢向父母公开自己的秘密。就这样，一直到白居易进京考试，两个人的父母也不知道他们的恋情，二人相约永远相爱。在离开湘灵的日子里，白居易饱尝了感情的煎熬，他把对湘灵的思念一一诉诸诗篇，其中有《寄湘灵》《冬至夜怀湘灵》《寒闺夜》《长相思》等。比如《寄湘灵》：

泪眼凌寒冻不流，每经高处即回头。
遥知别后西楼上，应凭栏干独自愁。③

白居易泪眼汪汪的舍不得离开心爱的姑娘，每看见高的建筑都会爬上去回头看看，渴望能看到湘灵姑娘。白居易也想象着湘灵每天都站在楼上痴痴地等着自己回来。可见两个人心有灵犀，爱得够深的。因为对湘灵的彻骨思念，白居易失眠了，他在《冬至夜怀湘灵》诗中写道：

　　艳质无由见，寒衾不可亲。

　　何堪最长夜，俱作独眠人。④

见不着湘灵，白居易显得百无聊赖，连睡觉都没有心思，就这样在漫漫长夜中点灯熬油，在思念中打发时光。不仅自己在经受着"一夜魂九升"的煎熬，湘灵又何尝不是"一日肠九回"呢？白居易在《寒闺夜》中设想："夜半衾裯冷，孤眠懒未能。笼香销尽火，巾泪滴成冰。为惜影相伴，通宵不灭灯。"⑤湘灵也是夜深难眠哦。23岁那年，白居易写了一首《长相思》，发誓"愿作深山木，枝枝连理生"⑥。

　　但白居易随着科举成功身份的改变，和湘灵变得门不当户不对了，这时他已经29岁了。当他把自己对湘灵的感情告诉母亲时，遭到了母亲的强烈反对，白居易忍着伤心写了一首《生离别》，其中说"未如生别之为难，苦在心兮酸在肝"⑦，恐怕也只有经历过类似情况的才能理解白居易内心的剧痛吧！因为母亲的无情拒绝，白居易"忧从中来无断绝"，竟然"忧极心劳血气衰，未年三十生白发"，白居易是用生命在爱。最后一次回老家是贞元十九年（803）的冬天，他再次向母亲提出迎娶湘灵的请求，又被母亲以门第不对为由拒绝了。白居易没有勇气抗争，他只是偷偷地和心爱的湘灵诀别，这就是《潜别离》创作的背景。诗说："不得哭，潜别离。不得语，暗相思。两心之外无人知。深笼夜锁独栖鸟，利剑春断连理枝。河水虽浊有清日，乌头虽黑有白时。唯有潜离与暗别，彼此甘心无后期。"⑧既不敢说话，也不敢哭出声来，全诗是用泪写成的，是无尽的压抑和痛苦。

　　因为有这一段刻骨铭心的爱情经历，所以白居易在创作《长恨歌》

时必然会把自己对湘灵的思念融入其中，而且白居易写《长恨歌》时还没有结婚，说明湘灵仍占据着他的心灵。

注　释

① 〔清〕彭定求等：《全唐诗》，中华书局1960年4月版，第49页。
② 谢思炜：《白居易诗集校注》，中华书局2006年7月版，第1572页。
③ 谢思炜：《白居易诗集校注》，中华书局2006年7月版，第1057页。
④ 谢思炜：《白居易诗集校注》，中华书局2006年7月版，第1035页。
⑤ 谢思炜：《白居易诗集校注》，中华书局2006年7月版，第1056页。
⑥ 谢思炜：《白居易诗集校注》，中华书局2006年7月版，第919页。
⑦ 谢思炜：《白居易诗集校注》，中华书局2006年7月版，第900页。
⑧ 谢思炜：《白居易诗集校注》，中华书局2006年7月版，第959页。

获罪竟因咏桃诗

人活一辈子是很不容易的，会遇到很多沟沟坎坎和意想不到的事。虽然我们的人生编码中可能已经有了设定好的程序，但我们却不知道这个程序究竟是怎么运行的。所以，我们说生命是不能彩排的。每个人的程序是不同的，有时候一个人的生活程序可能还会出现乱码。就拿说话而言，有人说的话能把人给呛死，也有人说的话能让人如沐春风，还有人因为太会说话成了人见人烦的佞人。所以有人就说，人这一辈子，花几年的时间学会了说话，可是要用一辈子学会闭嘴。

这个"闭嘴"不是让我们真的从生理上成为哑巴，而是要学会什么话该说，什么话不该说，什么话在什么时候说更合适，其实就是变得有眼色一点。我们下面要谈到的这个诗人就因为在他的生命程序中设置了两首咏桃诗，受到了"病毒"的攻击，出现了乱码。这是怎么回事呢？这个诗人是谁呢？他写的咏桃诗怎么样呢？且听我慢慢讲来。

这个诗人是大名鼎鼎的"诗豪"刘禹锡。刘禹锡是河南洛阳人，唐德宗贞元九年（793）考中了进士，中间隔了一年又考中博学宏词科，也算是"双学位"了。这个博学宏词科很厉害，考上就会有很好的官职。两《唐书》中都说到刘禹锡文才很高，比如《旧唐书·刘禹锡传》中说他"精于古文，善五言诗，今体文章复多才丽"[①]。刘禹锡在贞元末年受到王叔文的器重，王叔文认为刘禹锡将来是做宰相的料。顺宗继位之后，王叔文得到重用，自然没有忘记拉拢重用刘禹锡。当时宦官势力猖獗，严重影响了朝政，王叔文、王伾、柳宗元、刘禹锡等人就结成革新派，对抗、打击宦官势力，这就是震惊历史的"永贞革新"，又叫"二王八司马革新运动"。但是改革进行得很艰难，只经历了短短的146天，就被以俱文珍为首的宦官集团及与之相勾结的节度使打败。最后唐顺宗也被俱文珍等人给幽禁了，宦官集团又拥立太子李纯为皇帝，这就是唐宪宗。

因为是"永贞革新"的主力，刘禹锡在革新失败后自然遭到了贬谪，先贬为连州刺史，还没走到地方呢，又降为朗州司马，那是永贞元年（805）十月的事情。按照当时的规定，这帮被贬的人是"逢恩不原"的，就是遇到大赦也不会被赦免。宰相爱惜刘禹锡的才能，有意用他为远州刺史，虽然没有成行，毕竟松了"逢恩不原"的口子。就这样到了元和九年（814）末，朝廷终于把刘禹锡给召回来了，要任命他为南省郎。那个时候交通很不方便，等到刘禹锡回到京城，已经是元和十年（815）的春天了。当时玄都观里的桃花开得正盛，于是刘禹锡就写了一首《元和十年自朗州承召至京戏赠看花诸君子》：

　　紫陌红尘拂面来，无人不道看花回。
　　玄都观里桃千树，尽是刘郎去后栽。②

刘禹锡在《再游玄都观绝句》的"引子"中说，贞元二十一年（805）也就是永贞元年自己刚刚被贬的时候，玄都观里还没有什么花木呢。被贬谪十年回来，才知道有道士种植了桃树，道观内桃花烂漫，这才引得达官显贵们争先恐后过来观看。这首诗乍一看是刘禹锡游春的感受，不就是把桃树、桃花写进诗里了吗？但仔细一咂摸别有一番滋味，暗带讽刺。玄都观里的桃树是在自己远离京城这十年新栽的，那些去观里看桃花的新贵们不也是自己被排挤之后提拔起来的吗？这么由此及彼一联想,有人心里就不舒服了,认为这是刘禹锡在讽刺朝中的新贵。这下坏了,刘禹锡又得罪人了,而且还不是得罪某一个,是以权相武元衡为首的一批。就这样,"当路不喜,又谪守播州",后来在柳宗元和裴度的劝说下,宪宗皇帝考虑到刘禹锡的母亲年纪大了,就改贬到连州了。

  这回离开京城的时间长点,在连州五年后又改贬到夔州,长庆四年(824)又贬到和州,又过了四年到大和二年(828)才被召回京城,距第一次被贬已经有二十多个年头了,他把人生的最好时光留在了荒凉的贬谪地,所以他在《酬乐天扬州初逢席上见赠》中说:"巴山楚水凄凉地,二十三年弃置身。"[3]刘禹锡到京城时又是一个春花烂漫的季节,他又想起了那个桃花盛开的玄都观,想想上回因为咏桃被贬就郁闷,他再次来到玄都观,结果发现"荡然无复一树,唯兔葵、燕麦动摇于春风耳",原来的桃树全没了,院子里长满了野草,很荒凉的样子。有感于此,刘禹锡又写了一首《再游玄都观绝句》:

    百亩中庭半是苔,桃花净尽菜花开。

    种桃道士归何处?前度刘郎今独来。[4]

前两句写尽了道观内的荒凉,而且是经历繁华之后的荒凉;后两句说自己又回来了,可是种桃的道士却找不到了。刘禹锡上回被贬是因为惹了宰相武元衡,这回应该没事了吧?巧了,就在刘禹锡因为咏桃诗被贬那年,武元衡被地方造反势力刺杀身亡。这首诗怎么有点庆幸武元衡死得活该的味道呢?如果把种桃道士比作打击革新派的当权者的话,这二十多年来的确发生了巨大变化,有的死了,有的失势被新贵取代了。刘禹锡来这么一句"种桃道士归何处?前度刘郎今又来",又让那些善于恶意联想的多心之人抓住了把柄。这次刘禹锡虽然没有被再次恶意远贬他乡,但"权近闻者,益薄其行",最后导致其所任官职不是太理想。

  好在刘禹锡心态好,能逆来顺受、随遇而安。他第一回被贬到朗州,就和当地的老百姓打成一片。当地有信巫鬼的习俗，祭祀的时候扮上，连跳带唱，场面很火爆。刘禹锡也经常跟着跳，他发现大家唱的歌词有些俗，也有些凄凉，于是就在原歌词的基础上进行修改完善，然后再教给大家。《旧唐书·刘禹锡传》中说："故武陵溪洞间夷歌，率多禹锡之辞也。"这件事往小处说促进了刘禹锡的诗歌创作，往大处说促进了文化传播，因为这些诗歌后来通过刘禹锡传到京城，受到了京城文人的欢迎，所以是件功德无量的事情。说了半天挺热闹，刘禹锡到底写了什么呢？《竹枝词》和《九歌》，特别是《竹枝词二首》很受人欢迎，如其中一首说：

　　杨柳青青江水平，闻郎江上唱歌声。
　　东边日出西边雨，道是无晴却有晴。⑤

就形式来说，是一首七言绝句；就内容来讲，是一首情人之间的恋歌；就韵味而言，洋溢着浓郁的民歌风味。这是一幅很生动的画面，少女行舟绿水间，杨柳婀娜垂岸边，情郎开口把歌唱，无情有情暖心田。就得这样，爱就大声唱出来，千万别学那"爱你在心口难开"。可是明明是在表白，却还有些让人捉摸不定，好像在试探似的，这么一来，明朗的风格里又带有一些含蓄的味道。

　　不一样的心胸就会看到不一样的世界，刘禹锡是很豁达、开朗的，所以他看到的世界很少哀哀怨怨的，"沉舟侧畔千帆过，病树前头万木春"，总是充满了生命的张力。文人自古以来就有悲秋的情结，这是从宋玉起留下来的毛病，动不动就"悲哉，秋之为气也，草木摇落而变衰"，曹丕在《燕歌行》中那几句"秋风萧瑟天气凉，草木摇落露为霜，群燕辞归雁南翔"⑥恨不得把人的眼泪给煽下来。刘禹锡眼中的秋天是什么样的呢？他在《秋词二首》（其一）中说：

　　自古逢秋悲寂寥，我言秋日胜春朝。

晴空一鹤排云上，便引诗情到碧霄。⑦

在作者的眼中，秋天比春天还要美好，所以完全不用像古人那样悲悲切切、哀哀怨怨，你看那排云而上的白鹤，正在为我们唱着昂扬的励志高歌。这就是刘禹锡生命的张力，他的诗让人有不一样的审美感受。

注 释

① 〔后晋〕刘昫等：《旧唐书》，中华书局1975年5月版，第4210页。
② 〔唐〕刘禹锡：《刘禹锡集》，中华书局1990年3月版，第308页。
③ 〔唐〕刘禹锡：《刘禹锡集》，中华书局1990年3月版，第421页。
④ 〔唐〕刘禹锡：《刘禹锡集》，中华书局1990年3月版，第308页。按：《全唐诗》版中"独"作"又"。
⑤ 〔唐〕刘禹锡：《刘禹锡集》，中华书局1990年3月版，第364页。
⑥ 袁行霈：《中国文学作品选注》第二卷，中华书局2007年6月版，第25页。
⑦ 〔唐〕刘禹锡：《刘禹锡集》，中华书局1990年3月版，第349页。

我是千年一钓翁

在中国历史上，垂钓是一种文化，姜子牙在渭水边一钓十年，成了西周的功臣，这才有了李白的"广张三千六百钓，风期暗与文王亲"（《梁甫吟》）[1]；张志和也喜欢垂钓，还给自己起了个外号"烟波钓徒"，这才有了"青箬笠，绿蓑衣，斜风细雨不须归"（《渔歌子》）[2]；胡令能发现一个孩子在有模有样地学大人垂钓，这才有了"蓬头稚子学垂纶，侧坐莓苔草映身。路人借问遥招手，怕得鱼惊不应人"（《小儿垂钓》）[3]。姜子牙钓鱼钓来了人生机遇，张志和钓鱼钓来了身心和谐，胡令能看孩子钓鱼则钓来了雅趣童真。柳宗元也垂钓，可是他钓出来的是内心的郁闷。柳宗元先后写了两首垂钓的诗歌——《江雪》和《渔翁》。在这两首诗中，柳宗元的情绪都是一落千丈。我们先来看《江雪》吧：

　　千山鸟飞绝，万径人踪灭。
　　孤舟蓑笠翁，独钓寒江雪。[4]

这是一首耳熟能详的五言绝句，也是一幅画，只是格调有些苍凉低沉罢了。一眼望去，路没了，人没了，鸟也没了，所有的一切都被望不到边的白雪覆盖，让人感觉这世界没有了生命，死气沉沉的。好在还有一个渔翁身披蓑衣、头戴斗笠坐在船头垂钓，可是如此寒冷的天气，就是你的手能握住钓鱼竿，那鱼也怕冻感冒啊！清人王尧衢在《古唐诗合解》中这样评价道："江寒而鱼伏，岂钓之可得？彼老翁独何为稳坐孤舟风雪中乎？世态寒凉，宦情孤冷，如钓寒江之鱼，终无所得。子厚以自寓也。"⑤这话说到柳宗元心里去了。所以，我们的诗人与其说是在垂钓，不如说是在借垂钓表达当时的心境。这首诗很妙，不仅字面意思让读者感觉到了凄冷，它还是一首很好的藏头诗，如果我们把这首诗每一句的第一个字连起来读就是"千万孤独"，而这四个字也正揭示了这首诗所表现的作者的心情，哥钓的不是鱼，是寂寞。

柳宗元怎么会"千万孤独"呢？遇上事了，遇上和刘禹锡一样的事了。这俩人挺有缘分，柳宗元在《重别梦得》诗中说"二十年来万事同"⑥，这话说得一点儿没错。《旧唐书·柳宗元传》中说："宗元少聪警绝众，尤精西汉诗骚。下笔构思，与古为侔。精裁密致，璨若珠贝。当时流辈咸推之。"⑦柳宗元也是贞元九年（793）考上进士的，和刘禹锡同榜，三年后又考上了博学宏词科，也是"双学位"。学历高、能力强就得受重用吧，王叔文也把柳宗元拉到了自己身边，一块儿对抗宦官集团，也就是柳宗元也参加了"永贞革新"。运动失败后刘禹锡等改革的中坚力量被贬了，柳宗元自然也逃不了，先被贬为邵州刺史，也是没到地方又被贬为永州司马。这首《江雪》就是柳宗元在永州时写的，所以当时的心情自然好不到哪里。

到了永州，柳宗元感到很委屈，这怎么跟自己想的不一样呢？"难道我错了吗？难道圣贤们说的'在其位必谋其政'错了吗？我这么做并非出于私心，而是为了这个国家，为什么就会受到打击呢？"心气儿不顺了，看什么都不顺，柳宗元在永州这段时间，没少写文章，没少通过文字表达自己糟糕的心情，最出名的就是《永州八记》。看到个小水坑想到了自己的政治遭遇，看到个小土丘想到了自己被贬谪不用，不管看到什么总能和自身联系起来，总能把自己的遭遇转移到自己看到的景物上。说得好听点这是移情的艺术手法，说得不好听点就是精神分裂了。

他就是整天和自己的内心在对话，因为现实中不能也不敢随意说，言多必失，另外也没人愿意听他说话，所以他才感到了前所未有的孤独寂寞。不过在这孤独寂寞中，我们还能感受到一点精神，那就是顽强不屈、凛然无畏、傲岸清高的精神。

柳宗元在永州还写了一首《渔翁》：

渔翁夜傍西岩宿，晓汲清湘燃楚竹。

烟销日出不见人，欸乃一声山水绿。

回看天际下中流，岩上无心云相逐。⑧

这首诗和《江雪》的创作背景一样，都是作者在经受政治打击之后创作的，通过山水画的清新淡逸来表现自己的内心世界。这首诗写得富有画面感，却又总让人感觉有些错乱。就形式来说，六句，算近体诗还是古体诗呢？通常诗歌要么四句，要么八句。第一句写主人公渔翁夜晚没有回家，就住在船上，这里的"西岩"指西山。第二句是渔翁第二天早上的生活直播，赤裸裸的真人秀节目。渔翁从江中打点水上来，然后以竹为柴、以竹为器煮水做早饭。前两句已经让我们感受到渔翁与大自然的紧密关系。

中间两句则让我们感觉到了逻辑的错乱，"烟销日出"本身已经有些难解了，应该是"日出烟销"才对嘛。既然是太阳出来烟雾散去，能见度好了，应该看见人了，可是为什么"不见人"呢？哦，原来是我们的渔翁"夜傍西岩宿"，有西岩挡着呢。那好吧，看不到人总能看到山水吧？可是山水却又被作者安排到了下一句"欸乃一声山水绿"，"欸乃"是当地人划船时所唱的歌。随着烟雾的散去我们发现这里山清水秀，炊烟伴着《欸乃歌》的响起让我们知道山水间有一位渔翁。且慢，渔歌都听到了，怎么渔翁还看不到呢？难道是"犹抱琵琶半遮面"吗？等到我们凝眸注视时，却发现渔船已经到了中流，渐行渐远，山上只留下了片片白云。这生活够自在，这渔翁够飘逸，这画面够恬淡。

　　有时候想想，诗歌这种东西是很个性化的，作者写的是自己的心情，写成什么样咱就去阅读理解就行了，没必要指手画脚。可是当读到了，又总忍不住想穿越时空和作者说道说道。"柳宗元，你写前四句就挺好的，为什么非要再弄两句缀在后面呢？感觉不伦不类的。"恐怕很多人也这样想，读完后两句总感觉还没完，再去找后面的吧，没了。这种感觉很别扭。宋代大文豪苏轼就曾经认为最后两句"虽不必亦可"。

　　我偶尔也写点东西，当自己的文字被别人提出类似的质疑时，我会想，那是你没有完全懂我。是啊，别人没懂我，我就懂柳宗元了吗？未必！仔细看看学界对这首诗歌的研究发现，柳宗元写的是自己的心情，是他写这首诗那一刻的心境，他这么写自有他的道理。这首诗既然作于被贬期间，我们就不能舍掉这个大背景。柳宗元的理想抱负与冰冷的现实形成了强烈的冲突，丰满的理想没有打败骨感的现实。在悲愤的心境下，他产生远离朝廷隐遁山水间的想法也是很正常的，这种想法是与不平的抗争和自我安慰。如果说《江雪》中的作者在寻找思想出路的话，那么《渔翁》中作者则似乎找到了出路，就是像白云一样无心，像渔翁一样逍遥于山水烟波之中。

　　可是，柳宗元没有刘禹锡那样的心胸，他的心思很细腻。如果刘禹锡是粗放型的，那么柳宗元就是婉约型的。无论是《永州八记》还是《江雪》和《渔翁》，都让我们感受到了作者那沉重与内敛的气质。被贬柳州之前，柳宗元做了一个梦，梦见一棵柳树倒了。解梦的人告诉他，他要到一个有柳字的地方去当官了，后来他果然被任命为柳州刺史。但解梦的人没有全部告诉他，树倒了就意味着死了，柳宗元后来便死在了柳州任上。好像这个梦也是柳宗元生命终结的预示。

注 释

① 〔唐〕李白：《李太白全集》，中华书局1977年9月版，第169页。
② 曾昭岷等：《全唐五代词》，中华书局1999年12月版，第25页。
③ 〔清〕彭定求等：《全唐诗》，中华书局1960年4月版，第8325页。
④ 〔唐〕柳宗元：《柳宗元集》，中华书局1979年9月版，第1221页。
⑤ 袁行霈：《中国文学作品选注》第二卷，中华书局2007年6月版，第489页。
⑥ 〔唐〕柳宗元：《柳宗元集》，中华书局1979年9月版，第1160页。
⑦ 〔后晋〕刘昫等：《旧唐书》，中华书局1975年5月版，第4213页。
⑧ 〔清〕彭定求等：《全唐诗》，中华书局1960年4月版，第3957页。按："销"通"消"。

悼亡情切《遣悲怀》

悼亡诗是中国古代让人感伤的诗歌类型，指的是男人对亡妻或亡妾的悼念。自从晋朝那位被"掷果盈车"的潘岳写了《悼亡诗》三首之后，悼亡主题就在以后的诗歌史上以最真诚的感情占据了一席之地。唐朝最著名的悼亡诗人是洛阳才子元稹，他的《遣悲怀三首》和《离思五首》被公认为悼亡佳作。下面我们就来了解一下元稹悼亡诗背后的情感世界。

在《遣悲怀三首》中，我们重点看第一首诗：

谢公最小偏怜女，自嫁黔娄百事乖。

顾我无衣搜荩箧，泥他沽酒拔金钗。

野蔬充膳甘长藿，落叶添薪仰古槐。

今日俸钱过十万，与君营奠复营斋。①

这首律诗大约作于元和四年（809）。这一年，元稹的夫人韦丛因病与世长辞。韦丛20岁嫁给了元稹，27岁便香消玉殒。诗人饱受丧妻之痛，写下了三首《遣悲怀》和五首《离思》，表达对亡妻的沉痛哀悼。韦丛是太子少保韦夏卿的幼女，是父母的掌上明珠，因此作者第一句上来就用谢道韫的典故，一说自己夫人有才，二来肯定老丈人的政治地位。谢道韫是谢安的侄女，一次谢安把子侄们集中到一起讲论文义，外面飘飘扬扬下起雪来。谢安就问大家下的雪像什么。谢朗说："撒盐空中差可拟。"就像从空中撒盐。谢道韫说："未若柳絮因风起。"不如说成是柳絮迎

-157-

风飞舞，谢安大为赞赏。后来，"咏絮才"也就成了谢道韫的别称，再后来人们干脆把在诗文创作方面有才华的女子都称为"咏絮才"了。

"夫人虽然如此有才，但她却嫁给了我这个穷光蛋"，这叫下嫁。元稹把自己比作黔娄。黔娄是谁呢？战国时期齐国著名的贤士，家徒四壁却能安贫乐道，去世的时候甚至衣不蔽体。过日子就是柴米油盐，很现实的，一分钱难倒英雄汉，更何况元稹当年家徒四壁呢？所以两个人就是一对典型的"贫贱夫妻"。虽说穷日子穷过，富日子富过，但穷困的日子总还是很艰难的，这就是作者第二句所说的"百事乖"。"百事乖"就是事事都不顺，"乖"是不顺的意思。这三个字相当于论点，是对下面第二联、第三联的概括。换言之，下面两联要具体论述怎么不顺了。

第一件不顺的事情是没衣穿。元稹是家里的"封面"人物，男主外，可是他连件像样的衣服都没有，于是妻子就翻箱倒柜地找。其实元稹家里的家具也很简陋，连个衣柜都没有，衣服就装在"荩箧"中。"荩"是一种野草，很柔软，细长，用荩草编织的箱子就叫"荩箧"。第二件不顺的事是没钱买酒。当时讲究诗酒风流，元稹没事又爱喝两口。元稹老赶朋友们的酒场，就是轮流坐庄也该轮到元稹请客了，可是囊中羞涩，连酒钱都支付不起。元稹一看老婆发髻上有金钗，于是就软磨硬泡地想用来换酒。"泥"就是缠的意思，从这个字我们可以感觉到夫妻二人关系很融洽。换作一般人，早就横眉冷对了，嫁汉嫁汉穿衣吃饭，现在倒好，嫁给你个穷小子，要啥没啥，你还要把我娘家陪送的金钗拿走换酒，你还算个男人吗？第三件不顺的事是没吃的。不要说锦衣玉食了，连平常的饭菜都难以满足，两人只好吃糠咽菜，从地里拔野菜吃。"藿"是豆科植物，也有说是豆叶的。我是农村人，知道这种植物的叶子纤维很粗。或许有人会说，可以拔点嫩的嘛，嫩的倒是不伤喉咙，那得拔多少才够吃一顿啊？虽然难以下咽，有这个东西填饱肚子已经很不错了，农村有句话"饿时吃糠甜似蜜",所以作者用了一个"甘"字,可见饥饿时刻笼罩着这个家庭。第四件不顺的事是没有柴烧。野菜拔回来不能两个人对面一坐,开始抓着生吃啊,得做熟了。做熟就需要生火,没柴火,弄点树叶子吧,门口有棵古槐树,就用槐叶吧,"仰"就是依靠、依赖的意思。槐叶长在枝头上,所以我们也可以把这个"仰"字理解为眼巴巴看着,这样让人感觉好无助啊!就这四句话,把元稹及其妻子生活处境的艰难很传神地表现了出来,也是这四句话把一个无怨无悔、默默奉献的妻子形象给刻画出来了。

元稹通过这四件事回忆了与妻子婚后的艰难岁月,应该说有一些夸张,毕竟老丈人可以接济他们,也不用整天吃糠咽菜。一个官家女过惯了衣食无忧的生活,还能如此贤惠地为自己安心持家,这才是难能可贵的,这才是值得珍惜的。可是,就是这么贤惠的妻子没了,放谁身上都会伤心欲绝。最后两句诗人从痛苦的回忆中回到现实。老天爷好像故意在和元稹开玩笑,此时的诗人已身居高位,职位高了自然俸禄也多了,本来正是和妻子享受富贵荣华的时候,可惜却阴阳相隔。诗人还能怎么办呢?他该如何报答妻子的深情厚意呢?唯有用祭奠和请僧道超度亡灵的办法来寄托自己的哀思了。这无疑是作者的无奈之举,却饱含着元稹无法弥补的歉疚与伤痛。

元稹无时无刻不在表达着对妻子的深切思念,为此,"针线犹存未忍开",他将妻子做过的针线活仍然原封不动地保存起来,不忍打开。诗人想用这种消极的办法封存对往事的记忆,而这种做法本身恰好证明他无法摆脱对妻子的思念。"惟将终夜长开眼,报答平生未展眉",诗人仿佛在对妻子发誓:"我将永远永远地想着你。"从这些痴情缠绵的话语中,我们不难感觉到妻子对于元稹来说就是最美好的记忆,所以白居易说元稹"悼亡诗满旧屏风"。元稹还曾在《离思五首》(其四)诗中说：

　　　　曾经沧海难为水，除却巫山不是云。

　　　　取次花丛懒回顾，半缘修道半缘君。②

见过大海就不会为小溪驻足，见过巫山的云就知道什么叫美，经历过真爱的人就再也不会为情所动了。"哪怕是从美女群中走过，我连头都不回，原因是不能辜负你对我的那份真情。"其中前两句成了很多人表达对爱情忠诚的誓言。

　　但是，也正是元稹在诗中表达了自己对妻子的深挚思恋，让他摊上事儿了。有人说，元稹这个人心口不一，说一套做一套，最终还是背叛了对亡妻的誓言。且不说元稹在其所作《莺莺传》中那个始乱终弃的张生是不是以他自己为原型，他和薛涛的感情纠葛又如何解释？薛涛是唐代著名女诗人，被人们称为"女校书"，大凡见到她的男子，都会被她的姿色与才艺所吸引。元和四年（809）三月，也就是元稹的夫人韦丛去世当年，元稹任监察御史，奉命到两川公干，见到了久负盛名的薛涛。薛涛的才情与美貌深深吸引了亡妻不久的元稹，两个人一见如故。虽然薛涛比元稹年长十来岁，但二人相互赋诗唱和，无比惬意，元稹忘却了自己曾经说过的"取次花丛懒回顾"了。

　　薛涛已人过中年，厌倦了周旋于男人之间的日子，她有意对元稹以身相许，为此她还写了一首诗，题目叫《池上双凫》，诗说：

　　　　双栖绿池上，朝暮共飞还。

　　　　更忆将雏日，同心莲叶间。③

薛涛在诗中表达了她渴望与元稹双栖双飞的心意。但她只是元稹生命中的一个过客，公务结束之后，元稹就返回了京城。虽然元稹临别的时候承诺，等公务处理完之后再到成都与薛涛相会，但后来因为仕途等原因，一去难返，只留得薛涛望穿秋水，正像她在《赠远二首》（其二）诗中说的那样"月照千门掩袖啼"④。这就是元稹,违背了对亡妻的誓言,又辜负了对薛涛的承诺。

注 释

① 〔清〕彭定求等:《全唐诗》,中华书局 1960 年 4 月版,第 4509 页。
② 〔清〕彭定求等:《全唐诗》,中华书局 1960 年 4 月版,第 4643 页。
③ 〔清〕彭定求等:《全唐诗》,中华书局 1960 年 4 月版,第 9036 页。
④ 〔清〕彭定求等:《全唐诗》,中华书局 1960 年 4 月版,第 9043 页。

人面桃花相映红

今天很多年轻人尤其是十几岁的孩子因为喜欢某个明星,神魂颠倒要死要活的,上点年龄的人总觉得这种事情不可思议,其实这种现象早在古代就有了。下面我们要讲的就是这样一个故事,主人公叫崔护,他写了一首诗《题都城南庄》。这首诗传播很广,直到今天很多人还能张口即来。也就是这首诗歌惹得一个原本与他不相识的姑娘患了严重的相思病,甚至还差一点儿丢了性命。好在两个人最终结为夫妻,成就了一段佳话。后来人们根据这个浪漫的故事编了一个戏剧《桃花缘》。

崔护是唐代博陵人,也就是今天的河北定州人。小伙子长得很帅,属于"小鲜肉"那种类型,不敢说貌比"掷果盈车"的潘安吧,至少姑娘们见了总想多看两眼。只是这个小伙子整天除看书用功学习外,很少与人交往,显得有些清高孤傲,即便有时候出去散散心,也经常是独来独往。因为心思很专一,所以崔护学习成绩比较突出,才情俊逸,学有所成。崔护进京参加科举考试,没承想第一次考得很不理想,《唐诗纪事》中说他"举进士不第"[①],科举考试如千军万马争过独木桥,录取人数就那二三十个,所以,考试失利并不足怪。

当时放榜的时候正值春天,崔护并没有马上离开京城。清明节那天,崔护一个人漫步来到了京城南郊,放眼望去,桃红柳绿,春意盎然,真是"条风始至,散灼灼之红桃;谷雨初收,润萋萋之绿草",怎一个美字了得。崔护完全忘记了考场失意的苦恼,被眼前的美景给深深吸引住了,眼前春花烂漫,耳畔鸟鸣嘤嘤,崔护感觉到前所未有的身心清爽。走着走着,眼前出现一户人家,处于花木丛萃之间,真有点世外桃源的感觉。

忽然,崔护觉得有些累,嘴里也有点干,走这么长时间,肯定是渴了。崔护走到这户人家门前,看看院子里没人,于是很有礼貌地叩起门来。过了一会儿,一个姑娘隔着门缝问:"您是哪位?有什么事情吗?"崔护赶紧回答说:"小生崔护,一个人寻春到此,口渴得厉害,向您讨口水喝。"姑娘打开门,端出一杯水递给崔护,又给崔护找了个凳子让他歇脚。崔护边喝水边打量这个妙龄少女,《唐诗纪事》中说姑娘"独倚小桃柯伫立,而意属殊厚"②,姑娘斜靠着一个桃树枝站着,在桃花的映衬下显得很漂亮,透出一股清雅脱俗的气韵。此情此景,真是一幅绝妙的春景图。据《本事诗》中说:"崔以言挑之,不对,彼此目注者久之。"崔护爱慕姑娘的美貌,不禁心神荡漾,就故意没话找话和她搭讪。但姑娘始终没有回答,不过眼睛却久久盯着崔护。从目光中,崔护能感觉到姑娘的纯真和灵秀,而且她并不讨厌自己。喝完水,休息了一下,崔护起身告辞。姑娘把崔护送到门口,崔护再次表示感谢,姑娘恋恋不舍地把门给关上了。崔护对这次偶遇也有些依依不舍,边走边回头看,但是离开这里之后,崔护很长时间没有再来过。

转眼又是清明到,崔护望着城中盛开的桃花不由得触景生情,忽然想起去年今日在京城南郊的那次美妙的偶遇,心里压抑不住对那位端水姑娘的思念。于是,心动不如行动,崔护径直到京城南郊找那位姑娘去了。崔护到那里,感觉去年的城南旧事就发生在昨天,于是他还想重复去年的故事。但是崔护忽然发现,"门庭如故,而户扃锁矣",院子还是那个院子,只是铁将军把门,门锁着呢。崔护心里有些失落,想了想,

-163-

就在左边那扇门上题写了一首诗，用来记录去年的偶遇和今年的不遇，这就是《题都城南庄》：

　　去年今日此门中，人面桃花相映红。

　　人面不知何处在，桃花依旧笑春风。③

这首诗是个七言绝句，很好理解，前两句是追忆过去，后两句是写眼前。"去年的今天，我寻春到此，在这里遇到了姑娘，你站在桃树下，与桃花争艳，那是多么美好的一幅画面啊。今天我专门来拜访你，可是只隔着门缝看到了院子里依旧灿烂的桃花，桃树下的你去了哪里呢？"尤其是后两句大有物是人非、寻访不遇的惆怅。这口气，这措辞，简直就是给姑娘留的便条。写完，崔护在落款处题上名字，然后又自己念了两遍，本想把第三句改成"人面只今何处去"，但又转念一想，一首诗中用两个"今"字，似乎不大合适，这和两个"桃花"不同，不仅不显得重复，反而更突出了主题，渲染了气氛，于是作罢，离开了这里。

　　又过了几天，崔护偶然到京城南郊办事，因为顺路，崔护就又来到了姑娘的门前。可是刚到门前，崔护就听到院子里有哭声。崔护觉得奇怪，就赶紧敲门询问究竟。门开了，走出一位泪眼婆娑的老翁，老人见面前站着一位年轻人，开口就问："你是崔护崔公子吗？"崔护回答说"是"。老翁拉着崔护放声大哭，边哭边嘟囔，是你害死了我的女儿。崔护又惊又怕，丈二和尚摸不着头脑，到底是咋回事啊？崔护先劝老翁止住哭声，他得问明白事情的来龙去脉。

　　老翁说："我女儿已经成年，知书达理，还没有许配人家。自从去年以来，经常神情恍惚若有所失，我也不知道是怎么回事。那天陪她出去散心，回家时见你在我家左边门扇上题写有诗。我女儿读完之后进门便一病不起了，整天不吃不喝，就这样没几天人就不行了。我老了，只有这么一个女儿，迟迟不许配人家的原因，就是想找个可靠的好人，也好让我这个糟老头子老有所依。可是，现在她竟然舍我而去，我是白发人送黑发人。之所以会是这么个结果，全是因为你那首诗，难道这不是你害死她的吗？"说完又拉着崔护大哭起来。

原来，姑娘自从见到崔护，就被崔护潇洒的举止给深深地吸引住了，朝思暮想，魂牵梦萦。特别是看到崔护的题诗，姑娘更加被崔护征服了！但这是姑娘内心深处的秘密，又不能轻易告诉别人，所以相思成病。崔护听老翁说完，明白了，确实是因为自己，真没想到自己的一首诗竟然让一个妙龄少女香消玉殒。虽然这是自己的无心之过，毕竟已经无可挽回了。崔护心如刀绞，满是歉疚之情，向老翁叙述了去年游春讨水喝巧遇姑娘，今年又专程来访不遇写诗留念这些事情。崔护向老翁请求，能否允许自己进屋向姑娘吊唁。老人觉得这可能就是两个人的缘分，也不好过于阻拦，就让崔护进了屋。

姑娘在床上躺着，面目如生。崔护抬起姑娘的头让她枕着自己的腿，哭着祷告："我来了，我来了……"崔护一声声呼唤着为情所害的姑娘。或许是崔护的精诚感动了上天，也可能是他凄厉的哭声被刚到另外一个世界的姑娘的魂魄感受到了。总之，奇迹发生了，姑娘慢慢地睁开了眼睛。老翁喜出望外，崔护也止住了悲声。姑娘枕着崔护的腿，眼泪流了下来，短短几天，自己竟然经历了两个世界，到鬼门关走了一圈儿又回来了。自己思念的人就在眼前，这难道就是前世的缘分？不管姑娘信不信，反正老人是信了，姑娘能为眼前这个男人死，又因为这个男人生，如果这不是爱情，还有什么是爱情呢？得了，既然两人你有情我有意，就结为夫妻吧。老人把自己的心事一说，姑娘的脸红了，崔护再看看这个为自己经历生死的姑娘，如此情深意重，于是很高兴地答应了。悲剧变成了喜剧，让人在温情中体味到诗歌的魅力。

注 释

① 王仲镛：《唐诗纪事校笺》，中华书局 2007 年 11 月版，第 1103 页。
② 王仲镛：《唐诗纪事校笺》，中华书局 2007 年 11 月版，第 1103 页。
③ 〔清〕彭定求等：《全唐诗》，中华书局 1960 年 4 月版，第 4148 页。

儿女情长杜牧之

爱美之心人皆有之，什么事情都有个度，表现得都不能太过喽，恰如其分叫怡情，左右逢源叫风情，肆意妄为叫滥情，处处留情的人早晚要伤情。晚唐"小李杜"中的那个杜牧就有点儿女情长过头了，让不少人对他颇为看不惯。

杜牧，字牧之，他的爷爷是大史学家杜佑，所以也算是名门之后。但杜牧的名气不是靠祖辈抬起来的，他是靠自己的真才实学挣来的。杜牧23岁的时候写了一篇文章《阿房宫赋》，站在历史的高度总结六国及秦朝灭亡的教训，就因为这篇文章名满两京。太学博士吴武陵就是拿这篇文章向主考官崔郾推荐的杜牧，所以大和二年（828）杜牧以第五名的优异成绩考上了进士。其实吴武陵本来要力荐杜牧当状元的，只是崔郾提前定过状元人选了。吴武陵推荐杜牧的时候，有人背后向崔郾说杜牧的坏话，"崔大人，您可别听吴太学的话哦，他推荐那个杜牧可不咋的"。崔郾就问，怎么回事啊？此人说，杜牧这个人不拘小节，尤其是在男女问题上表现得很随意、很感性。崔郾说，已经答应人家吴太学了，就是杜牧再不怎么样，也不好再改了。

说杜牧坏话的人可不是栽赃陷害杜牧，他对杜牧还是有所了解的。《唐才子传》中说杜牧"美容姿，好歌舞"[①]。杜牧如果生活在今天就是典型的"高富帅"，爷爷杜佑是三朝元老，因此是高官子弟；不敢说家财万贯吧,至少家境殷实;长得帅还懂文艺。这就是典型的"少女杀手",这得让多少女孩子怦然心动啊!杜牧就仗着这些优势,像一只在花丛中飞舞的蝴蝶那么幸福,而且"风情颇张,不能自遏",化用柳永《雨霖铃》中的话说就是"便纵有千种风情,更与何人说"。杜牧这毛病一直就没有改过来。

牛僧孺做淮南(今江苏扬州北)节度使的时候,请杜牧做自己的掌书记,就是机要秘书。这个位置很重要,也说明牛僧孺没有把杜牧当外人。杜牧在扬州过了一段幸福的日子,这从他写的诗里就能发现,如他的《遣怀》诗说:

　　落魄江南载酒行,楚腰肠断掌中轻。
　　十年一觉扬州梦,占得青楼薄幸名。[2]

呼酒买醉,出入青楼,十年一梦,放浪形骸,生活何其放荡!杜牧虽然有如梦如幻、一事无成的慨叹,但毕竟沉浸在秦楼楚馆之中了。"十年"这个说法有点夸张了,杜牧只在扬州工作了三年时间,所以另外一种版本的第三句是"三年一觉扬州梦"。即便是三年,也没少让牛僧孺操心。

当时扬州的文化很发达,《唐才子传》中说:"时淮南称繁盛,不减京华,且多名姬绝色。"[3]不仅经济发达,而且宴游之风盛行。《太平广记》中说:"扬州,胜地也。每重城向夕,倡楼之上,常有绛纱灯万数,辉罗耀烈空中,九里三十步街中,珠翠填咽,邈若仙境。"[4]这段文字更是让那些多情的骚客文人充满了向往之情。有如此美妙的人间仙境,近水楼台先得月,这下可遂了杜牧的愿了。"牧供职之外,唯以宴游为事",生活很有规律,就是办公室、青楼酒场和寝室,三点一线,以至于"常出没驰逐其间,无虚夕",几乎没有一个晚上不过夜生活的。

当官的任意出入风尘场所毕竟不太合适,所以杜牧也很小心,总是换上便装偷偷地出去,每次玩得都很尽兴。吃喝玩乐差不多了,来点才艺展示，给陪自己的姑娘留首诗吧，于是《赠别二首》出现了，其一为：

　　娉娉袅袅十三余，豆蔻梢头二月初。

　　春风十里扬州路，卷上珠帘总不如。⑤

姑娘姿态美好，举止轻盈，就像二月初含苞待放的一朵豆蔻花，看遍扬州城十里长街的美女，没有一个能够比得上她。说白了，就是"我的心里只有你，你是我眼里的唯一"，大有"曾经沧海难为水，除却巫山不是云"的感觉。那些无知少女们最容易被杜牧这样的风流才子所吸引。

　　在这样的柔情蜜意中，杜牧在扬州待了三年。三年下来安然无事，所以杜牧对自己的保密工作很得意。大和九年（835），朝廷升任杜牧做侍御史，牛僧孺为他饯行。席间，牛僧孺语重心长地对杜牧说，"就你的才能来说，你应该前途无量的，我唯一担心的是你感情生活有点不检点"。杜牧赶紧辩解："某幸自检守，不至贻尊忧耳。"⑥什么意思？杜牧说，好在我这几年自我要求很严，没有让您替我担心啊。牛僧孺一听，这不睁着眼睛说瞎话吗？也不说话，微笑着让侍从拿来一个小箱子，推到了杜牧的面前。杜牧也不知道是什么，看到箱子里放满了纸条。牛僧孺示意杜牧打开看看，杜牧随手取出几张打开一看，当时就惊呆了，上面写的全是某月某日，杜牧在哪里会见某人。杜牧羞得面红耳赤，眼泪都流下来了，自己觉得神不知鬼不觉，合着人家牛僧孺对自己的行迹门儿清啊！牛僧孺是怎么知道的呢？我前面不是说了吗，牛僧孺对杜牧老操心了。他派了30个士兵，专门负责暗中保护杜牧，等到杜牧安全到达约会地点，那些负责暗中保护他的士兵把结果以文字的形式报告给牛僧孺，只是杜牧被蒙在鼓中罢了。

　　杜牧为监察御史时，在洛阳办公，当时司徒李愿已经赋闲在家了。李司徒家里有一批家妓很出名，在洛阳数第一，所以洛阳的名士们经常去拜访李司徒。一天，李司徒大摆筵席，宴请朝中的朋友，广邀洛阳的名士作陪，唯独杜牧没有接到请柬。原因是李司徒觉得杜牧是监察御史，负责监督百官，把他请来大家都放不开。可是，杜牧听说了这件事，就让受到邀请的朋友带话给李司徒，那意思是自己也想参加。李愿没有办法，只好派人快马加鞭去请杜牧。

杜牧来到席间，见侍立在周围的姑娘一个比一个长得漂亮，这下可饱了眼福了。杜牧先连喝三杯，问："李大人，我听说有位姑娘叫紫云，是哪位？"李司徒指了指。杜牧盯着看了半天，说："太漂亮了，果然名不虚传，把她送给我吧。"李愿笑得都直不起腰来了，找不到合适的话来回答，心想这监察御史当的，自己这样怎么监督别人啊？姑娘们听杜牧说话这么直率，也都忍俊不禁，扭着头偷笑。杜牧又喝了三杯酒，站起身来到紫云姑娘的身边，朗声说道：

华堂今日绮筵开，谁召分司御史来？

偶发狂言惊满坐，三重粉面一时回。[7]

这首即兴诗的题目是《兵部尚书席上作》，杜牧作诗的时候"意气闲逸，旁若无人"，在场的小伙伴儿们都惊呆了。这首诗很简单，妙处在于表现出了杜牧风流俊爽的率真形象。

像这么不靠谱的事儿杜牧还不止做了一次。大和末年，杜牧在湖州看到一个漂亮姑娘，刚十来岁。杜牧对她一见钟情，于是和姑娘的家人约定，十年之后自己到湖州来当官，到那个时候姑娘也已长大成人，再娶她为妻。商量好之后，交下定金杜牧就走了。结果这一走就是十四年，直到周墀主持朝政，杜牧才成功申请到了任职湖州的机会。杜牧到湖州的第一件事，就是直奔姑娘家。敲了半天门，姑娘出来了，他看到眼前的一幕心里不是滋味。为什么呢？当年的小姑娘已"两抱雏矣"，已经是两个孩子的妈妈了。

姑娘为什么没等杜牧呢？说好的十年，谁让你十四年才来呢？你要一直不来姑娘还得为你老死吗？不管什么原因，是杜牧违约在先，怨不得人家姑娘不信守承诺。杜牧除了伤心，也没有别的办法，于是写了一首《怅诗》表达自己郁闷的情绪：

  自恨寻芳去较迟，不须惆怅怨芳时。

  如今风摆花狼藉，绿叶成阴子满枝。[8]

"为什么受伤的总是我？"哎，多情之人早晚有一天会为情所伤，谁让你杜牧没事处处留情惹事呢！

注　释

① 傅璇琮：《唐才子传校笺》第三册，中华书局1990年5月版，第202页。
② 吴在庆：《杜牧集系年校注》，中华书局2008年10月版，第1214页。
③ 傅璇琮：《唐才子传校笺》第三册，中华书局1990年5月版，第202页。
④ 傅璇琮：《唐才子传校笺》第三册，中华书局1990年5月版，第202页。
⑤ 吴在庆：《杜牧集系年校注》，中华书局2008年10月版，第614页。
⑥ 傅璇琮：《唐才子传校笺》第三册，中华书局1990年5月版，第203页。
⑦ 吴在庆：《杜牧集系年校注》，中华书局2008年10月版，第1349页。
⑧ 傅璇琮：《唐才子传校笺》第三册，中华书局1990年5月版，第205页。

归作霓裳羽衣曲

唐玄宗李隆基是个多才多艺的风流皇帝,能诗善乐,曾经亲自修改过著名的《霓裳羽衣曲》,甚至一度成为盛唐文化的标志。王建为此写了《霓裳词十首》,大诗人白居易在《霓裳羽衣歌》中高呼:"千歌百舞不可数,就中最爱霓裳舞。"①《霓裳羽衣曲》在唐朝曾经两次被用作科举考试题目,一次是开成二年(837)进士科诗题,一次是开成三年进士科赋题,连着两年用了两次,这是能够说明问题的。我们的主题是诗,这里就从开成二年进士科所考诗歌切入吧。当年所考诗歌就剩下一首了,作者叫李肱,诗的内容是这样的:

开元太平时,万国贺丰岁。

梨园献旧曲,玉座流新制。

凤管递参差,霞衣竞摇曳。

宴罢水殿空,辇余春草细。

蓬壶事已久,仙乐功无替。

谁肯听遗音,圣明知善继。②

一般绝句四句、律诗八句,这首诗十二句,这是当时考场上的特殊规定,要求一首诗写六十个字。这首诗的前四句上来先交代了《霓裳羽衣曲》的制作背景。关于这个背景有不同的说法,比如柳宗元的《龙城录》中有一篇《明皇梦游广寒宫》,说唐玄宗在开元六年(718)八月十五夜里，通过申天师法术的帮助，来了一次梦游广寒宫的玄幻经历。玄宗皇帝在广寒宫见到很多仙人，天上的神仙真会玩，这些仙人往来游戏于桂树之下，边玩边欣赏美妙的仙乐。玄宗皇帝是音乐天才，他能听出来仙乐的美妙，真是此乐只应天上有，人间哪得几回闻。玄宗皇帝就开始留心了，他把这个乐曲记在了脑子里。醒来之后，玄宗皇帝那个激动啊，赶紧凭着记忆把这个曲子给记录了下来，于是才有了《霓裳羽衣曲》。这大概就是元稹在《法曲》中所说"霓裳羽衣号天落"[3]的原因吧。王建《霓裳词十首》（其二）中有"一声声向天头落，效得仙人夜唱经"[4]，说的也是玄宗皇帝从月宫中偷仙乐的事。

除柳宗元外，刘禹锡也认为这件事很神奇。他曾经写过一首诗《三乡驿楼伏睹玄宗望女儿山诗，小臣斐然有感》，其中前四句是这样说的：

开元天子万事足，唯惜当时光景促。

三乡陌上望仙山，归作霓裳羽衣曲。[5]

意思是说，玄宗皇帝曾经在三乡驿望见传说中的仙山——女儿山触发灵感写出来的，这个说法也够荒诞离奇的，而且不可信。

那什么可信呢？还是人家李肱的说法"梨园献旧曲，玉座流新制"可信。为什么呢？我们看看正史里是怎么记载的吧。《新唐书》卷二十二《礼乐志十二》记载说："河西节度使杨敬忠献《霓裳羽衣曲》十二遍，凡曲终必遽，唯《霓裳羽衣曲》将毕，引声益缓。"[6]这个曲子是河西节度使杨敬忠进献的，既然是献就说明献的时候已经有了，这就是李肱所说的"梨园献旧曲"。那怎么又安到唐玄宗李隆基的头上了呢？难道那个时候没有知识产权，有人拿这个拍玄宗皇帝的马屁？宋人王灼在《碧鸡漫志》中给出了答案："予断之曰：西凉创作，明皇润色，又为易美名。"[7]意思是说，这本来是西凉创作的旧曲，进献给朝廷之后，玄宗皇帝又进一步进行了润色，还给改了个曲名，就是这么回事。

这个说法是比较科学的、客观的，从"玉座流新制"这句话不难知道，李肱也是这么认为的。不过，玄宗皇帝那个奇幻的广寒宫梦游经历在当时传播得还是比较广的，这也给这支曲子和玄宗皇帝蒙上了神秘的色彩。所以，李肱还得适当照顾一下大家的情绪，于是他还是写了一句"蓬壶事已久，仙乐功无替"。"蓬壶"就是蓬莱，传说中的海中仙山；"仙乐"就不用解释了。这两个词暗示了《霓裳羽衣曲》与一般的曲子还是有很大区别的。

玄宗皇帝确实非常看重《霓裳羽衣曲》，不仅像王建在《霓裳词》中所说的"日长耳里闻声熟，拍数分毫错总知"[8]，能听出并及时纠正演奏中失误的音节，而且"除却梨园未教人"，只教给梨园子弟，甚至还"宣与书家分手写，中官走马赐功臣"，让书法家抄写下来以作为赏赐功臣的奖品。也就是说，只有少数人才能欣赏到《霓裳羽衣曲》。白居易在《霓裳羽衣歌》中追忆"我昔元和侍宪皇，曾陪内宴宴昭阳。千歌百舞不可数，就中最爱霓裳舞"[9]，不过那已经是很久以前的事了，"一落人间八九年，耳冷不曾闻此曲"，自从白居易被贬为江州司马后，就再也没有听到过，所以把琵琶女当成了乐神。看来，能听到这支曲子不仅是一种享受，而且是一种身份的象征、一种荣耀。

白居易对《霓裳羽衣曲》也是情有独钟，他曾经三次以"霓裳"为题进行诗歌创作，分别是《霓裳羽衣歌》《卧听法曲霓裳》和《嵩阳观夜奏霓裳》。其中《霓裳羽衣歌》中有几句写到了这个乐舞的视觉美：

　　案前舞者颜如玉，不著人家俗衣服。
　　虹裳霞帔步摇冠，钿璎累累佩珊珊。[10]

无论是舞者的颜值，还是他们表演时的着装、配饰都是极品，这种视觉享受有谁会不喜欢呢？表演过程中总是能给人留下难忘的审美感受，你看"飘然转旋回雪轻，嫣然纵送游龙惊。小垂手后柳无力，斜曳裾时云欲生",动作轻柔,像飞雪,像柳枝,像白云,从视觉上渲染了气氛,更给人一种恍惚若仙的感觉。

这么经典的艺术作品,自然成了盛世的文化标志,也难怪唐文宗时期两次出题考试。不过,出这个题可不是随便出的,这里面有着沉重的责任感。李肱在诗的结尾说"谁肯听遗音,圣明知善继",这两句话是有出处的,出自《礼记·学记》"善歌者使人继其声,善教者使人继其志"[11],意思是说,善于唱歌的人能使别人跟着学习声乐,善于教育的人能使人继承他的治学志向,这里讲的是学习和传承。《霓裳羽衣曲》是盛唐的文化标志,可是到了唐文宗时期,唐朝已经处于内外交困的境地了,所以他对开元雅乐的向往其实是对盛唐文化的渴望,他渴望在自己统治的时期出现开元盛世的局面。

这一年考试的主考官叫高锴,他把李肱定成了状元。李肱之所以能成为状元,是有原因的,一来因为这首诗写得好,二来因为出身好。诗写得好在哪里呢?据《唐诗纪事》记载,高锴当时在向皇帝推荐李肱的时候说了这么一番话:"进士李肱《霓裳羽衣曲诗》一首,最为迥出,更无其比,词韵既好,去就又全,臣前后吟咏近三五十遍,虽使何逊复生,亦不能过。"[12]在高锴看来,在这一年录取的考生里面,李肱的诗写得是最好的。有多好?即便是六朝时期大诗人何逊再活了,他写的诗也超不过这首诗。因为这首诗写得好,所以我从头到尾、前前后后认认真真看了几十遍。这首诗用词贴切考究,比如称皇帝的宝座为"玉座",称笙为"凤管",称轻柔艳丽的衣服为"霞衣"等,这样就使诗歌避免了直白,具有了美感。另外,这首诗把和这个曲子相关的传说都谈到了,所以说"去就全"。这是高锴评价李肱诗歌本身的妙处,但在这里我需要交代的是,李肱到目前为止唯一完整流传下来的诗歌就是这首《霓裳羽衣曲》诗,《全唐诗》中收录的李肱的诗歌除这首外,就剩下"水光先见月，露气早知秋"两句了，题目是什么已经很难考证了。

高锴推荐李肱为状元还有一个原因，那就是李肱的出身高贵。高锴向文宗上奏的时候有一句话说得很明白，"兼是宗枝，臣与状头第一人，以奖其能"（《唐诗纪事》）。"宗枝"就是皇室同宗，和皇帝是一家子。不能不说，高锴这样做多少有些拍皇帝马屁了。不过，仔细琢磨琢磨，觉得高锴说的还是很有道理的。他说什么了呢？"其李肱诗赋，伏望陛下圣慈，特加奖饬，宣示百僚，以劝皇族饬修之道"（《唐诗纪事》）。高锴不仅推荐李肱为状元，还恳请皇帝隆重表扬李肱。为什么呢？因为高门子弟多数仗着家里的地位，不考试也能当大官。平民百姓一辈子怎么努力都比不上。可是现在李肱亲自下考场考试，而且考得还不错，他也算是皇室中知学上进的佼佼者了。既然是楷模，就应该隆重推出，目的是让别的皇族子弟和高门大族的孩子们学习仿效。

总之，玄宗皇帝把旧曲翻新用心良苦，文宗皇帝用它作为题目来选拔官员也是用心良苦，高锴录取李肱为状元更是用心良苦。

注 释

① 谢思炜：《白居易诗集校注》，中华书局2006年7月版，第1668页。
② 〔清〕彭定求等：《全唐诗》，中华书局1960年4月版，第6260页。
③ 〔清〕彭定求等：《全唐诗》，中华书局1960年4月版，第4617页。
④ 〔清〕彭定求等：《全唐诗》，中华书局1960年4月版，第3425页。
⑤ 〔唐〕刘禹锡：《刘禹锡集》，中华书局1990年3月版，第316页。
⑥ 〔宋〕欧阳修、宋祁等：《新唐书》，中华书局1975年2月版，第476页。
⑦ 〔宋〕王灼：《碧鸡漫志》，影印《四库全书》本，台湾"商务印书馆"1986年3月版，第1494册，第511页。
⑧ 〔清〕彭定求等：《全唐诗》，中华书局1960年4月版，第3425页。
⑨ 谢思炜：《白居易诗集校注》，中华书局2006年7月版，第1668页。

⑩ 谢思炜：《白居易诗集校注》，中华书局 2006 年 7 月版，第 1668 页。
⑪ 〔汉〕郑玄注，〔唐〕孔颖达疏：《礼记注疏》，中华书局 1998 年 11 月版，第 416 页。
⑫ 王仲镛：《唐诗纪事校笺》，中华书局 2007 年 11 月版，第 1756 页。

寒食过后是清明

寒食节和清明节是我国两个重要的传统节日，两个节日是紧连着的，寒食节是清明节前一两天。寒食节又叫"禁烟节"或"禁火日"，这一天只能吃冷食，据说是为了纪念介子推的。清明节是祭祖和扫墓的节日之一，随着我国对传统文化越来越重视，清明节还被列入了法定假期。在唐诗中有关于这两个节日的描写吗？答案是肯定的。那么在诗中写到这两个节日都会有什么内容，或者说从诗歌中能看到当时什么样的文化传统呢？这就需要我们结合具体的诗歌来说了。先来看卢象的《寒食》，这是一首五言十二句的律诗：

  子推言避世，山火遂焚身。
  四海同寒食，千秋为一人。
  深冤何用道，峻迹古无邻。
  魂魄山河气，风雷御宇神。
  光烟榆柳灭，怨曲龙蛇新。
  可叹文公霸，平生负此臣。[①]

卢象是盛唐时期的诗人，名盛气高，曾经与大诗人王维齐名，得到丞相张九龄的器重，只是命运不好，死得早了一点。卢象这首诗在唐代描写寒食节的诗歌里，算得上是代表作了，很详细地交代了寒食节的来历，也就是开篇第一联"子推言避世，山火遂焚身"。这是怎么回事呢？春秋战国时期，晋国公子重耳为了避祸，逃离了宫廷，当时介子推跟在他身边，这是一个忠心耿耿的臣子。逃亡的日子是很艰难的，与锦衣玉食的宫廷生活没有办法比，要吃的没吃的，要喝的没喝的，一次重耳就因饥饿难耐晕了过去。介子推忠心救主，就从自己腿上割下一块肉烤熟了给重耳吃，这件事让重耳很感动，也很感激。颠沛流离19年，重耳终于回到自己的国家，而且当上了国君，这就是晋文公。

　　重耳执政后，没有忘记那些曾经和自己同甘共苦的臣子，于是大加封赏。可是封来封去，竟然把介子推给漏掉了。介子推也不好意思找晋文公去说，那不是显摆吗？后来经人提醒，晋文公才发觉太对不住人家介子推了，要不是他割肉相救，自己早就饿死了，哪有今天做国君的机会啊。晋文公越想越惭愧，马上派人去请介子推来受赏封官。结果派人去了几趟，介子推坚决不来。晋文公为了表示真挚的谢意，亲自去请。可是，当晋文公来到介子推家时，介子推已经背着老母亲躲进了绵山。或许是郭郧在《寒食寄李补阙》中所说的"介子终知禄不及"[②]才让他做出这么个决定的吧。

　　晋文公派军队上山搜索，介子推藏得还很隐蔽，没找到，晋文公越发觉得愧疚了。这时有人出了个主意，放火烧山，把介子推逼出来。也是病急乱投医，找人心切，晋文公马上下令放火，结果大火烧了三天三夜，也没见介子推出来。火灭了之后，大家上山寻找，这才发现原来介子推和老母亲抱着一棵大柳树已经被烧死了。晋文公痛哭失声，安葬了介子推母子，下令把绵山改为"介山"，在山上建立祠堂，并把放火烧山的这一天定为寒食节，要求全国每年这天禁烟火，只能吃冷食。这就是卢象诗中所说的"四海同寒食，千秋为一人"。卢象在诗中为介子推大鸣不平，介子推冤屈是最大的，气节是最高的，晋文公虽然成为春秋五霸之一，但一辈子内心深处最对不住的人恐怕就是介子推了。许浑《途中寒食》也有"烧山忆介推"[3]的记载，说明寒食确实和介子推有关系。

寒食要禁烟火，这是一个习俗。郭郧在《寒食寄李补阙》中就写到了禁火的情景，"万井闾阎皆禁火"，这样的话人们只能吃冷食。白居易在《清明日送韦侍御贬虔州》中说"留饧和冷粥"[4]，冷粥就是冷食。不过，这个冷食也不是随便吃的，是有讲究的，比如韦应物在他的《清明日忆诸弟》中说"杏粥犹堪食，榆羹已稍煎"[5]，"杏粥""榆羹"是这一天的主要食物。什么是"杏粥""榆羹"呢？就是杏仁做成的粥和榆钱饭，有这个吃已经很不错了。孟云卿在《寒食》中指出："贫居往往无烟火，不独明朝为子推。"[6]那些生活贫困的老百姓经常因为揭不开锅而不生烟火，这和是不是纪念介子推是没有关系的，那意思是说他们连"杏粥""榆羹"都没得吃。

禁火是短暂的，不能老吃冷食，那样会影响健康。韦应物在《清明日忆诸弟》中说"冷食方多病"，所以需要马上燃起新火；刘长卿《清明后登城眺望》诗中所说的"万井出新烟"[7]就是对燃起新火的描写，家家户户又冒起了炊烟。这个火也不是随便烧的，也是有讲究的。什么讲究呢？要用榆树或柳树钻木取火，而且皇帝还要用这个新火赐给近臣，表示对他们的关心。大历九年（774），朝廷还用《清明日赐百僚新火》为题进行科举考试选拔官员，其中韩浚的诗是这样的：

　　朱骑传红烛，天厨赐近臣。
　　火随黄道见，烟绕白榆新。
　　荣耀分他日，恩光共此辰。
　　更调金鼎膳，还暖玉堂人。
　　灼灼千门晓，辉辉万井春。
　　应怜萤聚夜，瞻望及东邻。[8]

诗人首先描写了使臣骑着快马为皇帝的近臣们赐火，这就是王濯所说的

"星流中使马"(《清明日赐百僚新火》)⑨。接下来作者指出皇帝所赐之火为榆火,这些钻榆所取的火不仅用于宫廷,还要分给近臣,一"分"一"共"足见皇恩浩荡,也就是王濯诗开篇所说的"御火传香殿,华光及侍臣"。韩翃在《寒食》中有这么两句,"日暮汉宫传蜡烛,轻烟散入五侯家"⑩,说的就是皇帝赐新火给大臣们的事情;韦庄在《长安清明》诗中也有类似的句子,"内官初赐清明火"⑪。火不仅能"更调金鼎味",为人们烧制食物,而且能"还暖玉堂人",为人们带来温暖。古代以地方一里为一井,"万井"代指千家万户。代表着皇恩的榆火为百官带来了光明,为百姓带来了春意。

　　寒食与清明两个节日最主要的活动就是扫墓了,所以才会出现许浑《途中寒食》开篇的那两句,"处处哭声悲,行人马亦迟"。我们前面提到的郭郧《寒食寄李补阙》诗写的主要就是上坟祭祀活动,比如他第一联就说"兰陵士女满晴川,郊外纷纷拜古埏"。寒食节这天,兰陵的男男女女纷纷来到郊外"拜古埏",埏就是坟墓。当人们在先人的坟前哭诉时,或许并未发现"镜里今年老去年",他们自己也一年比一年沧桑。白居易有一首《清明日登老君阁望洛城赠韩道士》诗:

　　　　风光烟火清明日,歌哭悲欢城市间。
　　　　何事不随东洛水,谁家又葬北邙山?
　　　　中桥车马长无已,下渡舟航亦不闲。
　　　　冢墓累累人扰扰,辽东怅望鹤飞还。⑫

老君阁是供奉老子的道观,诗人登到老君阁的高处,听到洛阳城内到处都是哭声。再看看城外的北邙山,这里因为黄土层厚适宜作阴宅,所以就出现了王建《北邙行》诗中所说的"北邙山头少闲土,尽是洛阳人旧墓。旧墓人家归葬多,堆著黄金无买处"⑬。在这个原本就让人伤感的日子,"谁家又葬北邙山",邙山上又迎来了新的亡魂。"中桥车马长无已,下渡舟航亦不闲",来上坟的人络绎不绝,有坐车来的,有乘船来的,北邙山上因此变得热闹起来。最后作者来了一句"辽东怅望鹤飞还",用丁令威的典故慨叹人事变迁。有人清明祭祖,有人则是怀念朋友,比如罗隐的《清明日曲江怀友》诗中说"二年隔绝黄泉下,尽日悲凉曲水头"[14]。

　　人们在寒食节和清明节时心情不佳,这是可以理解的,毕竟这是两个比较悲凉的传统节日。在表达上坟心情这方面比较经典的诗歌,杜牧有一首《清明》我们不得不提:

　　　　清明时节雨纷纷,路上行人欲断魂。
　　　　借问酒家何处有?牧童遥指杏花村。[15]

老天好像也因为这个节日感伤,淅淅沥沥的春雨下个不停,而这小雨更增添了悲凉的气氛。主人公孤身漂泊在外,不能回到家中为亲人上坟,本身心情已经糟糕透了,偏偏又遇到了这样的倒霉天气。衣衫被雨打湿,一阵阵凉意袭来,加上心头的愁绪,好像只有喝点酒才能驱寒解愁。于是主人公向牧童打听哪里有卖酒的,牧童没有说话,用手指了指杏花村。由于这首诗流传广泛,"杏花村"三字不仅成了后世酒家的雅号,而且还真的成了一种酒的品牌。后世对这首诗的喜爱,还表现在对它的修改上,有人把它改成了五言诗:"清明时节雨,行人欲断魂。酒家何处有?遥指杏花村。"还有的改成了词的形式:"清明时节雨,纷纷路上行人,欲断魂。借问酒家,何处有牧童,遥指杏花村。"

　　这两个节日因为在春季,所以来鹄在《清明日与友人游玉粒塘庄》诗中说"清明时节好烟光"[16],这样游春自然也成了这两个节日的主要活动内容之一,扫墓之后游春也是顺带的事情。清明正是梨花开放的时候,所以韩愈在《梨花下赠刘师命》诗中说"洛阳城下清明节,百花寥落梨花发"[17]。人们为了感受春光的美好,借着上坟纷纷来到郊外,那些达官贵人更是兴致高涨，尽情去享受春景。顾非熊在京城参加科举考试期间，正好赶上了清明节，于是写了一首《长安清明言怀》，其中有：

  明时帝里遇清明，还逐游人出禁城。

  九陌芳菲莺自啭，万家车马雨初晴。[18]

雨过天晴，诗人随着游人来到城外，发现车马络绎不绝，到处莺歌燕舞。也正是因为贪恋眼前的春景，所以就出现了李正封《洛阳清明日雨霁》诗中所说的"游人恋芳草，半犯严城鼓"[19]，当时的城门是要定时关闭的，很多游人因为被美景吸引，甘愿冒着进不了城的危险。有人好动，也有人好静，比如李建勋在《清明日》中说"他皆携酒寻芳去，我独关门好静眠。唯有杨花似相觅，因风时复到床前"[20]，也算雅趣。不过，不得不承认这些郊游赏春的雅趣从很大程度上让我们忘记了这是一个扫墓的节日，这大约就是高翥所说的"日落狐狸眠冢上，夜归儿女笑灯前"吧。

注　释

① 〔清〕彭定求等：《全唐诗》，中华书局1960年4月版，第1221页。
② 〔清〕彭定求等：《全唐诗》，中华书局1960年4月版，第3494页。
③ 〔清〕彭定求等：《全唐诗》，中华书局1960年4月版，第6076页。
④ 〔清〕彭定求等：《全唐诗》，中华书局1960年4月版，第4897页。
⑤ 〔清〕彭定求等：《全唐诗》，中华书局1960年4月版，第1958页。
⑥ 〔清〕彭定求等：《全唐诗》，中华书局1960年4月版，第1609页。
⑦ 〔清〕彭定求等：《全唐诗》，中华书局1960年4月版，第1497页。
⑧ 〔清〕彭定求等：《全唐诗》，中华书局1960年4月版，第3194页。
⑨ 〔清〕彭定求等：《全唐诗》，中华书局1960年4月版，第3195页。
⑩ 〔清〕彭定求等：《全唐诗》，中华书局1960年4月版，第2757页。
⑪ 〔清〕彭定求等：《全唐诗》，中华书局1960年4月版，第8049页。
⑫ 谢思炜：《白居易诗集校注》，中华书局2006年7月版，第2503页。
⑬ 〔清〕彭定求等：《全唐诗》，中华书局1960年4月版，第3375页。

⑭　〔清〕彭定求等：《全唐诗》，中华书局 1960 年 4 月版，第 7539 页。
⑮　吴在庆：《杜牧集系年校注》，中华书局 2008 年 10 月版，第 1432 页。
⑯　〔清〕彭定求等：《全唐诗》，中华书局 1960 年 4 月版，第 7357 页。
⑰　钱仲联：《韩昌黎诗系年集释》，上海古籍出版社 1984 年 3 月版，第 222 页。
⑱　〔清〕彭定求等：《全唐诗》，中华书局 1960 年 4 月版，第 5790 页。
⑲　〔清〕彭定求等：《全唐诗》，中华书局 1960 年 4 月版，第 3881 页。
⑳　〔清〕彭定求等：《全唐诗》，中华书局 1960 年 4 月版，第 8435 页。

万古传闻为屈原

端午节是阴历五月初五,是我国一个十分重要的传统节日,又称端阳节。2006年5月20日,端午节被列入第一批国家级非物质文化遗产名录;2009年9月30日,端午节被列入《人类非物质文化遗产代表作名录》。现在国家已将端午节调整为国家法定节假日,这说明我们对传统文化越来越重视。虽然关于端午节的起源有一些不同的说法,有人认为是为了纪念屈原,有人认为是为了纪念伍子胥,有人认为是为了纪念孝女曹娥,但是从感情倾向上来说,更多的人愿意相信是纪念屈原的。比如唐朝有一位和尚,法名文秀,曾经写过一首《端午》诗:

> 节分端午自谁言,万古传闻为屈原。
> 堪笑楚江空渺渺,不能洗得直臣冤。①

文秀在诗中说,端午节是怎么来的呢?很久以前就传说是为了纪念屈原。眼前的楚江烟波浩渺,可是让人好笑的是宽阔的楚江竟然不能包容屈原那颗爱国之心,不能为忠直的屈原洗去冤屈。

屈原是春秋时期楚怀王的大臣,青年时曾供职于兰台。楚怀王十年(前319),屈原任左徒之职,《史记·屈原列传》中说他"入则与王图议国事,以出号令,出则接遇宾客,应对诸侯"②。屈原对外主张"联齐抗秦",对内主张政治改革,倡导举贤授能,富国强兵。他受命草拟宪令,因妨害了旧贵族的利益,遭到贵族子兰等人的强烈反对,加之秦国用离间计从中作梗，楚怀王十六年（前313）被免去左徒之职，而担任教育王族子弟的三闾大夫，楚怀王受张仪欺骗，又被秦国先后在丹阳、蓝田打败，在十八年又命屈原出使齐国，恢复邦交关系。楚怀王二十四五年，秦楚和好，屈原又被流放于汉北，负责云梦泽的山林泽薮和君王狩猎事宜。在流放中，屈原写下了忧国忧民的《离骚》《天问》等不朽诗篇。楚怀王二十八年（前301），秦、齐、韩、魏四国攻打楚国，垂沙一战，楚军惨败，主将唐昧战死。由于楚国朝廷内部的斗争，楚将庄蹻发动兵变，在这种情况下，屈原被从汉北召回。次年楚怀王入秦被扣留，楚顷襄王继位，因为旧贵族的谗毁，屈原再次被流放到江南之野。他漂泊在沅湘流域，创作了《涉江》《哀郢》等作品。楚顷襄王十六年，楚顷襄王与秦昭王会于楚故都鄢郢，屈原眼看自己的祖国被侵略，心如刀割，于是写下了绝笔作《怀沙》之后，抱石投汨罗江而死，那天正好是五月初五。

当人们听说屈原投江自杀的消息后，纷纷驾着船前往营救，人们争先恐后地打捞着，但最后一无所获。从此以后，人们为了在这一天纪念屈原，就发展出了划龙舟比赛的娱乐项目。也有人说，屈原沉水后，定会遭到鱼虾的咬食，水面上热火朝天的划船比赛，会让那些鱼虾因为害怕而远离屈原的尸体。划龙舟本身代表了人们对屈原的怀念。《隋书·地理志》中记载："屈原以五月望日赴汨罗，土人追到洞庭不见，湖大船小，莫得济者，乃歌曰：'何由得渡湖！'因尔鼓棹争归，竞会亭上，习以相传，为竞渡之戏。"[3]这说的就是龙舟比赛的缘起和屈原的关系。唐朝诗人卢肇所写《竞渡诗》描写的就是端午节的活动：

  石溪久住思端午，馆驿楼前看发机。

  鼙鼓动时雷隐隐，兽头凌处雪微微。

  冲波突出人齐譀，跃浪争先鸟退飞。

　　　　　　向道是龙刚不信，果然夺得锦标归。④

这首律诗描绘了端午节龙舟赛上的热闹场景。第二联写鼙鼓助威，船只齐发，船桨击打着水面，浪花就像雪花一样翻飞，那场面很壮观、很热烈。到了冲刺的时候，划船的号子声、观众兴奋的呐喊声合在一起，船像离弦的箭一样向前飞去，就连天空的飞鸟也望船兴叹，自愧速度不如。卢肇想起来用飞鸟作为参照，来衬托龙舟的速度，实在是很有新意的。

　　刘禹锡也有一首描写端午竞渡纪念屈原的诗歌《竞渡曲》。作者开头先写了竞渡与屈原的关系，"沅江五月平堤流，邑人相将浮彩舟。灵均何年歌已矣，哀谣振楫从此起"⑤。"灵均"就是屈原，是屈原的字，他在《离骚》中说"名余曰正则兮，字余曰灵均"。"歌已矣"指屈原不再写诗，暗指死亡，因此最后一句"哀谣振楫从此起"便是说从屈原去世后，竞渡就开始了。从"刺史临流褰翠帏，揭竿命爵分雄雌"来看，这次活动是刺史组织的，或许属于官方的文化活动。既然要决出胜负，自然就是几家欢乐几家愁了，"先鸣余勇争鼓舞，未至衔枚颜色沮"，胜利的一方欢欣鼓舞，失败的一方则垂头丧气，形象生动，让人有身临其境的感觉。这里的风俗好像与别的地方有些差别，"彩旗夹岸照蛟室，罗袜凌波呈水嬉"，比赛结束后，姑娘们纷纷跳进水中嬉戏，与岸边彩旗相映生辉，为节日增添了无限的生趣。

　　除划龙舟外，还要包粽子，这也是为了保护屈原。老百姓认为，鱼虾因为饿会侵害屈原的尸体，如果给它们投进去吃的，它们自然不会打屈原尸体的主意了。也有人觉得不对，粽子包成三角的形状，就像坚硬的菱角一样，吃了扎嘴，这是为了吓跑那些鱼虾。无论如何，端午节吃粽子是为了纪念屈原。一般是前一天先把粽子包好，晚上煮熟，端午节早晨再吃。包粽子主要是用河塘边盛产的嫩芦苇叶，也有用竹叶的，还有用蒲叶的，统称粽叶。比如元稹在《表夏十首》（其十）中有"彩缕

-187-

碧筠粽，香粳白玉团"⑥，这里用的应该是竹叶，粽子外边还绑着彩色的带子。粽子的传统形状为三角形，一般根据所包的馅儿命名，包糯米的相对要多一些。

端午吃粽子的风俗不仅在民间十分普遍，在唐代诗人的笔下也得到了一定的体现。姚合在《夏夜宿江驿》诗中有"渚闹渔歌响，风和角粽香"⑦，上句写水上龙舟比赛的欢畅，下句讲角粽的美味。相传玄宗皇帝吃过一种"九子粽"，就是馅儿的内容比较丰富，于是在《端午三殿宴群臣探得神字》诗中念念不忘"四时花竞巧，九子粽争新"⑧，从"争新"二字不难猜测，这种粽子与此前相比是不一样的。温庭筠也吃过这种粽子，"盘斗九子粽，瓯擎五云浆"⑨，这两句话出自温庭筠《鸿胪寺有开元中锡宴堂楼台池沼雅为胜绝荒凉遗址仅有存在偶成四十韵》。我们今天在街上经常能见到筒粽，就是用竹筒填入糯米做成的粽子，其实这种粽子在唐代就已经有了，白居易在《和梦得夏至忆苏州呈卢宾客》中说"粽香筒竹嫩，炙脆子鹅鲜"⑩，明显是把糯米填进嫩竹筒里做成的。沈亚之在《五月六日，发石头城，步望前船，示舍弟兼寄侯郎》诗中说"蒲叶吴刀绿，筼筒楚粽香"⑪，筼筒也是指嫩竹筒，这样既有糯米的香味，又有竹子的清香。

端午节这天还要门头插艾，饮菖蒲酒，目的都是避邪消灾。殷尧藩在《端午日》诗中就写到了这些情景：

少年佳节倍多情，老去谁知感慨生。
不效艾符趋习俗，但祈蒲酒话升平。
鬓丝日日添头白，榴锦年年照眼明。
千载贤愚同瞬息，几人湮没几垂名。⑫

但是从诗中一个"不效"、一个"但祈"不难感觉到，传统习俗在当时已经不太受社会的重视，因为天下升平，大家淡忘了当年屈原沉水的意义。不过这也正说明了习俗是有插艾和饮蒲酒的。元稹在《表夏十首》（其十）中还写到了一种习俗，"灵均死波后，是节常浴兰"[13]，就是用兰汤沐浴。《荆楚岁时记》中说："五月五日，谓之浴兰节。"不过这个兰汤是用佩兰熬的水，有芳香的味道。屈原《九歌·云中君》中有"浴兰汤兮沐芳"，看来这也是跟屈原学的。

注　释

① 〔清〕彭定求等：《全唐诗》，中华书局1960年4月版，第9284页。
② 〔汉〕司马迁：《史记》，中华书局1959年9月版，第2481页。
③ 〔唐〕魏徵等：《隋书》，中华书局1973年8月版，第897页。
④ 〔清〕彭定求等：《全唐诗》，中华书局1960年4月版，第6384页。
⑤ 〔唐〕刘禹锡：《刘禹锡集》，中华书局1990年3月版，第341页。
⑥ 〔唐〕元稹：《元稹集》，中华书局1982年8月版，第88页。
⑦ 〔清〕彭定求等：《全唐诗》，中华书局1960年4月版，第5690页。
⑧ 〔清〕彭定求等：《全唐诗》，中华书局1960年4月版，第28页。
⑨ 〔清〕彭定求等：《全唐诗》，中华书局1960年4月版，第6758页。
⑩ 〔清〕彭定求等：《全唐诗》，中华书局1960年4月版，第5260页。
⑪ 〔清〕彭定求等：《全唐诗》，中华书局1960年4月版，第5578页。
⑫ 〔清〕彭定求等：《全唐诗》，中华书局1960年4月版，第5567页。
⑬ 〔唐〕元稹：《元稹集》，中华书局1982年8月版，第88页。

坐看牵牛织女星

七夕是我国传统节日,牛郎织女在这一天实现一年一度的鹊桥相会,如今已经被年轻人视为中国的情人节了。七夕这个节日在古代还是很重要的,无论是一般的文人还是那些待字闺中的少女,他们都有一种七夕情结。文人在这一天发发感慨,女孩子在这一天渴望提高一下女红技艺。七夕主题在唐朝诗人笔下还是很常见的,既然如此就先看一首和七夕有关的唐诗吧。李商隐的《七夕》说:

    鸾扇斜分凤幄开,星桥横过鹊飞回。

    争将世上无期别,换得年年一度来。①

这首诗写的就是让人欢喜让人忧的一年一度鹊桥会。牛郎是人间的一个穷小子,在老牛的"教唆"下,偷了到人间洗澡的织女的衣服。织女在天上负责织造云锦,她可是天上的"三八红旗手"。织女不仅没有追究牛郎偷窥自己洗澡和偷窃自己衣服的罪责,反而义无反顾地爱上了牛郎。两个人在没有领证的情况下,竟然非法同居有了事实婚姻,而且还生下两个孩子。就在牛郎织女恩恩爱爱过日子的时候,王母娘娘强行带走了织女,她要破坏牛郎织女的美满婚姻。牛郎披着牛皮,带着俩孩子狂追,马上就要追上织女时,王母娘娘拔下银簪往身后一划,一条银河波浪宽,挡在了牛郎的面前。两个人只能隔河相望,后来经过努力争取,王母娘娘同意他们一年相见一次,这才有了鹊桥会。

万物皆有灵性,每到七月七日,所有的喜鹊都要聚集在银河上搭成鹊桥,让牛郎织女相见。刘威在《七夕》诗中开篇就写"乌鹊桥成上界通,千秋灵会此宵同"[②],权德舆在《七夕》诗中也说"今日云軿渡鹊桥,应非脉脉与迢迢"[③],可见喜鹊古道热肠,还是很愿意助人为乐的。

不过李商隐在这里是借七夕节思念自己的夫人的,因此有人评价这首诗是悼亡诗。李商隐的夫人虽然比他小,但是芳年早逝,想见一面是做不到的,毕竟阴阳两隔,哪里有牛郎织女一年一度相见的幸福啊!李商隐是因为自己切身的感情经历才觉得自己没有牛郎幸福。其实一说到鹊桥会,人们总是替牛郎织女抱怨。比如杜审言在《七夕》中有这样的句子,"年年今夜尽,机杼别情多"[④],意思是说今夜之后,又要忍受无尽的别后相思之苦了。可不是吗,见一回需要等上一年。权德舆在《七夕》诗中说"东西一水隔,迢递两年愁"[⑤],每一年的相见,都意味着新的分离和两地相思。这就是王建《七夕曲》中所说的"两情缠绵忽如故,复畏秋风生晓路"[⑥]。白居易也在《七夕》诗中说"几许欢情与离恨,年年并在此宵中"[⑦],白居易说得很实在,相见时的恩爱幸福总会被离情别恨打得粉碎,所以一年一度的鹊桥会对于牛郎织女来说,无疑是"欢情与离恨"的双重交织,更何况相见的幸福时刻远比不上分离的时间长久。杜牧在他的《七夕》诗中慨叹"云阶月地一相过,未抵经年别恨多"[⑧]。牛郎织女一年见上一回,自然有说不完的相思。记得小时候,每到七夕老人就说,要想听到牛郎织女说话,就需要钻到葡萄架下偷听。可能是好奇心重,还真的钻到了葡萄架下,结果没有听到牛郎织女说什么,反倒被蚊子咬了一身疙瘩。

说起来与牛郎织女主题相关的唐诗,我们自然不能忘记林杰的《乞巧》,这是一首七言绝句:

-191-

七夕今宵看碧霄，牵牛织女渡河桥。

　　家家乞巧望秋月，穿尽红丝几万条。⑨

林杰是唐代的神童诗人，六岁就会写诗，只是才高命短，17岁就死了。可能是才力透支了吧，挺可惜的。他这首《乞巧》诗，不仅写出了人们在七夕"坐看牵牛织女星"的情景，还写出了民间七夕乞巧的盛况。我们前面不是说织女是天上的"三八红旗手"吗，在古代，有一手好针线活是一个姑娘的资本，所以每到这一天姑娘们都要乞巧，给织女摆上瓜果等贡品，希望她能隔空传授精湛的技艺。

　　林杰这首诗通俗易懂，前两句说的是牛郎织女的民间故事。一年一度的七夕又来到了，家家户户纷纷情不自禁地抬头仰望浩瀚的天空。这是因为一个美丽的传说牵动了一颗颗善良美好的心灵，唤起人们的美好愿望和丰富想象。后两句把乞巧的事交代得一清二楚，简明扼要，却能让人感受到过节时的喜悦气氛。林杰在诗中并没有具体写每个乞巧的人都有什么不同的心愿，这样反而给我们留下了想象的空间，好让我们进一步体会诗中展示的人们乞取智巧、追求幸福的心愿。

　　怎么乞巧呢？从诗中最后一句话"穿尽红丝几万条"可以得到答案。原来是对着月亮穿针引线，如果能把线穿进针孔就说明这个姑娘心灵手巧。唐朝时乞巧活动盛况空前，所以才引得崔颢也技痒了，他在《七夕》诗中说"长安城中月如练，家家此夜持针线"⑩，"家家此夜持针线"就是林杰的"家家乞巧望秋月，穿尽红丝几万条"。"月如练"指月光皎洁，能见度很好，只有如此才会让沈佺期在他的《七夕》诗中称"月皎宜穿线"⑪。有的姑娘很倔强，想要挑战极限，甚至是古代版的"挑战不可能"，你看施肩吾《乞巧词》中的姑娘，"不嫌针眼小，只道月明多"⑫。我们应该明白，月光再亮也比不得白天，所以能把线穿进针孔去不仅要有好的视力，而且要有耐心，像《水浒传》中的孙二娘、顾大嫂那样咋咋呼呼只喜欢舞刀弄枪肯定是不行的。

　　乞巧对于姑娘们来说是很严肃的事情，这可能会影响到她们的终身大事，针线活好了婆家就会相对高看。那个考试只答一半就交卷的祖咏就为我们进行了现场直播，来看他的《七夕》诗：

　　　　闺女求天女，更阑意未阑。
　　　　玉庭开粉席，罗袖捧金盘。
　　　　向月穿针易，临风整线难。
　　　　不知谁得巧，明旦试相看。⑬

乞巧的姑娘们一直到深夜还意犹未尽，又是"开粉席"，又是"捧金盘"，把所有的道具都给搬出来了，忙得不亦乐乎。只是老天好像在和姑娘们开玩笑，也可能是在考验姑娘们，竟然刮起了微风，丝线在风中很难捋顺。最后作者站在姑娘们的立场上说，"我们到底谁得到了织女的眷顾呢，谁的女红更胜一筹呢，明天早上我们比赛一试高低"。权德舆也有一首诗写到了孩子们乞巧的热闹场景，题目是《七夕见与诸孙题乞巧文》，其中前四句说"外孙争乞巧，内子共题文。隐映花钗对，参差绮席分"⑭，不仅可以看出参加乞巧活动的人数多，而且可以看到活动内容丰富多彩；结尾作者说"羡此婴儿辈，吹呼彻曙闻"，简直如在目前，玩疯了。

　　除穿针引线外，乞巧还有一种方法，就是看蜘蛛吐丝。汉朝的时候，乞巧的姑娘们把一种小型蜘蛛放在一个盒子中，以蜘蛛织网疏密来判断手艺的巧拙。到了唐朝时，又变成把蜘蛛放在瓜上，依旧是以蜘蛛所织网的疏密作为判断标准。李商隐在《辛未七夕》结尾称"岂能无意酬乌鹊，惟与蜘蛛乞巧丝"⑮，写的就是这种乞巧形式。写到这种乞巧形式的还有宋之问和窦常。宋之问在《七夕》中说"停梭借蟋蟀，留巧付蜘蛛"⑯，窦常的《七夕》诗中也有"斜汉没时人不寐，几条蛛

-193-

网下风庭"⑰，看来当时的乞巧活动还是很有情趣的。

不过，有人给乞巧的姑娘们泼了一头冷水，谁呢？罗隐。他在《七夕》诗中这样说：

> 月帐星房次第开，两情惟恐曙光催。
>
> 时人不用穿针待，没得心情送巧来。⑱

牛郎织女一年只能见一回，美好的时刻总是短暂的，恩爱还没有说完呢，天就见亮了，王母娘娘给他们的时间从相见就进入了倒计时。织女难受还来不及呢，哪有时间管人世间姑娘们的手工活怎么样。因此作者揣测织女的内心，说出了让人间乞巧的姑娘们伤心的话，"时人不用穿针待，没得心情送巧来"，姑娘们不用傻等了，织女今天不上班。

注 释

① 刘学锴等：《李商隐诗歌集解》，中华书局1988年12月版，第1323页。
② 〔清〕彭定求等：《全唐诗》，中华书局1960年4月版，第6524页。
③ 〔清〕彭定求等：《全唐诗》，中华书局1960年4月版，第3679页。
④ 〔清〕彭定求等：《全唐诗》，中华书局1960年4月版，第736页。
⑤ 〔清〕彭定求等：《全唐诗》，中华书局1960年4月版，第3648页。
⑥ 〔清〕彭定求等：《全唐诗》，中华书局1960年4月版，第3383页。
⑦ 谢思炜：《白居易诗集校注》，中华书局2006年7月版，第2892页。
⑧ 吴在庆：《杜牧集系年校注》，中华书局2008年10月版，第1421页。
⑨ 〔清〕彭定求等：《全唐诗》，中华书局1960年4月版，第5361页。
⑩ 〔清〕彭定求等：《全唐诗》，中华书局1960年4月版，第1326页。
⑪ 陶敏等：《沈佺期宋之问集校注》，中华书局2001年11月版，第243页。
⑫ 〔清〕彭定求等：《全唐诗》，中华书局1960年4月版，第5589页。
⑬ 〔清〕彭定求等：《全唐诗》，中华书局1960年4月版，第1336页。
⑭ 〔清〕彭定求等：《全唐诗》，中华书局1960年4月版，第3680页。
⑮ 刘学锴等：《李商隐诗歌集解》，中华书局1988年12月版，第1172页。

⑯ 陶敏等：《沈佺期宋之问集校注》，中华书局2001年11月版，第614页。
⑰ 〔清〕彭定求等：《全唐诗》，中华书局1960年4月版，第3034页。
⑱ 〔清〕彭定求等：《全唐诗》，中华书局1960年4月版，第7601页。

谁人得似牧童心

牧童在唐代诗歌中是一个很常见的形象，驱赶着牛羊，短笛横吹烟雨中，"日出唱歌去，月明抚掌归"（栖蟾《牧童》）[1]，显得相当逍遥自在，简直就是世外的神仙。放牧是他们的日常工作，在放牧的过程中，他们不仅点缀着田野风光，而且相互嬉戏展露着童真，有时候可能还会当一把坏小子，欺负一下某个老人家。诗人还经常会通过牧童表现时代的盛衰，表达对社会的批判。总之，我们既能从牧童身上感受到孩子们的天真烂漫，又能通过牧童看到诗人对社会的关注。

在唐代，写到牧童的诗歌有将近 40 首。首先，看看牧童的形象。在诗人们的笔下，牧童几乎都是头戴斗笠，身披蓑衣，拿着横笛。我们通过具体作品印证一下：储光羲《牧童词》中有两句，"圆笠覆我首，长蓑披我襟"[2]，头上戴着圆形的斗笠，身上穿着长长的蓑衣；栖蟾在《牧童》诗中也有两句，"青山青草里，一笛一蓑衣"[3]；于濆的《山村晓思》中说"牧童披短蓑，腰笛期烟渚"[4]；隐峦也有一首《牧童》诗，其中说"牧童见人俱不识，尽着芒鞋戴箬笠。朝阳未出众山晴，露滴蓑衣犹半湿"[5]，装束依旧简单到芒鞋、箬笠、蓑衣。在这些诗歌中，给人印象最深的莫过于吕岩的那首《牧童》：

草铺横野六七里，笛弄晚风三四声。

归来饱饭黄昏后，不脱蓑衣卧月明。[6]

广阔的原野上绿草如茵，一个"铺"字让人感觉到了草的茂盛和平原一望无垠的舒展。悠扬悦耳的笛声在晚风中断断续续地传来，似乎在和晚风嬉戏，这是未见其人先闻其声。在第二句中，"弄"字是传神之笔，把情趣写得满满的。在这里需要指出的是，前两句的"六七里"和"三四声"是虚指，这样做是为了突出原野的宽阔和乡村傍晚的寂静，这也算是诗人独具匠心了。诗人没有告诉我们牧童是怎么回家的，却说"归来饱饭黄昏后，不脱蓑衣卧月明"，这两句一来表明放牧这项工作并不轻松，二来表现了孩子无忧无虑、天真烂漫的天性，到家吃饱饭倒头就睡，连蓑衣都懒得脱了，反正明天还是同样的活儿。诗人这首诗为我们描绘了一幅鲜活的牧童晚归休憩图，对牧童自由自在形象的刻画更把那份安闲、舒适表现得淋漓尽致，同时诗人借自己笔下的牧童形象表达了其内心世界对远离喧嚣、安然自在的生活状态的向往。诗人为什么会有这种追求呢？这就不得不让我们说几句诗人本人了。吕岩就是八仙中的吕洞宾。他虽然早年学儒，甚至还考上了进士当过几天官，但毕竟本性中有远离红尘的基因，所以当他看到牧童的生活如此率性潇洒时，自然把自己内心深处的那份闲适给唤醒了。

　　吕岩写的是一个牧童，当几个牧童在一起的时候又会怎么样呢？肯定相当热闹。还看隐峦的《牧童》诗：

　　　　二月三月时，平原草初绿。

　　　　三个五个骑羸牛，前村后村来放牧。

　　　　笛声才一举，众稚齐歌舞。

　　　　看看白日向西斜，各自骑牛又归去。[7]

三五个放牧的小伙伴骑着牛向田野走去，因为刚刚经历了冬季，牛不像食料充足的时候那样膘肥体壮，所以显得比较瘦弱，也正是因为如此，野外的嫩草才更加充满了诱惑。牧童也像刚出栏的牛一样，总算可以到田野撒欢释放一下热情了，一路上前者呼后者应，兴高采烈。来到原野，牛儿吃它们的草去了，"大牛隐层坂，小牛穿近林"，孩子们开始了自己的疯狂表演。"笛声才一举，众稚齐歌舞"，笛声刚一响起，孩子们已经按捺不住表演的激情，开始手舞足蹈、尽情欢唱。那场面很让人陶醉，虽然没有今天的舞台效果，没有鲜花和掌声，但孩子们在尽情宣泄着自己的童真。这就是储光羲《牧童词》中所说的"取乐须臾间，宁问声与音"[8]，别管吹得好坏，唱得好坏，是不是专业水准，高兴就行。放牧的过程中，如果大家没有聚在一起，也可以彼此感受到对方的存在，张籍不是在《牧童词》中说了嘛，"隔堤吹叶应同伴，还鼓长鞭三四声"[9]，通过吹树叶和打响鞭互相呼应。天渐渐黑了下来，牛也吃饱了，表演也该结束了，于是孩子们"各自骑牛又归去"。虽然诗人没有为我们描写牧童们回家路上的情状，但我们可以想象到应该是兴高采烈、一路欢歌。

栖蟾在《牧童》诗中也表现了小主人公的潇洒随性：

　　牛得自由骑，春风细雨飞。

　　青山青草里，一笛一蓑衣。

　　日出唱歌去，月明抚掌归。

　　何人得似尔，无是亦无非。[10]

就像上一首诗中说的那样，牧童的交通工具就是牛，出发的时候"三个五个骑羸牛"，回来的时候又是"各自骑牛又归去"，所以栖蟾才说"牛得自由骑"，早上高高兴兴地唱着歌骑牛出去，晚上伴着月亮骑着牛打着节拍回家。在那春风细雨中，青山青草里，我们的小主人公披着蓑衣，吹着笛子，完全是"斜风细雨不须归"的一个小隐士。诗人看到这里，不禁充满了羡慕之情，谁要能像小牧童这样，无是无非，就是人生最大的自在了。卢肇也在自己的《牧童》诗中开篇就说"谁人得似牧童心，牛上横眠秋听深"[11]，看来卢肇也对牧童的自在生活很艳羡。再来看成

-198-

彦雄《村行》中牧童的率性,"暧暧村烟暮,牧童出深坞。骑牛不顾人,吹笛寻山去"[12],牧童完全沉浸在自己的世界中。

野外对牧童来说充满了诱惑,那里不仅无拘无束,而且还可能会野果挂满枝头,能够满足口腹之欲。刘驾笔下的牧童在放牧的时候没闲着,一不小心露馅了,"牧童见客拜,山果怀中落"(《牧童》)[13],这个小牧童摘了很多山果放在怀里,见到客人的时候一鞠躬,没想到山果就从怀里掉出来了。这是一个非常逗人的场景,我们能够想象到小牧童的尴尬和客人的忍俊不禁。有的时候,孩子们会拔一些青蒿,插在腰间,想象着自己是弯弓挂箭的将军,在威武地保护着自己的小牛,"乱插蓬蒿箭满腰,不怕猛虎欺黄犊"[14],这两句出自李涉的《牧童词》。李涉刚夸过这些牧童,这些孩子就惹李涉生气了。一群牧童聚到一起,因为玩耍过于投入,也可能是故意的,他们把李涉这位老人"欺负"了,你看他在《山中》是怎么写的:

  无奈牧童何,放牛吃我竹。
  隔林呼不应,叫笑如生鹿。
  欲报田舍翁,更深不归屋。[15]

李涉似乎是在向我们控诉牧童的"罪行","几个倒霉孩子不说好好放牛吃草,却听任他们的牛吃我种的竹子,我喊他们把牛牵走,但这群孩子只知道玩耍,大声地叫笑,根本不理睬我"。李涉很生气,后果很严重,决定向牧童的家人讨个说法,可是牧童的家人就好像故意躲着他似的,"更深不归屋",天已经很晚了,还没有回家。哈哈,李涉也只有干生气的份儿了。

李涉诗中的这几个牧童因为贪玩没有尽职,张籍《牧童词》中的牧童却是很尽心的,"远牧牛,绕村四面禾黍稠。陂中饥乌啄牛背,令我不得戏垄头"[16],为了不让牛伤到庄稼,牧童把牛赶得远远的,饥饿的乌鸦落在牛背上，牧童还得不时地驱赶乌鸦。因为自己不能自由地玩耍，小牧童有牢骚了。牛在吃草的时候也是比较自由的，"入陂草多牛散行，白犊时向芦中鸣"，三个一群两个一伙，这就是储光羲所说的"同类相鼓舞"。不过牛和牛之间偶尔还会发生争斗，这时牧童就会出来劝架，"牛牛食草莫相触，官家截尔头上角"，牛啊牛啊，别再互相顶撞了，不好好吃草一会儿当官的就把你们的角给截掉了。这句话让人心里沉甸甸的！

在封建时代，老百姓永远是生活在最底层的，孩子们是因为天真，所以不知道世事的艰难。贯休的《蒿里》诗结尾说"牛羊窸窣，时见牧童儿，弄枯骨"[17]，无知的孩子们在放牧的时候发现野外有枯骨，于是拿在手里摆弄着玩。这些枯骨的主人或许死于天灾，或许死于人祸，可能是平民子弟，也可能是达官显贵，不管身份如何，他们已经经历了属于他们的人生。牧童与枯骨两种人生的状态形成鲜明的对比，无形中诠释了生与死的意义。"蒿里"这个题目本身在秦汉时期就是描写死亡的，这就是一首挽歌的题目。如果说贯休的《蒿里》揭示的是个体生命荣枯的话，我们可以看刘沧的《邺都怀古》，其中说"芳草自生宫殿处，牧童谁识帝王城"[18]，这个表现的则是一个时代的消逝。再比如鲍溶《倚瑟行》中有"泉宫一闭秦国丧，牧童弄火骊山上"[19]，王贞白《金陵怀古》中有"石城几换主，天堑谩连空。御路叠民冢，台基聚牧童"[20]，也是通过牧童表现出了辉煌不再的历史大主题。

注　释

① 〔清〕彭定求等：《全唐诗》，中华书局1960年4月版，第9610页。
② 〔清〕彭定求等：《全唐诗》，中华书局1960年4月版，第1374页。

③〔清〕彭定求等：《全唐诗》，中华书局1960年4月版，第9610页。
④〔清〕彭定求等：《全唐诗》，中华书局1960年4月版，第6925页。
⑤〔清〕彭定求等：《全唐诗》，中华书局1960年4月版，第9296页。
⑥〔清〕彭定求等：《全唐诗》，中华书局1960年4月版，第9697页。
⑦〔清〕彭定求等：《全唐诗》，中华书局1960年4月版，第9296页。
⑧〔清〕彭定求等：《全唐诗》，中华书局1960年4月版，第1374页。
⑨〔清〕彭定求等：《全唐诗》，中华书局1960年4月版，第4281页。
⑩〔清〕彭定求等：《全唐诗》，中华书局1960年4月版，第9610页。
⑪〔清〕彭定求等：《全唐诗》，中华书局1960年4月版，第6386页。
⑫〔清〕彭定求等：《全唐诗》，中华书局1960年4月版，第8626页。
⑬〔清〕彭定求等：《全唐诗》，中华书局1960年4月版，第6779页。
⑭〔清〕彭定求等：《全唐诗》，中华书局1960年4月版，第5426页。
⑮〔清〕彭定求等：《全唐诗》，中华书局1960年4月版，第5424页。
⑯〔清〕彭定求等：《全唐诗》，中华书局1960年4月版，第4281页。
⑰〔清〕彭定求等：《全唐诗》，中华书局1960年4月版，第207页。
⑱〔清〕彭定求等：《全唐诗》，中华书局1960年4月版，第6788页。
⑲〔清〕彭定求等：《全唐诗》，中华书局1960年4月版，第5507页。
⑳〔清〕彭定求等：《全唐诗》，中华书局1960年4月版，第8061页。

珍惜今日少年时

写着前面的牧童篇,脑子里总回响起罗大佑那首经典的校园歌曲——《童年》,童年是无忧无虑的,童年是充满了想象和无知的,童年是很多人一辈子的回忆。除了那些出生就夭折的人,基本可以说每个人都有童年,但每个人的童年又因人而异。骆宾王在水边看着自由自在游弋的白鹅,是一种诗意的享受,那是一种静。白居易在《池上二绝》(其二)中写到一个小朋友,又是划船又是采莲,那是一种动:

小娃撑小艇,偷采白莲回。

不解藏踪迹,浮萍一道开。[①]

一个小娃娃撑着小船去采摘别人家的白莲花,回来的时候因为不知道把自己的踪迹藏起来,驾着船把水面上的浮萍冲开了一道很明显的痕迹。

童年是多姿多彩的,最大的特点就是玩。体弱多病、一脸哀愁的杜甫也曾经在《百忧集行》中写自己"忆年十五心尚孩,健如黄犊走复来。庭前八月梨枣熟,一日上树能千回"[②],为吃梨枣,反复爬树,这就是童年的壮举。与今天孩子玩乐名目繁多相比,古时孩子玩乐项目相对较少,无非是荡秋千、垂钓、放牧、采摘等。秋千是孩子们童年生活中的主要道具,不管是男孩子还是女孩子,都非常热衷于这项活动。王建有一首《秋千词》:

长长丝绳紫复碧,袅袅横枝高百尺。

> 少年儿女重秋千,盘巾结带分两边。
> 身轻裙薄易生力,双手向空如鸟翼。
> 下来立定重系衣,复畏斜风高不得。
> 傍人送上那足贵,终赌鸣珰斗自起。
> 回回若与高树齐,头上宝钗从堕地。
> 眼前争胜难为休,足踏平地看始愁。③

这是一首描写少年儿女进行秋千比赛的诗。前四句写赛前的情况:彩色的秋千绳悬挂在高高的横枝上,少男少女们在秋千下排好队列,跃跃欲试,以展示自己的技艺。接下来八句重点描写一个女孩子荡秋千的情况:薄裙束腰,身小体轻,踏上秋千架,两手平伸,如同鸟儿舒展双翅。比赛中,女孩子下地重新整理装束,决心夺魁,尽管她也担心因为风大荡不高,但依旧不要别人帮助,倔强地坚持凭借自己的能力取胜。你看,她甚至把自己头上的发饰当作了筹码。功夫不负有心人,她终于荡了起来,每一次都与高树齐,以至于头上的发钗滑落地上。这个女主人公带有天生的野性,胆大好胜。最后两句概括描写竞赛激烈,胜负难分,让人感觉言已尽而意无穷。整首诗形象生动,让人有一种身临其境的感觉。描写荡秋千的还有张仲素,他在《春游曲三首》(其一)中说:"蒙蒙百花里,罗绮竞秋千。"④春暖花开的季节,姑娘们在百花丛中荡秋千。刘禹锡也在《同乐天和微之深春二十首》(其十六)中说"秋千争次第,牵拽采绳斜"⑤,郑谷又在《旅寓洛南村舍》诗中说"村落清明近,秋千稚女夸"⑥,都用生动的笔触写到了荡秋千的情景。

除了荡秋千,垂钓也是一项不错的娱乐活动。或许,我们脑海中还没有完全忘记张志和的《渔歌子》,里面那位头戴箬笠、身披蓑衣的垂钓者形象不禁让人有归隐江湖去享受大自然的想法。但小孩子们不会像张志和那样有高雅的隐逸之趣,"每垂钓不设饵,志不在鱼也",小孩子是唯恐鱼儿不上钩。你看胡令能的《小儿垂钓》是怎么说的：

  蓬头稚子学垂纶，侧坐莓苔草映身。

  路人借问遥招手，怕得鱼惊不应人。⑦

这是一首描写儿童垂钓的佳作。前两句重在写形，形中有神：山野村童，蓬头垢发，来到溪水边，随意坐在岸边长满青苔的地上，专心致志地在垂钓。诗人对垂钓者的相貌不加粉饰，以写实的笔法绘出，真实可信，亲切自然。后两句看似写形，实则重在传神：从上一句的"莓苔"二字不难想象，这里应该是相对人迹罕至的地方，因此小朋友才能潜心垂钓，但不巧的是竟然有人向他问路，小朋友恐怕惊扰了水中的鱼儿，于是用"遥招手"这一肢体语言代替了口头回答。这一"问"一"招"，惟妙惟肖地刻画出小朋友垂钓时那种专心致志的神态，情趣盎然。那个时候的钓钩是需要自做的，杜甫曾经在《江村》中细心地观察"稚子敲针作钓钩"[8]的情态，一个"敲"字把稚子认真的样子做了逼真的描绘。不管如何，垂钓还是一种文明的娱乐，但杜甫在《泛溪》中就碰到了一群野孩子：

  童戏左右岸，罟弋毕提携。

  翻倒荷芰乱，指挥径路迷。

  得鱼已割鳞，采藕不洗泥。⑨

这群孩子一边戏水一边捕鱼，他们不用鱼钩钓，而是有模有样地拿起了渔网，为了能够满载而归，把人们种在溪水中的菱和荷都弄倒弄乱了，兴奋的孩子们互相指挥叫喊，反而连出溪的路径也找不着了，这大概也属于"沉醉不知归路"吧。不过，他们没有李清照的沉静。丰收既是一种乐趣，也是一种享受，所以孩子们捉到鱼就迫不及待地割掉了鱼鳞，从泥里面挖出来的莲藕连泥也来不及洗。就这情景，我们可以说孩子们完全陶醉在自己的收获中了！

采摘也应该是属于孩子们力所能及的工作，不过采摘是女孩子的工作。与牧童的野性相比，采莲女不仅显得文静，而且还带有女孩子特有的羞涩。白居易在《采莲曲》中写道：

菱叶萦波荷飐风，荷花深处小船通。

逢郎欲语低头笑，碧玉搔头落水中。⑩

夏末的江南，爽风扑面，荷香醉人。少女划着小船，从岸边驶入荷塘深处，船压水波，风行水上，菱荷乱舞，左右摇曳，那是一幅很美的画面。正在少女们聚精会神采莲的时候，一个小伙子忽然荡舟而来，或许他只是经过而已。少女们本想和少年搭话，但又觉得不好意思，于是羞赧地低下头去，可就在这时，头上的发簪滑落水中。诗人通过"欲语""低头笑"两个传神的动作，形象地表现出情窦初开的少女此时此刻腼腆、羞涩的心理状态。一幅如画的诗，用含蓄的语言向我们讲述了一个耐人寻味的故事。

孩子们的模仿能力是很强的，施肩吾的《幼女词》说："幼女才六岁，未知巧与拙。向夜在堂前，学人拜新月。"⑪诗人有一个六岁的女儿，乳臭未干，不谙人事，却在七夕之夜学着大人的模样拜月乞巧，对月穿针，一丝不苟，憨态十足。杜甫在《北征》中写到女儿更有意思，"学母无不为，晓妆随手抹。移时施朱铅，狼藉画眉阔"⑫，小姑娘学着妈妈的样子梳妆打扮，结果用了很长时间，却是"狼藉画眉阔"，把眉毛画得很宽，让人看了忍不住发笑。

童年是美好的，但童年也是最短暂、最容易消逝的，卢肇的《嘲小儿》诗说：

贪生只爱眼前珍，不觉风光度岁频。

昨日见来骑竹马，今朝早是有年人。⑬

我们经常会有这种感觉，朋友家的孩子在自己脑海中还一直是个小娃娃，

-205-

可是真见到孩子的时候却发现已经是成人的模样了。对于每一个人来说，可能我们心理上还停留在童年，但生理上已经残酷地把我们推到了成年人的行列。我们可以把这首诗当作劝诫诗，每一个孩子在小时候都会贪吃贪玩，甚至会没有节制，可就是在这么任性的吃喝玩乐中，我们一天天长大。时间总是过得很快，我们常用白驹过隙来形容，不过卢肇却说，似乎昨天还在骑着竹马玩耍呢，今天一下子就变成大人了。这就是我们常说的"曾记童年骑竹马，转眼便是白头翁"。我曾经听过一首诗是这样说的，"人生七十古来少，前除少年后除老。中间剩下不多时，还有一半睡着了"，人生短暂，年少真好！

注 释

① 谢思炜：《白居易诗集校注》，中华书局2006年7月版，第2469页。
② 〔清〕彭定求等：《全唐诗》，中华书局1960年4月版，第2308页。
③ 〔清〕彭定求等：《全唐诗》，中华书局1960年4月版，第3376页。
④ 〔清〕彭定求等：《全唐诗》，中华书局1960年4月版，第371页。
⑤ 〔唐〕刘禹锡：《刘禹锡集》，中华书局1990年3月版，第436页。
⑥ 〔清〕彭定求等：《全唐诗》，中华书局1960年4月版，第7721页。
⑦ 〔清〕彭定求等：《全唐诗》，中华书局1960年4月版，第8325页。
⑧ 〔清〕仇兆鳌：《杜诗详注》，中华书局1979年10月版，第746页。
⑨ 〔清〕仇兆鳌：《杜诗详注》，中华书局1979年10月版，第770页。
⑩ 谢思炜：《白居易诗集校注》，中华书局2006年7月版，第1571页。
⑪ 〔清〕彭定求等：《全唐诗》，中华书局1960年4月版，第5588页。
⑫ 〔清〕仇兆鳌：《杜诗详注》，中华书局1979年10月版，第400页。
⑬ 〔清〕彭定求等：《全唐诗》，中华书局1960年4月版，第6386页。

秋卷装成寄予谁

唐朝的读书人要想当官基本上是离不开科举的，韩愈、杜甫、白居易等名家都考过。韩愈是考了四次才成功，杜甫是两次都没成功，白居易倒是运气好，一举成名。从这些人考试的过程中我们可以看到，一个人要想成功，必须内外兼修，不仅要好好学习提高自身的素养，而且要注重与外界交往，推销甚至"炒作"自己。白居易曾经写了一首《见尹公亮新诗偶赠绝句》诗：

袖里新诗十首余，吟看句句是琼琚。

如何持此将干谒，不及公卿一字书？[1]

白居易看到尹亮的新诗写得很好，"吟看句句是琼琚"，艺术水平是无可挑剔的。但是白居易却告诉他，你怎么能拿着这个去干谒呢？你的诗歌写得再好，都比不上那些王公贵人给你写一封推荐信。白居易说出了当时科举考试中存在的一个秘密，那就是公卿们的干预。不过，他也不该把干谒说得那么一文不值。李山甫在《贺友人及第》诗中说"敢辞今日须行卷，犹喜他年待荐书"[2]，说的就是用诗文干谒行卷的事情。

再说，白居易科举考试成功和他注重行卷有着密不可分的关系。白居易读书很刻苦，口舌生疮，手都磨出了老茧，但他刚到长安的时候也是两眼一抹黑，不认识人，也就是说，他只是一个默默无闻的考生，并没有引起旁人的关注，这对将来参加科举考试是很不利的。为了改变这种局面，白居易决定主动出击，去拜访那些有可能为自己扬名的人。思前想后，白居易决定去拜访顾况，一来顾况是当时的著名诗人，二来顾况这个人很傲慢，"如果他能看中我的诗作，别人应该问题就不大了"。想到这里，他把自己平时写的诗歌选出来一部分精品，抄写成册，带着就去拜访顾况了。

到了顾况的府上，顾况还真给白居易面子，没有把他拒之门外。白居易递上自己的拜帖，拜帖相当于我们今天的名片。顾况一看，呵，白居易，白白住着还挺容易，这名字有点意思。其实，这是顾况望文生义了，白居易的名字不是这个意思。"居易"二字是有出处的，出自《礼记·中庸》"故君子居易以俟命"，意思是说君子处于平易而无危险的境地，素位而行以等待天命。《唐摭言》卷七记载，顾况看到白居易的拜帖就冷冰冰地说了一句"长安百物贵，居大不易"[3]。什么意思呢？顾况的意思是说："小伙子，长安物价很高的，你住在这里恐怕不是一件太容易的事哦！"

白居易来拜访是行卷的，别讨论名字了。顾况打开作品一看，有一首诗我们都很熟悉，上小学的时候应该都背过《赋得古原草送别》，题目又简写作《草》。这首诗是这样的：

　　离离原上草，一岁一枯荣。
　　野火烧不尽，春风吹又生。
　　远芳侵古道，晴翠接荒城。
　　又送王孙去，萋萋满别情。[4]

顾况只看了前四句就赞叹不已，这诗写得太好了。白居易这几句诗首先揭示了大自然的现象，原野上的花草一年一度繁荣又枯萎，纵然有野火烧掉了枯黄的草叶，但在春风的吹拂下嫩芽又冒出了地面，依旧表现出一片欣欣向荣的景象。这无疑是对生命的礼赞，也是诗人奋发向上的精神写照。顾况读罢，有一种蓬勃向上的动力。顾况赶紧改口向白居易道歉："有句如此，居天下有甚难！老夫前言戏之耳。""小伙子，能写这么好的诗歌，不要说住在长安，天下任何地方都随便你住哦，我刚才是和你开个玩笑，千万不要往心里去啊。"就从这几句话我们可以断言，顾况非常欣赏白居易的文学才华。顾况既然被征服了，肯定会成人之美的，于是一有机会便替白居易扬名，就这样白居易的名声在长安鹊起，这对他后来的考试起了很大的作用。

说起来用诗歌行卷，脑子里出现两个人，朱庆余和张籍，这个故事见于《唐诗纪事》。朱庆余参加进士科考试之前，认识了当时的水部郎中张籍。张籍这个人也是个大诗人，他非常喜欢朱庆余的诗歌，就让朱庆余把写好的诗歌交给自己一部分，然后又从朱庆余交给他的这些诗歌里面选出来26首更好的，带在身上，走到哪里都向人推荐，说这诗歌写得好啊。因为张籍本身是个大诗人，又和韩愈是好朋友，是韩门弟子，有韩愈的名头在这儿撑着，那么张籍推荐的人肯定也差不到哪里去。所以大家就纷纷传抄、诵读朱庆余的诗歌，这样一来朱庆余的名声就大了起来。但是朱庆余还是有点不踏实，快考试了，心里觉得没底，又写了一首诗，送给了张籍。他要探探张籍到底什么看法。这首诗的题目叫《闺意献张水部》，又叫《近试上张籍水部》，诗是这样的：

洞房昨夜停红烛，待晓堂前拜舅姑。

妆罢低声问夫婿，画眉深浅入时无？[5]

朱庆余在这首诗里把自己比成一个新婚的小娘子，把张籍比成自己的老公，然后又把主考官比成公公婆婆。第二天早晨起来，新娘子梳洗打扮完之后，画完眉毛，问自己的老公："哎，老公，你觉得我画这眉毛样式、颜色深浅，公公婆婆会喜欢吗？"他真是问的这个吗？话外之意是什么？老张啊，那主考官到底喜不喜欢我的诗歌？你给我个准信儿。挺含蓄的。张籍多聪明啊,拿到诗歌一看就明白了,原来朱庆余心里还不踏实啊,于是也非常含蓄地给他回了一首诗,题目叫《酬朱庆余》:

越女新妆出镜心,自知明艳更沉吟。

齐纨未是人间贵,一曲菱歌敌万金。⑥

张籍的意思是说,"你就像是刚刚打扮好的一个江南美女,非常清新,虽然已经很漂亮了,但是自己还是非常矜持,认为自己唯恐比不过别人。我告诉你吧,你美丽到啥程度,就是那浓妆艳抹、穿着非常华贵的贵夫人和你都没法儿比"。那意思是说,朱庆余,你放心吧,一点儿问题都没有。就这一首诗,朱庆余心里踏实了,朱庆余的名声更大了,这一年自然就考上了。

　　白居易也好,朱庆余也罢,应该都是幸运者,有人愿意帮他们,并且最后真的成功了。但也有一些想凭着自己的文章技艺得到达官贵人或者主考官们的赏识而受挫的,比如刘鲁风。刘鲁风是唐朝一个名不见经传的小人物,《全唐诗》中只收录了他一首诗《江西投谒所知为典客所阻因赋》,但也正是这首诗在一定程度上揭露了行卷的艰难:

万卷书生刘鲁风,烟波万里谒文翁。

无钱乞与韩知客,名纸毛生不肯通。⑦

刘鲁风说自己是万卷书生,看来他的创作还是很丰富的,也有一说他读书万卷。为了能够讨个好前程,刘鲁风用好纸准备好卷轴,不辞辛苦去向人行卷。文翁是西汉时期的廉吏,在四川为官期间积极倡导教化,这里指代自己去拜访的那位贵人。但结果因为没钱向把门的打点,所以一直没有得到通报。让人气愤的是,自己用名纸做成的卷轴都长毛了,也没有见到想见的人。卢延让也有这种遭遇,他曾作诗说"名纸毛生五门下,家僮骨立六街中"⑧,也是被拒之门外,读来让人鼻酸。杨敬之有一首《赠项斯》:"几度见诗诗总好,及观标格过于诗。平生不解藏人善，到处逢人说项斯。"⑨杨敬之在当时是一个有地位的人，他虚怀若谷，善于发现人才，不仅"不藏人善"，而且到处替人宣传，表现出了一种高尚的品德。这是每一个考生都渴望遇到的。

注 释

① 谢思炜：《白居易诗集校注》，中华书局2006年7月版，第1037页。
② 〔清〕彭定求等：《全唐诗》，中华书局1960年4月版，第7366页。
③ 〔五代〕王定保：《唐摭言》，上海古籍出版社2012年8月版，第53页。
④ 谢思炜：《白居易诗集校注》，中华书局2006年7月版，第1042页。
⑤ 〔清〕彭定求等：《全唐诗》，中华书局1960年4月版，第5892页。
⑥ 〔清〕彭定求等：《全唐诗》，中华书局1960年4月版，第4362页。
⑦ 〔清〕彭定求等：《全唐诗》，中华书局1960年4月版，第5745页。
⑧ 〔清〕彭定求等：《全唐诗》，中华书局1960年4月版，第8214页。
⑨ 〔清〕彭定求等：《全唐诗》，中华书局1960年4月版，第5451页。

从得高科名转盛

科举考试在唐朝是很疯狂的,有些人为了能够成功皓首穷经一辈子,啥都耽误了。为什么会出现这种疯狂痴迷的情况呢?可能有人会说什么实现人生理想之类的话,比如杜甫就说过"致君尧舜上,再使风俗淳",这不能说不对,但说得更直白一点就是为了现实利益,赢得亲友和社会的尊重。王建曾经在《送薛蔓应举》诗中说:"一士登甲科,九族光彩新。"[1]一个人考上,全家人都跟着沾光。也正是因为这样,李频才在《长安感怀》诗中念叨"一第知何日,全家待此身"[2],啥时候才能考上啊,全家人都眼巴巴等着呢。

考不上的时候,不要埋怨别人看不起你,这个社会就是看客下菜的,成功了大家都觉得你是个人才,失败的时候都没人搭理你。我们看看王播的《题木兰院二首》(其二)是不是这样:

上堂已了各西东,惭愧阇黎饭后钟。
三十年来尘扑面,如今始得碧纱笼。[3]

这首诗是怎么回事呢?王播小时候家里穷,曾经寄居在扬州惠昭寺的木兰院里。木兰院是个十方禅林,财物来自十方用于十方,王播住在这里的目的就是吃饭。可是时间长了,和尚们都不待见他,于是改了吃饭前撞钟的规矩,吃完饭再撞钟,所以王播老没饭吃。王播很受伤,在墙上写了一首诗就离开了。王播人穷志不短,后来考上进士和贤良方正、能直言极谏科，受到朝廷重用，被任命为扬州刺史。当方丈听说当年的王播成了扬州最高领导时，赶紧用青纱把王播当年写的那首诗给蒙住保护起来了。这就是社会，这就是现实，如果不是因为王播当时的地位，方丈才懒得管这首诗呢，还用青纱罩住，想都别想。

考不上的时候，别说旁人看不起，就连老婆也不会给你好脸色。我们来看看下面这个例子：

良人的的有奇才，何事年年被放回？
如今妾面羞君面，君若来时近夜来。④

这个故事出自《南部新书》，这首诗叫《夫下第》。这里的男主人公叫杜羔，女主人公叫刘氏。杜羔多次进京赶考都没有成功，他自己好像都已经习惯失败了，但夫人刘氏却很窝火。刘氏曾给杜羔写了一封信寄到了长安，那封信就是上面这首诗。刘氏也出自书香门第，加上陪老公读书好多年，写诗的水平蹭蹭往上窜。这首诗充满了冷嘲热讽，绝对骂人不带脏字，杜羔因而没有感到丝毫的安慰。为什么这么说呢？刘氏这首诗是什么意思呢？"老公啊，你太有才了，你的确是个奇才啊"，"良人"就是老公，"可是你为什么年年都考不上呢？"第一句话把人高高地捧上了云端，第二句话把人扔到地上了。按照常理来说，"你这么多次没考上，应该没脸再回来了，可是没想到你每次都腆着脸回来了。老公，你知道吗？现在整得我都没脸见你了"。这话挺损的，正话反说。"想回来吗？我给你个建议，单等到夜幕降临之后，你趁着天黑，悄悄地进城。"听话得听音，刘氏哪里是替老公着想啊，那意思是说，"你最好还是别回来了，我可不想跟着你丢人"。

人都是要面子的，就这信，你让杜羔咋想？还像原来那样腆着脸回去？除非那脸皮比城墙还厚。算了，别回家让老婆恶心自己了，还是找个地方好好复习准备下一次的考试吧。杜羔被老婆这样恶心一通，劲儿上来了，发愤苦学，誓夺桂冠。到了贞元五年（789），杜羔终于考上了进士。杜羔那个高兴啊，终于一雪前耻，可以在老婆面前扬眉吐气了。就在杜羔兴高采烈的时候，他收到一封家书，打开一看，还是老婆写的，又是一首诗。看来自己这几年算是把老婆的诗歌水平给提上去了，这首诗是《闻夫杜羔登第》：

长安此去无多地，郁郁葱葱佳气浮。
良人得意正年少，今夜醉眠何处楼？⑤

刘氏这首诗又是什么意思呢？从措辞来看，刘氏的态度变了。"老公啊，京城距离咱家也不是太远，那个地方灯红酒绿是非多，容易出事，你刚考上，心情得意，你今天晚上可千万别喝高了，别喝多了睡错地方哦。"那意思是说："老公，欢迎你凯旋，我在家里等你回来！"你看，考上之后老婆的态度马上变了，再也不甩脸子给杜羔看了，而是和颜悦色地欢迎老公回家。

成功之后，不仅亲友改变了对你的态度，社会上马上也会对你投来别样的目光，那感觉简直就像闪着佛光。比如朱庆余的《送李余及第归蜀》诗描写得最为生动真切：

从得高科名转盛，亦言归去满城知。
发时谁不开筵送，到处人争与马骑。
剑路红蕉明栈阁，巴村绿树荫神祠。
乡中后辈游门馆，半是来求近日诗。⑥

这是一首律诗。诗中的男主人公叫李余，四川人，长庆三年（823）考上了进士。一夜成名天下知，李余考试成功之后，名入众耳，当大家得知李余要回老家的时候，纷纷表示好意。有人要请他吃饭为他送行，还有人要给他马骑。倒霉的时候没一个人这样说，这就是现实！

因为我们的主人公成功了，心情愉快，看哪里都是春光明媚，神清气爽。到了老家更是热闹了，就好像奥运金牌得主归国一般，街坊邻居纷纷拥上来，有人是表示祝贺的，有人是要请客的，有人是来乞旧衣的，有人是来求新诗的。"乞旧衣"在古代是一种风俗，就是向新科进士讨要考试时所穿的衣服，将来自己考试时穿在身上，也能讨个好彩头。向李余讨要新诗的，是要向他学习写作经验。李余成功后，很多好朋友写诗祝贺，朱庆余只是其中一个。再比如张籍有《送李余及第后归蜀》，结尾说"乡里亲情相见日，一时携酒上高堂"⑦，非常朴素地表现出了街坊邻居为李余祝贺的热情。又比如姚合有《送李余及第归蜀》，其中说"春来登高科，升天得梯阶"⑧，也是极好的祝愿。

除这些虚头巴脑的东西外，科举成功还有切身的利益。韩愈《送陆畅归江南》写到"一来取高第，官佐东宫军。迎妇丞相府，夸映秀士群"⑨，不但有官做，还能抱得美人归。陆畅考上进士之后，自校书郎选率府参军，归属东宫管，陆畅又娶了宰相董晋的孙女。再比如，郑颢因为是状元及第，后来做了唐宣宗的东床驸马。820年状元及第的卢储也赶上了好事，为此还写了一首《催妆》诗：

  昔年将去玉京游，第一仙人许状头。
  今日幸为秦晋会，早教鸾凤下妆楼。⑩

卢储去考试前，先拜访了江淮郡守李翱，递上自己的作品。当时李翱因为有公务先离开了，让卢储在驿站等着。结果李翱的女儿先看到了卢储的诗文，感觉水平很高，评价说这位公子应该能考上状元。当李翱听说女儿的评价后，很惊讶，仔细一看卢储的作品，确实不错，于是就想把女儿许配给卢储。卢储本就有求于人家，自然不好拒绝，再说了一旦成为翁婿关系，李翱肯定会极力帮忙，所以卢储也就答应了。不过卢储分寸拿捏得很好，《唐诗纪事》中是这样说的，"储谦辞久之，终不却其意，越月随计"⑪。虽然假装客气了一段时间，但始终不说拒绝的话，就这样抻了一个月，答应了。成了翁婿关系，李翱肯定不会坐视不管，卢储做好考场努力答卷的工作，李翱做了一些外围的工作，最后卢储真的状元及第。考上了就得兑现诺言，于是迎娶李家小姐过门，这才写下了满是幸福感的《催妆》诗。

注 释

① 〔清〕彭定求等：《全唐诗》，中华书局1960年4月版，第3371页。
② 〔清〕彭定求等：《全唐诗》，中华书局1960年4月版，第6843页。
③ 〔清〕彭定求等：《全唐诗》，中华书局1960年4月版，第5303页。
④ 〔清〕彭定求等：《全唐诗》，中华书局1960年4月版，第8988页。
⑤ 〔清〕彭定求等：《全唐诗》，中华书局1960年4月版，第8988页。
⑥ 〔清〕彭定求等：《全唐诗》，中华书局1960年4月版，第5875页。
⑦ 〔清〕彭定求等：《全唐诗》，中华书局1960年4月版，第4332页。
⑧ 〔清〕彭定求等：《全唐诗》，中华书局1960年4月版，第5625页。
⑨ 钱仲联：《韩昌黎诗系年集释》，上海古籍出版社1984年3月版，第828页。
⑩ 〔清〕彭定求等：《全唐诗》，中华书局1960年4月版，第4153页。
⑪ 王仲镛：《唐诗纪事校笺》，中华书局2007年11月版，第1427页。

项王不觉英雄挫

西楚霸王项羽是历史上的一位牛人，关于他的影视作品很多，流传下来的故事也很多。从哪里说起呢？我们不妨把目光投向鸿沟。说起来鸿沟，恐怕很多人都不陌生。《后汉书》中说，荥阳"有鸿沟水"[1]。鸿沟就在河南郑州的荥阳境内，还有个名字叫广武涧。虽然它只是广武山中的一条巨沟，但刘邦和项羽曾经在这个地方上演过楚汉争霸的故事。他们曾经在这里对峙过，又在这里和议过，也是在这里达成了以鸿沟为界中分天下的协议。一个默默无闻的沟就这样走进了历史，走进了诗人的笔下。在唐朝诗人中，首先以"鸿沟"为主题作诗的人是韩愈，他是这样说的：

龙疲虎困割川原，亿万苍生性命存。
谁劝君王回马首，真成一掷赌乾坤。[2]

张碧也写了一首《鸿沟》，这首诗很长，总共34句，他从群雄逐鹿写起，一直到项羽垓下自刎结束，写得很全面。应该说他是从鸿沟切入对历史进行了追忆，主要是对项羽进行了慨叹。我们拿张碧的诗和韩愈的诗放在一起来看。

秦朝末年，政治腐败，民不聊生，群雄揭竿而起形成了星火燎原之势，这就是张碧诗中所说的"秦园走鹿无藏处，纷纷争处蜂成群"[3]。在各路反秦势力中，项羽和刘邦最为突出，甚至刘邦还率先进入了咸阳城。但是，因为实力悬殊，刘邦在张良等人的建议下还军灞上，这才有了鸿门宴的故事。"山河欲拆人烟分，壮士鼓勇君王存。项庄愤气吐不得，亚父斗声天上闻。"在鸿门宴上，樊哙吃生肉让全场震惊，尤其是项羽对樊哙的勇武相当佩服。项庄受范增之命本要借舞剑之机刺杀刘邦，结果又被项伯从中搅了局。接下来，"舌头一寸生阳春"，张良巧舌陈说救了刘邦，气得亚父范增摔碎酒杯。刘邦被封汉王，火烧栈道到蜀地休养生息，后来出川争夺天下，其他诸侯或者被消灭，或者归附刘邦和项羽，这才形成了刘项争霸的局面。

鸿沟对峙时，刘邦家小被项羽捉住了，这成了项羽要挟刘邦的砝码，甚至要把刘邦的老父亲给扔锅里煮喽，当时叫烹。刘邦的答复是，我与你项羽起兵时"约为兄弟，吾翁即若翁，必欲烹而翁，则幸分我一杯羹"④，这段话见于《史记》。什么意思呢？"咱俩起兵的时候结拜为兄弟，我爹就是你爹，如果你一定要煮你爹，也给我留杯汤喝，让我尝尝鲜。"话虽这么说，但那毕竟是自己的亲人，刘邦这么说也是因为太了解项羽，知道他妇人之仁，这是个激将法。把项羽气得吹胡子瞪眼睛，怎么会遇到这么个无赖呢？愤愤然张弓搭箭射了过去，刘邦本以为鸿沟这么宽，项羽纵有天生神力也射不过来，结果悲催的是这支箭不偏不倚地扎在了他身上。为了稳定军心，刘邦演戏说射住自己的脚了。

鸿沟对峙之时，刘邦的实力虽然不占上风，又被项羽射了一箭，但项羽也遇到了麻烦，粮草没了，这在战争中可是件要命的事儿。在这种情况下，刘、项决定和议，最终商定以鸿沟为界平分天下，这就是许浑在《鸿沟》诗中所说的"相持未定各为君，秦政山河此地分"⑤。鸿沟和议结束了持续数年的战争，老百姓总算可以过上安稳的日子了，韩愈《过鸿沟》诗中开篇两句"龙疲虎困割川原，亿万苍生性命存"说的就是这个意思。

但是就在双方撤军的途中，张良和陈平找到了刘邦，强烈建议撕毁鸿沟和议，别把小孩子过家家的游戏当真，应该趁着楚军人困马乏、战斗意志薄弱的时候从背后发动偷袭。在两位大谋士看来，只有此时才是彻底消灭项羽雄霸天下的最好时机。刘邦也不希望一块蛋糕俩人分，于是听了张良和陈平的建议，最终垓下一战，项羽乌江自刎，刘邦真的成为天下之主。这就是韩愈《过鸿沟》诗中结尾两句"谁劝君王回马首，真成一掷赌乾坤"的意思。

有一位咏史诗人叫胡曾，他根据"历史门"写了一系列的诗歌，其中就有一首《鸿沟》，诗是这样的：

　　虎倦龙疲白刃秋，两分天下指鸿沟。
　　项王不觉英雄挫，欲向彭门醉玉楼。⑥

刘项争霸犹如龙争虎斗，最后以鸿沟为界划分天下。在项羽看来，终于可以回去过安定的日子了，于是斗志顿消。看来居安思危这句话是亘古名言，那么霸气的项羽哪承想被刘邦杀了个回马枪，最后落得个霸王别姬、乌江自刎的下场，这真是让人看了开头猜不中结尾的节奏。难怪许浑在他的《鸿沟》诗中说"力尽乌江千载后，古沟芳草起寒云"，为项羽唏嘘感叹。

项羽临死之前大呼"天亡我，非战之罪也"，这话说得也不算错，他确实够能打的，力拔山兮气盖世，当时的战将扒拉过来还真没几个人能接住项羽几招的，但他还是败了。"天亡我"，不是老天爷不照顾他，他是败在自己身上了。如果说刘邦是一个打不死的"小强"的话，项羽的缺点就是输不起。还是胡曾，他写了一首《乌江》诗：

　　争帝图王势已倾，八千兵散楚歌声。
　　乌江不是无船渡，耻向东吴再起兵。⑦

当败局已定的时候，项羽不是没有东山再起的机会，乌江岸上那位撑船的老翁一再劝他回到江东，可是项羽却说："天之亡我，我何渡为！且籍与江东子弟八千人渡江而西，今无一人还，纵江东父兄怜而王我，我何面目见之？纵彼不言，籍独不愧于心乎？"⑧那意思是说："算了吧，那么多子弟兵丢了性命，只有我一人回到江东，就是大家拥戴我继续称王，我也没脸啊！"这就是于季子在《咏项羽》中说的"空歌拔山力，羞作渡江人"⑨。项羽说的倒是实在话，但也正是这个问心有愧，让项羽彻底没有了机会。

每谈到项羽乌江自刎的结局时，人们对项羽多数是持批评意见的，认为项羽目光过于短浅。比如李山甫在《项羽庙》中指出"为虏为王尽偶然，有何羞见汉江船"⑩，在李山甫看来，失败是暂时的、偶然的，回去不是为了逃避，而是为了重整旗鼓，那意思是不应该不回去。关于这个问题，杜牧的态度是最明朗的，他在《题乌江亭》中说：

　　胜败兵家事不期，包羞忍耻是男儿。
　　江东子弟多才俊，卷土重来未可知。⑪

也像李山甫说的那样，战场上胜负都是兵家常事，为什么你项羽就那么任性输不起呢？真的回到江东总结失败的教训，未必没有再杀回来的可能。这首诗针对项羽兵败身亡的史实，批评他不能总结失败的教训，不善于把握机遇，不善于听取别人的建议，不善于得人、用人，惋惜他负气自刎，使如日中天的英雄事业归于覆灭，诗中暗寓讽刺之意。有心的人从这首诗里可以看出生活和工作的智慧，很多事情都是如此，不能使气、不能任性，虽然坚持可能成不了，但放弃必然是失败。项羽便是放弃了可能成功的机会，因此他只能属于失败。

还是人家司马迁说得好："自矜功伐，奋其私智而不师古，谓霸王之业，欲以力征经营天下，五年卒亡其国，身死东城，尚不觉悟，而不自责，过矣。"⑫项羽总是用拳头证明自己的实力，失败了还大呼"非用兵之罪也"，这简直就是个四肢发达、头脑简单的莽夫。虽然刘邦也像项羽那样不怎么爱读书，但他毕竟还用了几个读书人，张良、陈平、郦食其，你再看看项羽，手下就一个范曾还老不听人家的建议，把老爷子给气死了。不尊重知识，本身就是没有智慧的表现，因此项羽的失败是天注定的，所以他埋怨天也不错。

注　释

① 〔南朝宋〕范晔：《后汉书》，中华书局1965年5月版，第3389页。
② 钱仲联：《韩昌黎诗系年集释》，上海古籍出版社1984年3月版，第1033页。
③ 〔清〕彭定求等：《全唐诗》，中华书局1960年4月版，第5339页。
④ 〔汉〕司马迁：《史记》，中华书局1959年9月版，第328页。
⑤ 〔清〕彭定求等：《全唐诗》，中华书局1960年4月版，第6139页。
⑥ 〔清〕彭定求等：《全唐诗》，中华书局1960年4月版，第7430页。
⑦ 〔清〕彭定求等：《全唐诗》，中华书局1960年4月版，第7419页。
⑧ 〔汉〕司马迁：《史记》，中华书局1959年9月版，第336页。
⑨ 〔清〕彭定求等：《全唐诗》，中华书局1960年4月版，第872页。
⑩ 〔清〕彭定求等：《全唐诗》，中华书局1960年4月版，第7370页。
⑪ 吴在庆：《杜牧集系年校注》，中华书局2008年10月版，第536页。
⑫ 〔汉〕司马迁：《史记》，中华书局1959年9月版，第339页。

庙算张良独有余

张良是"汉初三杰"之一,在刘邦洛阳南宫置酒的谈话中,张良被刘邦放在了首位,可见他在汉高祖心目中的地位。确实,熟悉刘邦建国历史的人都知道,虽然张良长得很"委婉",缺乏男子气概,但是不能不承认,没有张良就没有刘汉王朝。既然张良居功至伟,我们就看看唐人在诗中是怎么看张良的。浪漫主义大诗人李白对张良充满了无限的景仰之情,他在自己的诗中多次写到这位偶像,比如《猛虎行》诗中有这么两句,"张良未遇韩信贫,刘项存亡在两臣"[①],就连韩信都是张良推荐给刘邦的。这只是以两句话向张良表示敬意,他还有一首诗,题目是《经下邳圯桥怀张子房》,一看题目就知道是专门写张良的,全诗总共14句,我们截取前10句:

> 子房未虎啸,破产不为家。
>
> 沧海得壮士,椎秦博浪沙。
>
> 报韩虽不成,天地皆振动。
>
> 潜匿游下邳,岂曰非智勇。
>
> 我来圯桥上,怀古钦英风。[②]

诗里写了张良年轻时候的几个重要经历。张良是韩国人,因为爷爷、父亲五世相韩,所以对韩国感情深厚。不过我们在这里需要指出的是,五世相韩不是张良家里五代人在韩国为官,而是指张良的爷爷和父亲先后辅佐过韩国的五位国君。张良的父亲去世20年之后，韩国被秦国灭了，当时张良还没有当官，但他依旧要为韩国报仇，《史记》中说他"悉以家财求客刺秦王，为韩报仇"③，不惜花费所有的家资来寻找"武林高手"刺杀秦始皇，这就是"诗仙"李白诗中开篇两句的意思。

功夫不负有心人，张良得到了一位大力士的帮助，这位大力士是他在沧海君那里遇见的，勇猛无敌，使的铁锤重120斤。张良带着这位大力士一直在寻找刺杀秦始皇的机会。机会终于来了，秦始皇东游，要经过博浪沙，这个地方在今河南原阳境内，张良和大力士就在这里下手了。这就是李白说的"沧海得壮士，椎秦博浪沙"。结果也不知道怎么搞的，没砸准，大铁锤砸到副车上了。这下把秦始皇给惹怒了，"大索天下，求贼甚急，为张良故也"④，到处搜捕张良。这一闹腾，全国都知道张良刺杀秦始皇的事了，怪不得李白说"报韩虽不成，天地皆振动"呢。

咏史诗人胡曾还专门写了一首《博浪沙》，我们来看看：

嬴政鲸吞六合秋，削平天下虏诸侯。
山东不是无公子，何事张良独报仇。⑤

秦王嬴政鲸吞六合统一天下，但也从此埋下了不安定的隐患，哪个国家愿意就这么没了呢？比如张良在博浪沙刺杀秦始皇便是要为自己的故国报仇。但是胡曾却指出，那么多被灭亡的诸侯国不是没有后人的，为什么只有张良敢于采取霹雳手段呢？元稹在《四皓庙》中也惊叹"张良韩孺子，椎碎属车轮"⑥。所以，从博浪沙刺秦事件起，张良的名字是注定要被载入史册的。

虽然轰轰烈烈，毕竟刺秦报仇的结果是不理想的。张良不傻，不能等着挨收拾，于是他隐姓埋名逃亡到了下邳。在这里，他遇到了自己生命中的贵人黄石公，是黄石公送他《太公兵法》，使他最终成了名垂千古的一代贤臣。一次，张良在下邳的一个桥上散步，遇到一位老先生。

这位老先生就是黄石公,但当时张良并不认识他。黄石公来到张良的跟前,故意把鞋子丢到桥下,然后回过头来对张良说:"年轻人,去把我的鞋子捡回来。"张良很惊愕:"这老头儿想干吗?没事找事,把鞋子故意丢下让我捡,我和你有关系吗?"张良其实很生气,但一看老先生一把年纪了,就强压怒火,到桥下帮他把鞋子捡了回来。没想到黄石公得寸进尺,把脚一伸说"给我穿上",张良好人做到底,就忍着怒火弯腰给他穿上了鞋子。黄石公连个谢谢都没说,笑着就走了,张良很惊讶地看着老先生离开了。

过了一会儿,黄石公又回来了,对张良说:"年轻人,你是可以教育的,五天后的早上在这里等我。"张良答应了。到了第五天张良来到桥边,发现黄石公已经等候在那里了。黄石公很生气地说:"和老人家约定见面,怎么能让老人家等候呢?五天后再来。"又过了五天,张良再次来到桥边,发现黄石公又提前到了,张良又被老先生训斥了一顿。然后再次约定五天后相见,这回张良长记性了,半夜就到桥边等候这位奇怪的老先生。这次黄石公对张良很满意,送给他一套《太公兵法》,并告诉他好好学习,将来必成帝王师。李白说"我来圯桥上,怀古钦英风"便是对这件事的追忆。胡曾也把这件事写成了自己的一首咏史诗,题目就叫《圯桥》:

  庙算张良独有余,少年逃难下邳初。
  逡巡不进泥中履,争得先生一卷书。[7]

作者说张良智谋出众,但少年时曾到下邳逃难,遇到黄石公。我觉得诗的后两句说得特好,如果张良当年犹豫着不到桥下帮黄石公捡鞋子,他就得不到《太公兵法》,那他也就很难有后来的成就。这部书对张良和刘汉王朝太重要了,刘长卿在《归沛县道中晚泊留侯城》诗中说"运筹风尘下,能使天地开"[8],就是《太公兵法》中的智慧让张良运筹帷幄决胜千里；崔涂甚至在《读留侯传》一诗中不无夸张地说"偶成汉室千年业，只读圯桥一卷书"[9]；温庭筠在《简同志》诗中也慨叹"留侯功业何容易，一卷兵书作帝师"[10]。所以，忍一时之气，得终身之益，这一点是值得后世年轻人学习的。

　　李白在《扶风豪士歌》中也写到了张良，是这样说的，"张良未逐赤松去，桥边黄石知我心"[11]。"赤松"是赤松子，是传说中的一位神仙，意思是说张良没有像赤松子那样远离红尘，但这是起初的张良。帮着刘邦建立刘汉王朝之后，张良并没有继续待在刘邦的身边，而是选择了归隐，《史记·留侯世家》中有这么一段话："家世相韩，及韩灭，不爱万金之资，为韩报仇强秦，天下振动。今以三寸舌为帝者师，封万户，位列侯，此布衣之极，于良足矣。愿弃人间事，欲从赤松子游耳。"[12]这是张良的原话，可见张良是很满足的。国家建立之后，刘邦自然要对追随自己多年的弟兄们封功授爵，刘邦说了，张良功劳大大的，"你自己在齐地选三万户吧，你选到哪里我把你封到哪里，我封你为三万户侯"。这要是换作别人，听了还不得把鼻涕泡给乐出来，可是真没想到张良说了这么一番话："始臣起下邳，与上会留，此天以臣授陛下。陛下用臣计，幸而时中，臣愿封留足矣，不敢当三万户。"[13]张良那意思是说，"我没什么本事，和陛下您在陈留相遇这都是上天安排的，您看得起我，还好我出的主意都有用，这都是天意，我当个留侯就行了"。还是张良聪明，选择放弃高职位、高工资，潇潇洒洒远离朝廷这个是非之地，这就是徐夤《忆旧山》诗中所说的"留侯抛却帝王师"[14]。也正是因为这样的选择，张良才落了个善始善终，不像萧何和韩信，一个蹲了监狱，被刘邦揍一顿，一个丢了性命，落得兔死狗烹的下场。这也告诉我们，要有知足的心态，佛家不是讲了吗，"生死疲劳，从贪欲起，少欲无为，身心自在"，张良便做到了"少欲无为，身心自在"。

-225-

历史终归是过去时，曾经在楚汉争霸中"运筹风尘下，能使天地开"的张子房只能停留在人们的记忆中了。刘长卿在《归沛县道中晚泊留侯城》中写得很悲凉，"访古此城下，子房安在哉。白云去不反，危堞空崔嵬。"[15]既然叫留侯城，却看不到留侯的影子，能看到的只有白云悠悠，这里已经"蔓草日已积，长松日已摧"，显得破败不堪，纵然你"功名满青史"也难以避免"祠庙唯苍苔"的后世凄凉。历史是向前发展的，"进帆东风便，转岸前山来"，张良也只能活在尘封的记忆中了。

注　释

① 〔唐〕李白：《李太白全集》，中华书局1977年9月版，第362页。
② 〔唐〕李白：《李太白全集》，中华书局1977年9月版，第1036页。
③ 〔汉〕司马迁：《史记》，中华书局1959年9月版，第2033页。
④ 〔汉〕司马迁：《史记》，中华书局1959年9月版，第2034页。
⑤ 〔清〕彭定求等：《全唐诗》，中华书局1960年4月版，第7428页。
⑥ 〔唐〕元稹：《元稹集》，中华书局1982年8月版，第12页。
⑦ 〔清〕彭定求等：《全唐诗》，中华书局1960年4月版，第7422页。
⑧ 储仲君：《刘长卿诗编年笺注》，中华书局1996年7月版，第2页。
⑨ 〔清〕彭定求等：《全唐诗》，中华书局1960年4月版，第7782页。
⑩ 〔清〕彭定求等：《全唐诗》，中华书局1960年4月版，第6762页。
⑪ 〔唐〕李白：《李太白全集》，中华书局1977年9月版，第385页。
⑫ 〔汉〕司马迁：《史记》，中华书局1959年9月版，第2048页。
⑬ 〔汉〕司马迁：《史记》，中华书局1959年9月版，第2042页。
⑭ 〔清〕彭定求等：《全唐诗》，中华书局1960年4月版，第8154页。
⑮ 储仲君：《刘长卿诗编年笺注》，中华书局1996年7月版，第2页。

长空鸟尽将军死

上一篇中我引到的李白《猛虎行》中提到"张良未遇韩信贫，刘项存亡在两臣"，说完了张良，我们文武兼顾，接下来再聊聊韩信。韩信也是汉高祖刘邦口中的"汉初三杰"之一。刘邦曾经在洛阳南宫总结自己成功的经验时说："连百万之众，战必胜，攻必取，吾不如韩信。"[①]韩信身上有很多故事，比如我们熟悉的胯下之辱、暗度陈仓、十面埋伏、兔死狗烹等。韩信出身低微，曾经在项羽手下做过执戟郎，一直得不到重用，后来在张良的推荐下投奔了刘邦，登台拜将，从而成就了不朽的功业。

唐代诗人眼中的韩信是怎样的呢？王珪写了一首《咏淮阴侯》，比较全面地概括了韩信的一生。诗是这样的：

秦王日凶慝，豪杰争共亡。信亦胡为者，剑歌从项梁。
项羽不能用，脱身归汉王。道契君臣合，时来名位彰。
北讨燕承命，东驱楚绝粮。斩龙堰浠水，擒豹僭夏阳。
功成享天禄，建旗还南昌。千金答漂母，百钱酬下乡。
吉凶成纠缠，倚伏难预详。弓藏狡兔尽，慷慨念心伤。[②]

就历史发展来看，在战乱的年代，英雄更容易找到施展才华、创造历史的机会，而且在那样的时代，每个人都渴望能够建功立业。但是韩信投靠项梁并未得到展示军事才华的机会，于是"脱身归汉王"，这才有了

"时来名位彰"的转机。不过王珪写得有些简单了，韩信初投刘邦的时候，也没有得到足够的重视，和韩信自己的心理期待有很大差距，不由得心灰意冷，就离开了，这才引出了"萧何月下追韩信"的故事，李商隐在《四皓庙》中还提到"萧何只解追韩信"[3]一事。结果还引起误会，让刘邦以为萧何逃跑了。

在萧何的劝说下，刘邦拜韩信为大将军，总领全军。时机成熟之后，韩信明修栈道暗度陈仓，出蜀发动了与项羽争夺天下的持久战。韩信如下山的猛虎，一路攻打下来，先败雍王章邯，攻占咸阳，再使塞王司马欣和翟王董翳投降，前205年韩信率兵在京索（今河南荥阳南部）击退楚军，接下来韩信生擒魏王豹，又击败代国，在汉营调走他旗下精兵到荥阳抵抗楚军的情况下在井陉背水一战，擒住赵王歇，之后又听从广武君李左车建议，派人出使燕国，成功游说燕王归附汉王。这些功劳已经足以让韩信躺在功劳簿上睡大觉了。

但是接下来韩信办了一件让刘邦心里很不爽的事情，那就是自立为王。李绅在《却过淮阴吊韩信庙》诗中写到"假王徼福犯龙鳞"[4]说的就是这件事。前204年，汉军攻打齐国一时受挫，郦食其自动请缨仗着三寸不烂之舌说服齐王田广投降，这就是李白《梁甫吟》中的"东下齐城七十二"[5]。这本来是一件大好事，可是韩信手下谋士蒯通却说，咱并没有接到汉王让退兵的通知，如果你不继续攻打，将来国家建立了，你的功劳还没有郦食其大呢。韩信一咂摸是那个意思，于是趁着齐国没有防备的情况下继续进攻。虽然胜利了，但郦食其却被齐王田广扔锅里头给煮了。前203年，韩信以齐地不安定，便于管理为由请刘邦封自己为代理齐王。当时刘邦正被项羽围困在荥阳，就等着韩信救自己呢，结果韩信提出这么个要求，所以刘邦很生气。亏着陈平及时劝阻，如果不答应可能会造成军事分裂，对刘邦过于不利。刘邦很聪明，马上改口："韩信太不像话了,怎么能当代理齐王呢?要当就当真齐王!"于是封韩信为齐王。虽然殷尧蕃在《韩信庙》中说"功超诸将合封齐"⑥,但刘邦心里已经为韩信记下一笔账了。

其实,在韩信被立为齐王的时候,刘邦也面临着巨大的危机。首先,项羽派人游说韩信叛汉,韩信想想当年自己"剑歌从项梁,项羽不能用"的憋屈,再对比一下在汉营"道契君臣合"的际遇,于是以知遇之恩拒绝了项羽。项羽也真是的,当年不把人家韩信看在眼里,现在发现是个人才了有些后悔了。我们可以设想一下,如果韩信真的投降了项羽,那刘邦算是彻底败了!第二个危机是什么?蒯通劝他脱离刘邦自立,原因是"勇略震主者身危,而功盖天下者不赏",你的功劳太大了,功高震主不说,咋封赏啊?可是韩信认为自己劳苦功高,刘邦不会像他们说的那样对不起自己的。真到了最后鸟尽弓藏的时候,韩信才意识到蒯通挺有远见的,所以罗隐在《韩信庙》诗中说"却把余杯奠蒯通"⑦,韦庄也在《题淮阴侯庙》中说"如何不借平齐策,空看长星落贼围"⑧,他也认为韩信该听蒯通的,自立山头。

韩信被立为齐王后,非常积极地与项羽作战,先在鸿沟借项羽绝粮议和,又在刘邦单方面撕毁和议之后以十面埋伏之计大破楚军,最后逼得"力拔山兮气盖世"的项羽乌江自刎。项羽死后,刘邦就对韩信不放心了,马上夺了韩信的兵权,并改封韩信为楚王。上任之后,韩信想起自己当年在淮阴的落魄经历,竟然被几个轻薄之徒羞辱,这就是李绅《却过淮阴吊韩信庙》中所说的"贱能忍耻卑狂少"⑨。换作一般人,非找到这几个人收拾一顿不可。不过韩信没有报复他们,而是"召辱己之少年令出胯下者以为楚中尉",这是以德报怨。韩信还告诉诸将说:"此壮士也。方辱我时,我宁不能杀之邪?杀之无名,故忍而就于此。"⑩"我当年要想要他们的命也是小菜一碟,杀了他们又能如何呢?正是他们让我忍辱负重有了今天的功业!"韩信的这些话很耐人寻味,他的这一做法也是值得后人学习的。

在淮阴,韩信还有一位恩人,就是那位给他饭吃的漂母。漂母就是洗衣服的老太太。当年韩信穷困潦倒,一位洗衣服的老太太帮了他。汪遵在《淮阴》诗中说:

秦季贤愚混不分,只应漂母识王孙。

归荣便累千金赠,为报当时一饭恩。⑪

其实根本不是漂母看出来韩信将来能成大器,就是可怜他。虽然《史记》中漂母说"吾哀王孙而进食",但这个"王孙"不是说她看出来韩信身份多么高贵,而是相当于"公子"一类的敬称,大约相当于我们今天的"先生",一个"哀"字已经可以感受到老太太怒其不争了。从被立为齐王没有背叛刘邦这件事来看,韩信是个知恩图报的人,因此他要对当年对自己有一饭之恩的老太太报恩,这就是诗中所说的"归荣便累千金赠,为报当时一饭恩"。《史记》中关于此事记载说:"召所从食漂母,赐千金。"⑫王珪《咏淮阴侯》也说"千金答漂母"。知恩图报,也是中华民族的传统美德。

王珪在诗中以"吉凶成纠缠,倚伏难预详。弓藏狡兔尽,慷慨念心伤"四句概括了韩信功成名就之后的结局。前201年,韩信因收留钟离昧被人告发谋反,众将一致认为要发兵攻打韩信,但是陈平认为那是下策,应该以游云梦会诸侯为由让韩信拜见,趁机拿下韩信。刘邦采用陈平之计,果然生擒韩信。韩信大呼:"狡兔死,良狗烹;高鸟尽,良弓藏;敌国破,谋臣亡。天下已定,我固当烹!"刘邦自己也觉得有点过分了,这不是卸磨杀驴吗?"韩信功劳太大,我却要这么对人家,怎么能堵住别人的嘴呢?"于是韩信被降为淮阴侯。这就是韦庄《题淮阴侯庙》诗中所说的"云梦去时高鸟尽,淮阴归日故人稀"。为此,许浑写了一首《韩信庙》：

> 朝言云梦暮南巡，已为功名少退身。
>
> 尽握兵权犹不得，更将心计托何人。[13]

到这个时候，韩信应该意识到当年蒯通的提醒了。先在灭了项羽之后削除他的兵权，后在南游云梦时把他贬为淮阴侯，这就是不信任，因此许浑说"更将心计托何人"。既然不信任，那么危险就在一天天逼近了。

汉高祖十年，陈豨起兵造反，吕后就与萧何密谋，假称陈豨已死，让韩信前来庆贺，然后趁机将其擒获，以有人告密说韩信与陈豨谋反有关将韩信诛杀，这才有了"成也萧何败也萧何"的说法。临死前，韩信真的明白了蒯通的远见，不禁感叹"吾悔不用蒯通之计"。李绅说"徒用千金酬一饭，不知明哲重防身"是对的。但是，韩信的死给那些渴望建功立业的人留下了难以磨灭的心理阴影，所以刘禹锡在《韩信庙》结尾中说"遂令后代登坛者，每一寻思怕立功"[14]。

注 释

[1] 〔汉〕司马迁：《史记》，中华书局 1959 年 9 月版，第 381 页。
[2] 〔清〕彭定求等：《全唐诗》，中华书局 1960 年 4 月版，第 429 页。
[3] 〔清〕彭定求等：《全唐诗》，中华书局 1960 年 4 月版，第 6225 页。
[4] 〔清〕彭定求等：《全唐诗》，中华书局 1960 年 4 月版，第 5488 页。
[5] 〔唐〕李白：《李太白全集》，中华书局 1977 年 9 月版，第 170 页。
[6] 〔清〕彭定求等：《全唐诗》，中华书局 1960 年 4 月版，第 5570 页。
[7] 〔清〕彭定求等：《全唐诗》，中华书局 1960 年 4 月版，第 7608 页。
[8] 〔清〕彭定求等：《全唐诗》，中华书局 1960 年 4 月版，第 8019 页。
[9] 〔清〕彭定求等：《全唐诗》，中华书局 1960 年 4 月版，第 5488 页。
[10] 〔汉〕司马迁：《史记》，中华书局 1959 年 9 月版，第 2626 页。
[11] 〔清〕彭定求等：《全唐诗》，中华书局 1960 年 4 月版，第 6957 页。
[12] 〔汉〕司马迁：《史记》，中华书局 1959 年 9 月版，第 2626 页。

⑬ 〔清〕彭定求等:《全唐诗》,中华书局1960年4月版,第6139页。
⑭ 〔唐〕刘禹锡:《刘禹锡集》,中华书局1990年3月版,第311页。

周瑜于此破曹公

先来看几句诗：

　　二龙争战决雌雄，赤壁楼船扫地空。
　　烈火张天照云海，周瑜于此破曹公。①

这是李白《赤壁歌送别》诗的前四句，讲的是当年刘备、孙权联军共同对抗曹操，并以火攻打败曹军的历史事件，就是历史上著名的以少胜多的经典战役赤壁之战。在这场战役中，很多历史人物粉墨登场，唱了一出创造历史的大戏。周瑜是其中一位至关重要的人物，下面就来聊聊周瑜和赤壁这个唐诗主题。

赤壁古战场在今湖北赤壁西北，也有的说在湖北武汉武昌西赤矶山。这里原本没什么名气，就是因为孙、刘联军在这里大败曹操，才被载入了史册，用孙元晏《赤壁》诗中的话说就是"曹公一战奔波后，赤壁功传万古名"②。赤壁一战，天下三分，大家相对安生了好一阵子，所以说"赤壁功传万古名"一点儿也不错。可是赤壁之战是怎么引起的呢？这还要从当年曹操与刘备煮酒论英雄说起。刘备曾经依附曹操，在人家曹操手下混过，但以种菜为韬晦之计。一次曹操邀请刘备饮酒，席间问起来刘备天下英雄之事，刘备虽然回答了几个，但曹操都不满意。刘备问曹操究竟应该是谁，曹操说"天下英雄，唯使君与操耳"，曹操那意思是说，"就咱俩算得上英雄，其他人根本不在我的眼中"。刘备大惊，筷子落地。

他的确应该吃惊，因为虽然自己还没有立身之地，却已经被曹操惦记上了，被曹操当成了对手，早晚会有龙争虎斗的一战。

"不知征伐由天子，唯许英雄共使君"（崔涂《赤壁怀古》）③，结果没过多久，刘备就被曹操撵得人困马乏向孙权求援了。面对曹操强大的军事压力，孙权也有些犹豫不决，而偏巧此时江东又分为投降派和主战派，孙元晏《赤壁》诗说"会猎书来举国惊，只应周鲁不教迎"，以鲁肃为主的主战派与以张昭为主的投降派相比，主战派还不占上风。为了能够说服孙权抗击曹操，诸葛亮不仅舌战群儒，还磨破了嘴皮子掰开揉碎地讲道理劝孙权抗击曹操。亏着这时水军都督周瑜及时返回，也力主抗曹，这样才使孙权"遣周瑜、程普、鲁肃等水军三万，随亮诣先主，并力拒曹公"④。

作为这场战争的主帅，周瑜出尽了风头。刘长卿在《观校猎上淮西相公》诗中结尾说"三十拥旄谁不羡,周郎少小立奇功"⑤，这里的"周郎"指的就是周瑜。当年周瑜指挥赤壁之战的时候，在33岁左右，加上颜值高，因此诗人才有这样的赞叹。其实少小立奇功并非止于赤壁之战，早在20来岁的时候，周瑜已经跟着孙策"叱咤江湖"了。在赤壁之战中，周瑜充分展现了自己的军事才能和聪明才智，这样才出现了殷尧藩《襄口阻风》诗中所说的"曹瞒曾堕周郎计"⑥。

"周郎计"是什么呢？看过《三国演义》的人都知道，"周郎计"是个连环计。第一步先用假书信诳骗了曹操的说客、曾经是自己同学的蒋干，让曹操误认为蔡瑁、张允与江东暗中往来，结果曹操一生气动了刀子，把这俩悲催的水军将领给杀了。但是，当曹操看到这俩人脑袋的时候也明白了，上周瑜的当了。没有卖后悔药的，人杀了，脑袋是长不到脖子上了。第二步是和黄盖巧施"苦肉计"，然后让阚泽向曹操密献诈降书，在这个环节中，蔡中、蔡和还很合时宜地当了一回托儿，这样才取得了曹操的信任。第三步黄盖利用诈降火烧曹操的战船，虽然黄盖的船只被发现有猫腻，但为时已晚，装满易燃物的船只已经点燃冲进了曹军的船队。据《三国志·周瑜传》记载："盖放诸船，同时发火。时风威猛，悉延烧岸上营落。顷之，烟炎张天，人马烧溺死者甚众，军遂败退。"⑦这就是李白诗中所说的"烈火张天照云海，周瑜于此破曹公"。为此，唐代咏史诗人胡曾也写了一首《赤壁》诗：

   烈火西焚魏帝旗，周郎开国虎争时。

   交兵不假挥长剑，已挫英雄百万师。⑧

读着这些文字，眼前仿佛有一望无际的火海在吞噬着一条条鲜活的生命，除感叹战争的残酷外，好像没有更多的话说了。

  在以赤壁为题追忆历史的诗歌中，杜牧那首《赤壁》是不能被忽略的，这是一首绝句：

   折戟沉沙铁未销，自将磨洗认前朝。

   东风不与周郎便，铜雀春深锁二乔。⑨

杜牧的爷爷杜佑是著名的史学家，所以杜牧看问题有着独到的历史观。在这首诗中，杜牧进行了大胆的假设，如果当年没有东风相助，周瑜便不可能对曹操进行火攻，那么战争的结局将会是"铜雀春深锁二乔"，那样历史就要被改写了。说起来风，人们马上就会联想到诸葛亮借东风的故事。小说里把诸葛亮写得神乎其神，没有他借不来的东西。周瑜缺箭，让诸葛亮督造，他借大雾的掩护向曹军借来的箭支还很富裕。在赤壁之战中，当万事俱备只欠东风时，周瑜口吐鲜血人事不省，诸葛亮只好借东风为周瑜治病，罗贯中在《三国演义》中专门写到"七星坛诸葛祭风"，这可是发动火攻的前提条件。赤壁火攻造成了崔涂《赤壁怀古》诗中所说的"汉室河山鼎势分"的局面，二乔才没有成为曹操的玩物。

  说起来二乔和曹操，罗贯中在《三国演义》中拿这件事一再戏说，先是诸葛亮说服周瑜时煞有其事地说，曹植在他的《铜雀台赋》中早就写出了曹操的心机，就是那两句"揽二乔于东南兮，乐朝夕之与共"，那意思是说，曹操要把二乔抢走安置在铜雀台上供自己玩乐，把周瑜气得拍着桌子说和曹操势不两立。实际上曹植的原话不是这样！罗贯中还让曹操在开战之前自己也说了一次："吾今年五十四岁矣，如得江南，窃有所喜。昔日乔公与吾至契，吾知其二女皆有国色。后不料为孙策、周瑜所娶。吾今新构铜雀台于漳水之上，如得江南，当娶二乔，置之台上，以娱暮年，吾愿足矣！"接下来罗贯中还引用了杜牧这首诗，看来曹操也有"中枪"的时候啊。

  战争已经成为往事，随着滚滚的长江水已经沉淀在人们的记忆中了，这里留给世人的只有崔涂《赤壁怀古》中的"江上战余陵是谷，渡头春在草连云。分明胜败无寻处，空听渔歌到夕曛"，这里已经感受不到当年战场上的火药味了，看到的分明是满眼的春草带给人们的春天气息，还有那江面上传来的渔歌，所有这一切让人们感受到的是和谐的生活情景。战争的最终目的是和平，诗人眼前的情景才是当年战争的意义。

  和谐的生活让当年的战争在人们心目中渐去渐远，周瑜的英雄形象是不是依旧像苏轼《念奴娇·赤壁怀古》中说的"雄姿英发"呢？看胡曾的《题周瑜将军庙》中是怎么写的：

   共说生前国步难，山川龙战血漫漫。
   交锋魏帝旌旗退，委任君王社稷安。
   庭际雨余春草长，庙前风起晚光残。
   功勋碑碣今何在，不得当时一字看。⑩

诗人先回忆了当年国事艰难的岁月，战乱频仍，曹操挟天子以令诸侯统一了北方，借追逐刘备挥兵南下，曹操志在统一全国。可是，在赤壁这里，他遇到了阻力，被孙、刘联军打败。"交锋魏帝旌旗退，委任君王社稷安"，孙权因为听了周瑜和诸葛亮的劝告，这才使曹操兵败北退，使孙权从实质上成了江东之主，那是多么辉煌的过去啊！可是眼前呢？祭祀周瑜的祠庙已经破败了，院子里长满了草，说明好久没人来了，更不要说有人管理了，斜光照着更显得有些萧条。按说，这里面应该有很多为周瑜记功的碑刻，可是现在也难寻一字了。看来，英雄只能属于他的那段历史了。

注　释

① 〔唐〕李白：《李太白全集》，中华书局1977年9月版，第445页。
② 〔清〕彭定求等：《全唐诗》，中华书局1960年4月版，第8702页。
③ 〔清〕彭定求等：《全唐诗》，中华书局1960年4月版，第7782页。
④ 〔晋〕陈寿：《三国志》，中华书局1959年12月版，第915页。
⑤ 储仲君：《刘长卿诗编年笺注》，中华书局1996年7月版，第484页。
⑥ 〔清〕彭定求等：《全唐诗》，中华书局1960年4月版，第5569页。
⑦ 〔晋〕陈寿：《三国志》，中华书局1959年12月版，第1263页。
⑧ 〔清〕彭定求等：《全唐诗》，中华书局1960年4月版，第7430页。
⑨ 吴在庆：《杜牧集系年校注》，中华书局2008年10月版，第501页。
⑩ 〔清〕彭定求等：《全唐诗》，中华书局1960年4月版，第7419页。

出师未捷身先死

诸葛亮是罗贯中在《三国演义》中着力刻画的一个人物，那是"智圣"的形象；南阳诸葛庐一番高论，定了三分天下的宏伟蓝图，那是"预言家"和"设计师"的形象；他自己那篇《出师表》中的"鞠躬尽瘁，死而后已"让人感动，那是兢兢业业的"老黄牛"形象；白帝城托孤之后，面对那位扶不起的阿斗，诸葛亮则是既当亚父又当丞相，那是一位长辈的形象。可以说，在刘备的创业史上，诸葛亮就相当于当年周武王身边的姜太公、汉高祖身边的张子房。

诸葛亮没出山的时候住在南阳隆中，躬耕陇亩，自比管仲、乐毅，号"卧龙先生"，但是很少有人认识到他的才能，只有崔州平和徐庶是他的好朋友。李白在他的《读诸葛武侯传书怀，赠长安崔少府叔封昆季》诗中说"当其南阳时，陇亩躬自耕"，又说"何人先见许，但有崔州平"[①]，就是这个意思。珍珠没被发现的时候，很少有人能够认识到它的价值。刘备在新野的时候，徐庶拜见了他，并向他介绍了好朋友诸葛亮。刘备本想让诸葛亮来见自己，但是徐庶一再交代，"你如果真想用他做助手，就应该亲自去拜请他"。刘备当时正缺人手，又听徐庶这么说，于是带上关羽和张飞来了个"三顾茅庐"。胡曾就根据这件事写了一首诗歌，题目叫《南阳》：

世乱英雄百战余，孔明方此乐耕锄。

蜀王不自垂三顾，争得先生出旧庐。②

"三顾茅庐"今天成了礼贤下士的代名词，可是当时关羽和张飞可不是这么想的。"诸葛亮你想干吗？敢把我们老大刘皇叔晾在外面。什么你出去云游了？少来！好不容易碰上你在家了吧，你还在睡午觉，你谱摆得是不是有点大了？"张飞这暴脾气一上来，能把督邮揍一顿，他自然也没有把这个读书人放在眼里，甚至要一把火烧了诸葛亮的房子。还真让关羽和张飞猜着了，其实诸葛亮一直在家待着，他就是要考验刘备，看他是不是对自己诚心。结果刘备的真诚打动了诸葛亮，他这才把刘备请进屋内，先纵谈天下大势，然后提出占领荆州、益州和联吴抗曹的行动方略，同时答应出山帮助刘备建立功业。从此，27岁的诸葛亮成了刘备政治集团中的重要一员。

　　刘备被诸葛亮的高瞻远瞩征服了，所以对诸葛亮的感情远远超过了结拜弟兄关羽和张飞，整得这俩人都有点"吃醋"了。刘备说："孤之有孔明，犹鱼之有水也。"③"鱼和水是不能分离的，所以我和诸葛先生也是不能分离的。"怪不得岑参在《先主武侯庙》诗中说"感通君臣分，义激鱼水契"④。网上有人拿"三顾茅庐"开玩笑了，刘、关、张三次拜访诸葛亮，每次都在外面大谈世界多么精彩，终于诸葛亮忍不住了，给老婆留了个字条说，"世界那么大，我想去看看"，于是找刘备去了。

　　汪遵也有一首题名《南阳》的诗歌：

　　　　陆困泥蟠未适从，岂妨耕稼隐高踪。

　　　　若非先主垂三顾，谁识茅庐一卧龙！⑤

在汪遵看来，应该是刘备帮了诸葛亮。诸葛亮当初隐居南阳，说的是"苟全性命于乱世，不求闻达于诸侯"，其实不就是没找到工作吗？如果不是刘备三次去请他，谁知道卧龙先生是谁呢？想想确实是这么回事。

　　李白诗中说的"鱼水三顾合，风云四海生"有道理，得到诸葛亮辅佐之后，刘备如虎添翼，事业马上有了起色。据《三国志》记载，诸葛亮离开隆中跟随刘备闯荡江湖之后，马上落实他三分天下的宏伟蓝图，这就是赤壁之战。当时刘备形势危急，被曹操撵得狼狈不堪，孙权又持观望态度，所以诸葛亮自动请缨到江东说服孙权联军抗击曹操。通过舌战群儒，晓明利害，诸葛先生还真把孙权说动了，草船借箭、借东风，从而发动了"赤壁楼船扫地空"的大战。这就是武少仪在《诸葛丞相庙》诗中所说的"因机定蜀延衰汉，以计连吴振弱孙"⑥，因为刘备是中山靖王之后，势力比较弱小，而赤壁之战改变了刘备的处境，所以说"以计连吴振弱孙"。

诸葛亮劝刘备称帝之后，自己也被封为丞相。成都有武侯祠，又叫丞相庙，里面供奉的就是诸葛亮。武少仪拜谒丞相庙的时候，这里还是很威严的，所以他在诗中说"执简焚香入庙门，武侯神象俨如存"（《诸葛丞相庙》）。在对诸葛亮充满景仰之情的那些人看来，诸葛庙中到处充满了灵气，要不雍陶怎么会在《武侯庙古柏》中说"此中疑有精灵在，为见盘根似卧龙"⑦呢？在追忆诸葛亮的诗歌中，杜甫的那首《蜀相》无疑是艺术成就最高的：

  丞相祠堂何处寻，锦官城外柏森森。
  映阶碧草自春色，隔叶黄鹂空好音。
  三顾频烦天下计，两朝开济老臣心。
  出师未捷身先死，长使英雄泪满襟。⑧

前四句写祠堂内的景色，这里的景色很清幽，黄鹂的鸣叫更衬托出这里的宁静。古柏是这里的一景，用雍陶的话说就是"密叶四时同一色"。其实杜甫还有一首《古柏行》，写的也是这里的柏树，在这首诗中古柏是什么样子呢？"孔明庙前有老柏，柯如青铜根如石。霜皮溜雨四十围，黛色参天二千尺"⑨，我觉得用这几句作为"锦官城外柏森森"的注脚是再恰切不过了。后四句写人，当年先主刘备的三顾之恩，让诸葛亮鞠躬尽瘁。诸葛亮当政期间，事必躬亲，励精图治，赏罚分明，推行屯田政策，改善西南各族的关系，推动了当地经济文化的发展。章孝标写有一首《诸葛武侯庙》，其中写到了诸葛亮的贡献：

　　　　木牛零落阵图残，山姥烧钱古柏寒。
　　　　七纵七擒何处在，茅花枥叶盖神坛。⑩

"木牛"指的是科技贡献，诸葛亮造出了木牛流马，相当于今天的机器人或变形金刚之类的，可以代替人力运送粮食。"阵图"指的是军事贡献八阵图，这是诸葛亮按照奇门遁甲创设的阵法，变化多端，别看是用乱石堆成的，据说能够抵挡十万精兵。杜甫和刘禹锡对此都写过诗歌，比如杜甫的诗说："功盖三分国，名高八阵图。江流石不转，遗恨失吞吴。"⑪杜甫诗第一句是从总的方面写，说诸葛亮在确立魏蜀吴三分天下、鼎足而立局势的过程中，功绩最为卓绝。杜甫诗第二句是从具体的方面来写，说诸葛亮创制八阵图使他声名更加卓著。诗歌更集中、更凝练地赞颂了诸葛亮的军事业绩。据文献记载，八阵图聚细石成堆，高五尺，六十围，纵横棋布，排列为六十四堆，始终保持原来的样子不变，即使夏季被大水冲击淹没，等到冬季水落平川，万物都改变了原来的样子，唯独八阵图的石堆却依然如旧。杜甫诗最后一句说刘备吞吴失计，破坏了诸葛亮联吴抗曹的根本策略，以致统一大业中途夭折，而成了千古遗恨。"七擒七纵"指的是七擒孟获，搞好民族关系。孟获是南方彝族的首领，此人能杀惯战，很野蛮，严重阻碍了诸葛亮北进中原的计划。为了防止孟获背后捣乱，诸葛亮利用智谋对孟获七擒七纵，最终让孟获心悦诚服，很多剧目中都有《七擒孟获》。这也是与诸葛亮隆中对时所提出的"西和诸戎，南抚夷越"⑫民族政策相一致的。

　　杜甫在《蜀相》结尾中说"出师未捷身先死，长使英雄泪满襟"，为了完成统一大业，诸葛亮先后五次领兵伐魏，但终于积劳成疾。据《三国志》记载，诸葛亮在五丈原与司马懿对峙时，病死在军中。胡曾咏史诗《五丈原》写道：

  蜀相西驱十万来，秋风原下久裴回。

  长星不为英雄住，半夜流光落九垓。[13]

诸葛亮之所以与司马懿形成对峙状态，主要是因为军粮跟不上。古人比较迷信，诸葛亮又懂星象，据说为了避免这一灾，诸葛亮用49盏明灯按照五行排列为自己续命，但是没想到被前来报事的魏延一脚踏翻。或许这就是诸葛亮的宿命，操了一辈子心，结果命丧五丈原。

在南阳卧龙岗有一副对联：

  收两川，摆八阵，七擒六出，五丈原设四十九盏明灯，一心只为恩三顾。

  取西蜀，征南蛮，东和北拒，中军帐按金木土爻之卦，水面偏能用火攻。

这是诸葛亮出山后的主要功绩，也是人们对诸葛亮最真诚的纪念。

注　释

① 〔唐〕李白：《李太白全集》，中华书局1977年9月版，第483页。
② 〔清〕彭定求等：《全唐诗》，中华书局1960年4月版，第7421页。
③ 〔晋〕陈寿：《三国志》，中华书局1959年12月版，第913页。
④ 廖立：《岑嘉州诗笺注》，中华书局2004年9月版，第227页。
⑤ 〔清〕彭定求等：《全唐诗》，中华书局1960年4月版，第6955页。
⑥ 〔清〕彭定求等：《全唐诗》，中华书局1960年4月版，第3690页。
⑦ 〔清〕彭定求等：《全唐诗》，中华书局1960年4月版，第5924页。
⑧ 〔清〕仇兆鳌：《杜诗详注》，中华书局1979年10月版，第736页。
⑨ 〔清〕仇兆鳌：《杜诗详注》，中华书局1979年10月版，第1358页。

⑩ 〔清〕彭定求等:《全唐诗》,中华书局1960年4月版,第5754页。
⑪ 〔清〕仇兆鳌:《杜诗详注》,中华书局1979年10月版,第1278页。
⑫ 〔晋〕陈寿:《三国志》,中华书局1959年12月版,第913页。
⑬ 〔清〕彭定求等:《全唐诗》,中华书局1960年4月版,第7425页。

天开函谷壮关中

大凡来到河南三门峡市旅游的朋友,都会到函谷关参观一下。函谷关因为其深厚的历史文化背景,成为今天三门峡灵宝市的著名旅游景点。函谷关是我国设置最早的雄关要塞之一,在古代成为东西交通的咽喉,素有"一夫当关,万夫莫开"之说。熟悉古代文化或中国历史的人都知道,在这里曾经发生过很多故事,老子李耳骑青牛出函谷关留下《道德经》五千言,孟尝君田文靠鸡鸣狗盗骗开函谷关才躲过秦国的追兵保证了人身的安全,还有那位耻作关外民的楼船将军杨仆愣是把函谷关往东移了三百里。这些故事本身就有吸引力,唐朝的诗人们又把这些故事写进了诗歌中,无疑使它又多了一层文化的魅力。我们今天就来聊几首以函谷关为主题的诗歌。

先来看一首胡宿写的诗,题目就叫《函谷关》,诗是这样的:

　　天开函谷壮关中,万古惊尘向此空。
　　望气竟能知老子,弃繻何不识终童。①

前两句说函谷关雄伟壮丽,第三句写到了老子出关的故事。据文献记载,老子本来是东周柱下史,相当于今天的国家图书馆馆长,后来弃官归隐,途经函谷关。当时把守函谷关的官员是尹喜,这个人很有水平,无论学问还是人品都是出类拔萃的,就是没人知道罢了。他通过望气发现,将会有个大人物从这里经过,于是就等在那里,果真等到了老子。尹喜恳请老子为自己写几句话，放今天就相当于要名人签名了。虽然别人不知道尹喜的学问人品，但老子知道，于是就为他写了《道德经》。从此，这里就成了道家思想的发源地，被称为"道家之源"，成了道教寻根问祖的圣地。汉代的李尤曾经写过一篇《函谷关赋》，其中说"嘉尹喜之望气，知真人之西游。爱物色以遮道，为著书而肯留"，写的就是这个故事。我们熟悉的那个成语"紫气东来"也是从这个故事里来的。

需要指出的是，最后一句"弃繻何不识终童"也是一个和函谷关有关的典故。故事的主人公是汉武帝时的名臣终军，非常有才，但因为兵灾死去，年仅20来岁，所以叫终童。终军在18岁那年，经函谷关到长安求取功名，守关的官员给终军一个通行证，用帛做的，也就是诗句中所说的"繻"。但是终军认为，"我身为大丈夫出关怎么还需要通行证呢"，于是就把通行证随手丢了。终军再经过函谷关时，果然成了持节巡视天下郡国的官员，被守关的官员认出。终军有点类似当年司马相如"不乘驷马高车，不复过此桥"的意思。

现在函谷关东城门外还有望气台遗址，老子著书的地方被后人称为"老子故宅"。老子的《道德经》思想深邃，在唐朝时受到极大推崇，唐高祖李渊甚至规定"老先孔次"，把它列到儒家思想的前面。唐玄宗对老子《道德经》的推崇更是有过之而无不及，不仅亲自作注，而且规定家藏一本。玄宗皇帝一次来到函谷关老子著经处，写了一首《过老子庙》：

  仙居怀圣德，圣庙肃神心。
  草合人踪断，尘浓鸟迹深。
  流沙丹灶没，关路紫烟沉。
  独伤千载后，空余松柏林。②

从这首诗里我们不难感受到玄宗皇帝对老子的缅怀，也难怪这样，李唐王朝的帝王们从开始就认定老子是自己的老祖宗，还追封他为太上玄元皇帝。不过从这首诗里我们又不难感觉到，当年这里已经很荒凉了。

在望气台西北有个鸡鸣台，那是纪念孟尝君田文骗关的地方。这又是怎么回事呢？先看胡曾的《函谷关》这首诗：

寂寂函关锁未开，田文车马出秦来。

朱门不养三千客，谁为鸡鸣得放回？[3]

据《史记·孟尝君列传》记载，孟尝君率领门客出使秦国，秦昭王本来要任命孟尝君做相国，结果被人挑拨反而遭到软禁。孟尝君知道秦昭王对一个妃子言听计从，于是向她求助，但妃子的条件是要以齐国的狐白裘作为报答。这下麻烦了，这件宝贝孟尝君已经进献给秦昭王了，这又是唯一解救自己的办法，怎么办呢？这时一个门客说，"我擅长钻狗洞偷东西，这个问题我来搞定吧"。还真没难住他。后来在这个妃子的帮助下，秦昭王答应放了孟尝君，还要为他送行。

能保住小命就不错了，孟尝君说啥也不等秦昭王为自己送行那一天再走，立马带上门客溜之乎也。可是跑到函谷关正好是半夜，还没有到开关时间呢，这就是诗中所说的第一句"寂寂函关锁未开"。按照秦国的规定，函谷关每天必须在鸡叫的时候才能开关。孟尝君那个着急啊，这要是再被发现逮回去可就没好果子吃了。天无绝人之路，一个门客站出来说，"我会学鸡叫"。亏着孟尝君有门客三千，能人异士各显神通。孟尝君很高兴，"这回你有施展才能的机会了，别耽误事，赶紧叫吧"。就见这个门客伸长脖子"喔喔"叫了起来，跟那真的鸡鸣声简直分不清真假。他这一叫不打紧，关内关外的大公鸡听到后全争先恐后忙活起来了。这一通叫，把守关的士兵闹迷糊了，这还没睡踏实呢怎么就该开关了？哎，没办法，谁让这么规定呢，开就开吧。不过，守关士兵虽然觉得奇怪，但还是把关门打开了。就这样，孟尝君一行逃离了险地，等秦昭王发现追到函谷关时，孟尝君早已出关多时，转危为安。现在函谷关的鸡鸣台上有一只大公鸡，投硬币进去就会发出叫声，成了招揽生意的手段。

汪遵也曾经写过一首《函谷关》，其中说：

脱祸东奔壮气摧，马如飞电毂如雷。

当时若不听弹铗，那得关门半夜开。④

前两句写出来孟尝君一行人匆忙奔逃的情形，那种紧张的场面如在眼前。后两句非常耐人寻味，从孟尝君这次脱险总结出了重视人才的重要性。"弹铗"指的是孟尝君和冯谖之间的故事，这个故事我们在写到李白时说过。冯谖刚开始并没受到足够的重视，他多次拍着宝剑抱怨并提出要求，孟尝君都满足了他，这是孟尝君重视人才的表现。假如孟尝君不重视人才，哪里会有门客三千呢？又哪里能凭着鸡鸣狗盗之徒的帮助脱离险地呢？

重视人才是古代明君圣主的基本品质，函谷关还成了重视人才的道具。先来看一首诗，孟迟的《新安故关》：

汉帝英雄重武材，重山险处凿门开。

如今更有将军否？移取潼关向北来。⑤

据灵宝市志记载，自从汉王朝定都长安之后，关中作为帝都，函谷关以东就成了关外，人们都以自己是关中人为荣。楼船将军杨仆，原籍在函谷关以东的新安县，这样他就被别人看成是关外人了。这有被排斥的感觉，杨仆深感不快，就把家里的钱财全拿出来，于汉元鼎三年（前114）在新安县城东修起了一座雄伟的关隘，人们称它为汉函谷关。有了这座新关，杨仆也就成了关中人了。这气魄不是一般人能比的，以一家的财力建个雄关，那可不是闹着玩的。关键是，如果皇帝不允许，你在自己家门口建这么大一座建筑，那肯定就违章了。当然，违章建筑是要被拆除的。不过现在不用拆了，这个函谷关现在只剩个遗址了。

注　释

① 〔清〕彭定求等：《全唐诗》，中华书局1960年4月版，第8369页。
② 〔清〕彭定求等：《全唐诗》，中华书局1960年4月版，第31页。
③ 〔清〕彭定求等：《全唐诗》，中华书局1960年4月版，第7422页。
④ 〔清〕彭定求等：《全唐诗》，中华书局1960年4月版，第6961页。
⑤ 〔清〕彭定求等：《全唐诗》，中华书局1960年4月版，第6460页。

桃李香消金谷在

洛阳是历史名都、文化重镇，先后有100多位封建帝王在此定鼎九州。宋代著名史学家、文学家司马光甚至写诗说："若问古今兴废事，请君只看洛阳城"。也正是因为曾经的辉煌，洛阳为后世留下了很多记忆，如果我们愿意拨开洛阳尘封的历史，将会发现许多文化符号涌入眼帘。在这些文化符号中，金谷园可以算得上一个比较引人注目的。这里不仅有当年辉煌的记忆，而且有今日的物是人非，这里甚至可以作为廉政文化建设的基地。下面我们就来看看唐朝诗人笔下的金谷园到底能给我们带来什么值得思考的东西。

根据我的统计，唐朝直接以"金谷"命题的诗歌有27首。我们就从杜牧的《金谷怀古》说起吧：

凄凉遗迹洛川东，浮世荣枯万古同。

桃李香消金谷在，绮罗魂断玉楼空。

往年人事伤心外，今日风光属梦中。

徒想夜泉流客恨，夜泉流恨恨无穷。[①]

这是一首典型的咏史怀古诗。金谷园故址在洛阳西北的金谷涧中，这里是西晋大富翁石崇的别墅。金谷园环境优美，山高水低犹如仙境，"金谷春晴"甚至成为洛阳八大景之一，金谷园当时也是天下园林。石崇和当时的名士左思、潘岳等24人曾结成诗社，号称"金谷二十四友"。

二十四友经常在金谷园宴饮赋诗,所以韦应物在《金谷园歌》中写到"嗣世衰微谁肯忧,二十四友日日空追游"[2],这群人整天沉浸在自己的小资生活中,没有谁愿意去忧心国运。

  为什么说石崇是个富豪呢?看看韦应物在《金谷园歌》中是怎么说的,"当时豪右争骄侈,锦为步障四十里"。这里记载了石崇与王恺斗富的事,王恺用紫色的蚕丝作路两旁的屏幕,长40里,石崇就用锦作屏幕,长50里,非要盖过王恺不行。王恺是晋武帝的舅舅,当外甥的皇帝怎么能让舅舅没面子呢?就偷偷赏给王恺一棵珊瑚树,有两尺多高,枝条繁茂,称得上珍品。王恺拿着向石崇炫耀,石崇拿铁如意一下子把珊瑚树敲了个粉碎。就在王恺生气的时候,石崇命人把自己家的珊瑚树拿了出来。王恺一看,这些珊瑚树有三尺高的,有四尺高的,树干枝条举世无双而且光耀夺目,自己刚才被打碎那棵简直就是小儿科。这就是于濆在《金谷感怀》诗中所说的"黄金骄石崇,与晋争国力"[3],这充分展示了石崇的家庭经济实力,难怪汪遵在他的《金谷》诗中会感叹"晋臣荣盛更谁过"[4]。

  有钱人往往都比较任性,不过这也为他后来的命运埋下了隐患。谁让你没眼色,使皇帝的舅舅下不来台呢!更要命的是,石崇还真有一次直接向晋武帝挑战,你说他的胆子得有多肥。据《耕桑偶记》载,外国进贡火浣布,这是用石棉纤维织成的布,不怕火、不会燃烧,很珍贵。晋武帝把这种布制成衣衫,穿着去了石崇家里,其实就是嘚瑟去了。石崇装作自己很低调,故意穿着平常的衣服,却让家里50多个下人穿火浣衫迎接晋武帝。这会给晋武帝什么感觉?你石崇都不稀罕穿这种衣服,合着我就和你们家的下人一个级别啊?这不是没事找事嘛!人们常说"不作死就不会死",用在石崇身上挺合适,石崇就是典型作死的。

  石崇的金谷园里有很多美女,不仅衣着华丽,而且身上佩戴着璀璨夺目的珍珠、美玉、宝石。石崇把沉香木屑撒在象牙床上，让他所宠爱的姬妾踏在上面，没有留下脚印的就赏赐珍珠100粒，如果留下了脚印，就让她们节制饮食以控制体重。杜牧《金谷园》诗第一句"繁华事散逐香尘"⑤中的香尘说的就是沉香。沉香是非常名贵的，石崇倒好，让宠妾踩着玩，那得多少沉香木才够踩的啊！在这些美女之中，有一位叫绿珠的姑娘，那是石崇的最爱。绿珠善吹笛，又善舞，是石崇用珍珠换的。乔知之写过一首《绿珠篇》，其中前半部分这样说：

　　石家金谷重新声，明珠十斛买娉婷。
　　此日可怜君自许，此时可喜得人情。
　　君家闺阁不曾难，常将歌舞借人看。⑥

从第二句可以猜想到绿珠的美艳绝伦以及石崇对她的宠爱。每次请朋友吃饭，石崇都会让绿珠表演歌舞、劝酒，这也是汪遵所说的"常向阶前舞翠娥"。见到的人都为绿珠的美色倾倒，因此绿珠的美名闻于天下，所以李咸在《金谷园》结尾说"多积黄金买刑戮，千秋成得绿珠名"⑦。

　　但是绿珠的美色也为石崇带来了灭顶之灾，徐凝在《金谷览古》诗中说：

　　金谷园中数尺土，问人知是绿珠台。
　　绿珠歌舞天下绝，唯与石家生祸胎。⑧

石崇后来得罪了赵王伦被免职。赵王伦手下有个叫孙秀的，一直暗恋绿珠，过去因为石崇有权有势，他只能意淫一下。现在石崇一被免职，他便明目张胆地派人向石崇索取绿珠。石崇将其婢妾数十人叫出让使者随便挑选，可是使者说："这些婢妾个个都很漂亮，但我们是奉命来索取绿珠的，不知道哪一个是？"石崇勃然大怒："绿珠是我所爱，不可能让你们带走。"使者暗示石崇审时度势，石崇坚持不给。使者回报后，孙秀大怒，劝赵王伦把石崇杀掉。赵王伦于是派兵捉拿石崇，石崇对绿珠叹息说："我现在因为你而得罪人了。"绿珠流泪说："请允许我死在你前面。"说完就跳楼自杀了。邵谒在《金谷园怀古》中为绿珠点赞说"美人抱义死，千载名犹彰"[9]；杜牧在《金谷园》绝句结尾说"日暮东风怨啼鸟，落花犹似堕楼人"，便是借眼前景来追忆绿珠跳楼殉情这件历史往事的。

虽然石崇表面上是因为绿珠死的，实际上他明白自己被杀的真正原因，所以临死前他说："这些人还不是为了贪我的钱财！"不管是因为财死，还是因为爱死，总之石崇给后人留下了沉思。比如邵谒在《金谷园怀古》中说：

在富莫骄奢，骄奢多自亡。

为女莫骋容，骋容多自伤。

如何金谷园，郁郁椒兰房。

昨夜绮罗列，今日池馆荒。

有钱不要太任性，炫富会带来灾难。邵谒的这几句话非常具有警醒意义。

石崇死了，金谷园荒废了，就像许浑《金谷园》诗中说的那样，"三惑沉身是此园，古藤荒草野禽喧"[10]。曾经金碧辉煌的金谷园只剩下了满目荒凉，汪遵在《金谷》中说"香散艳消如一梦，但留风月伴烟萝"，盛衰对比太明显了。后世诗人每到园中游赏，总是免不了要发思古之幽情。就拿咏史诗人胡曾来说吧，他就写了一首《金谷园》：

一自佳人坠玉楼，繁华东逐洛河流。

唯余金谷园中树，残日蝉声送客愁。[11]

金谷园的辉煌随着绿珠坠楼成为了历史，曾经的繁华一去不复返了。眼前能看到的只有金谷园中的树木和花草，绿了又黄，黄了又绿，听到树上的知了在不停地鸣叫。这让我想起了李咸用《金谷园》中的两句话，"鸟度野花迷锦障，蝉吟古树想歌声"，看到了花草不仅让作者想到了石崇斗富时的锦帐，听到蝉的叫声又想起来当年绿珠动人的歌喉。

金谷园不仅是一个文化符号，而且时刻在警醒着后人。贞元六年（790）、元和六年（811）朝廷曾经两次以"金谷园"为题考进士，其中贞元六年题为"石季伦金谷园诗"，元和六年题为"金谷园花发怀古诗"。以许尧佐《石季伦金谷园》诗为例：

> 石氏遗文在，凄凉见故园。
> 轻风思奏乐，衰草忆行轩。
> 舞榭苍苔掩，歌台落叶繁。
> 断云归旧壑，流水咽新源。
> 曲沼残烟敛，丛篁宿鸟喧。
> 唯余池上月，犹似对金尊。[12]

诗人开篇用"凄凉"二字为诗歌的格调做了定位。在诗中，诗人以"遗文""故园""衰草""苍苔""落叶""断云""残烟"等词汇描画出金谷园所呈现出的凋敝萧条景象，又以"奏乐""行轩""舞榭""歌台"等词汇勾勒出当年石崇金谷集会时的繁华景象，从而穿越时空形成鲜明的对照。结尾以"唯余池上月，犹似对金尊"，追忆当年的金谷集会，哀叹其繁华不再，从景物摹写中体现悲凉的审美情调，充满了对金谷园昔盛今衰的感慨。

注　释

① 吴在庆：《杜牧集系年校注》，中华书局 2008 年 10 月版，第 1403 页。
② 〔清〕彭定求等：《全唐诗》，中华书局 1960 年 4 月版，第 2001 页。
③ 〔清〕彭定求等：《全唐诗》，中华书局 1960 年 4 月版，第 6929 页。
④ 〔清〕彭定求等：《全唐诗》，中华书局 1960 年 4 月版，第 6957 页。
⑤ 吴在庆：《杜牧集系年校注》，中华书局 2008 年 10 月版，第 1323 页。

⑥ 〔清〕彭定求等：《全唐诗》，中华书局 1960 年 4 月版，第 876 页。
⑦ 〔清〕彭定求等：《全唐诗》，中华书局 1960 年 4 月版，第 7408 页。
⑧ 〔清〕彭定求等：《全唐诗》，中华书局 1960 年 4 月版，第 5382 页。
⑨ 〔清〕彭定求等：《全唐诗》，中华书局 1960 年 4 月版，第 6995 页。
⑩ 〔清〕彭定求等：《全唐诗》，中华书局 1960 年 4 月版，第 6141 页。
⑪ 〔清〕彭定求等：《全唐诗》，中华书局 1960 年 4 月版，第 7420 页。
⑫ 〔清〕彭定求等：《全唐诗》，中华书局 1960 年 4 月版，第 3600 页。

后记

一直有一个想法，想就唐诗写一本相对通俗的读物。

自2013年9月，我参加了河南电视台《经典少年》栏目的节目录制工作。这是一个以中学生为主的大型诗词类节目，参赛选手背诵诗歌，我进行现场点评和讲析，幽默浅近的语言经常能够让同学们感受到诗歌的妙处，当然也在一定程度上激发了同学们学习古诗词的兴趣。有些学校的指导老师告诉我，他们把我在节目中讲的内容当成了课堂素材，学生反响很好。这进一步鼓励了我，激发了我写这本书的想法。

写这些文字还有一个不得不说的因由，就是有意远离微信。现在的人们几乎被微信包围了，无论是飞机场、火车站，还是公交车上，只要能闲下来，人们总是在低头看微信；哪怕是朋友聚会，大家也很少像以前那样亲切交谈了，而是在刷微信，显得很忙。因为微信，人们的信息量更大了，人们的视野更开阔了，但是时间也在浏览微信的同时悄悄地流逝了。我曾经问过很多朋友，大家说每天花费在微信上的时间在两个小时以上。可我总在怀疑，那些微信真的对我们那么重要吗？哪个明星出轨了，哪个名人结婚了，哪个艺人生子了，诸如此类的消息铺天盖地，这和我们有一毛钱的关系吗？有不少朋友很真诚地劝我注册个微信，这样有利于我的文字传播和引起更多人的关注，我笑了笑，还是坚持我的"隐逸"生活。我的手机除接打电话和发短信外，没有启用别的功能。

与沉浸于微信的朋友相比，我每天能节省两个小时，省出的这两个小时，一个小时用来散步锻炼身体，一个小时用来写点自己想写的文字。看微信时间长了有各种身体上的不适，而随便写点文字，积累多了那是收获。我的《水声流年》和《名人妙对》都是这样写出来的。原来，"无知"也是一件很惬意的事情。

在节目的鼓励下，2015年寒假我尝试着写了一篇《雄主偏作女儿态》，并发到了我的QQ空间里，引起了大家的围观；随后我又写了第二篇《高才无奈命途艰》，同样获得阅读者的一致好评，甚至很多朋友联系我想转载。虽然传播范围有限，但我感觉到了人们渴望在轻松中学习的热情。就这样，我有时间就写一点，不在乎一次写出来多少字，只当是放松休息一下，慢慢地积攒了几十篇。

我曾经在《水声流年》的"后记"中说"这本书是个意外收获"，其实把这句话用在这里同样合适。为什么这么说呢？毕竟这本书不像学术著作那样严肃、专业，其中有很多"玩"的因素。另外，我在这本书的写作中还有几个意外收获：第一，我在写这些文字的过程中，发现了几个值得关注的学术选题，这是让我很兴奋的一件事；第二，我在给国学专业的学生讲授"唐诗研究"这门课时，有了新的内容，而且还保留了一点曾经的"王氏幽默"；第三，我录制的MOOC（慕课）中有些内容就是从这里节选出来的；第四，虽然不是很有体系的学术著作，但这里面毕竟有我想表达的东西，而且我尽可能做到学术性与趣味性兼顾。

王士祥
2016年6月